庫JA
〉

狐と踊れ

〔新版〕

神林長平

早川書房

6658

踊っているのでないのなら
踊らされているのだろうさ

目次

ビートルズが好き　9
返して！　27
狐と踊れ　37
ダイアショック　113
落砂　137
蔦紅葉　175
縛霊　213
奇生　261
忙殺　297
解説／飯田一史　379

狐と踊れ〔新版〕

ビートルズが好き

彼よりビートルズが好き。彼はわるいひとじゃない、いやなタイプでもない、きらいじゃない、でも、好きかといわれると、いいえ、なの。

友だちは笑う、ねえ葉子、いつまで王子さまの出現を待っているつもりなの、なんてったいない、あなたいったい、いくつになるの？

アイドル歌手に熱をあげる年でもないでしょう、それにしてもビートルたちはもう古いわよ、と姦《かしま》しい友だち連中はいう。じゃあ、お婆さんがモーツァルトに聴きほれている図はどうなのよ。老婆が死霊に恋しているというのなら、レコード聴くのもオカルトよ。

ビートルには興味ない。わたしはビートルズが好き。響くバス・ドラム、歌うベース、きらめくリズム・ギター、流れるリード・ギター、それから、なんといってもあの一生懸命な声が好き。わたしはつまりビートルズの音盤《いた》に恋しているんだわ。

この夏、悪女連はアバンチュールを求めて旅に出たけれど、わたしは新しいオーディオ・セットを買い込んだ。とってもいい音。とっても。

細かい字を読み、細字のペンで数字を書き、タイプを打ち、書類を整理し、昼にはおさだまりの恋の話を聞き——時間さえあればつきることがない、毎日聞いても飽きることがない、少しずつ内容が変わってゆくから——それでもうひと仕事して、アパートに帰りつくと、疲れがどっとでる。やっかい事があればなおさらのこと。

あすは週末、彼とデートの約束がある。無視してもいいのだけれど、すると彼、ずっと待っているだろう、そのうちわたしの身になにかあったのではと心配するだろう、そういう男なの。まったく疑うことを知らないお人好し、だからつい、ええいいわ、一時にいつものところで、などといってしまう。魔女的、と友だちはそういう。そうやって楽しんでいると、葉子、いつかしっぺ返しをくうわよ。

わるい女かもしれない、それなら彼、はなれていけばいい、わたしはなんとも思わない。それが、友だちには理解できないらしい、いいひとなのに、わたしなら——という。オールド・ミスになるわよ、ハイ・ミスになって翔ぶつもり?

わたしは自分を白鳥だと思っていたい。でも、まあ、アヒルかもしれないけれど、それなら美しいアヒルだといわれたい。アヒルが醜いなんて、だれがいったの、たぶん、醜い男にちがいない。

　彼はやさしい。どことい って難のつけようのない無難なひと、というかんじ。そしてわたしも、彼の目にはそう映るらしい。それが好きになれない。アヒルでいいという男といっしょになる白鳥なんて惨めだもの。ねんねだといわれてもしかたがない、わかっているわよ、でもいまは、白鳥でいたい。

　白鳥は、でも、甘いものを食べて後悔したりはしないだろう。わたしはだめ。いらいらするとつい食べてしまう。甘いお菓子には苦いコーヒーがいい。気分が晴れる。晴れて、眠れない。

　ベッドに入る前にコーヒーなんか飲むのじゃなかった。それに、寝る前に甘いケーキなんか食べちゃうと、効果的に肥るという説もあるし。目が冴えてしまった。こんなときは静かな曲がいい。わたしはベッドをおりて、そんな曲を集めて編集したテープを出し、スリープ・タイマーを入れ、音量をしぼり、ベッドにもどり、目をとじる。

　オリジナル・アルバムを聴くのがベスト、編集は邪道、だけど、いつもいつもオリジナルな気分ではいられない。真面目に聴きはじめたら眠るどころじゃない、いいじゃない、こんなときは不真面目に聞きながしたい。

　オープン・リールにたっぷり往復六時間分、でも今夜は片道だけ。ごく小さな音で。かすかなメカノイズにかくれるくらいに。暗い部屋のなかにアンプのパイロットランプの灯、それからデッキの照明されたメーター、その針の振れ、魅惑的な動きだわ……いつしか眠りにおちる。たしかテープ最後の曲はグッド・ナイト、それを聞いたような。グッド・ナイト？　たしかにグッド・ナイトだった。じゃあ、あれは夢だったんだわ、グッド・ナイトのあとに聞こえていたのは。

なんだったろう、ハー・マジェスティだったかしらん。

ビートルマニアの生き残りがいるなんて、と彼はいったものだった。熱狂できるものがあってうらやましいともいった。ビートルズが好きなのはたしかだけど、過去のマニアとはちがうとわたしは頑固にいいはった。なるほどと彼は納得してくれ、しかしそれは少しパラノイア的ではないか、周囲にも目を、耳を、やっていないと未来に食われてしまうと忠告してくれた。よけいなお世話よ、なんてまわりくどい口説き方をするのだろう、ぼくを見てくれ、となぜ直截《ちょくせつ》いわないのよ。

ビートルズのことしか話さないので、彼も勉強したらしい。実は全然聴いたことがなかったのだと白状した。わたしは別にどうとも思わない。好きになろうと、大きらいだといおうと。正直なところ、ビートルズが好きだなどという男はぞっとする。

ポールはいいと彼はいった。ステージでのポールは最高だ、と。結局ポールはああいう歌い方が、聴衆を前にしてグルービイになることが夢だったのだろう、ビートルマニアたちにそれをじゃまされたんで、熱が冷えるのを待ち、つまるところビートルであることをやめなければ夢を実現できなかったのだ、その後のポールはグルービイ。わたしはそんな話には興味ない。ウイングス？　知らないわ。彼は両手を広げ、ぱたんとおとし、ため息をついた。

とってもいい天気。日の光にほこりを見せつけられると、なまけ者、といわれているようで気になる。毎日わたしはなにをやっているだろう。掃除、洗濯、食事、一人分だからたかがしれてる。家と会社を往復し、そしてビートルズ。きょうは少し念入りに、中掃除くらいやろうと決心してから彼とのデートの約束を思い出した。どうしよう、ええい、そのときの気分で動こうっと。

さて、出かけなくちゃ。テープを止め、アンプを切る。なんてこと——音が止まらない。ヘルプが聞こえている。テープリールは止まっている、アンプも消えているのに。音はかすかだけれど——気のせいじゃない。たしかに聞こえている。ヘルプのつぎはザ・ナイト・ビフォア……わたしはあとずさり、部屋をとび出した。鍵をかけるのを忘れたけれど、そのときはそれどころじゃなかった。ながれるメロディが現実に聞こえているものなのかどうか、わたしは旋律を頭から追い出そうとしたけれど、できなかった。それでも、満員の電車でいやな目に遭うと、空白になった。会社につくころは、だから、あれは気のせいだったのだと思えるまでになった。

パラノイア、と彼のいった言葉がよみがえり、わたしは不安になる。わたしは狂ってはいない、ただビートルズが好きなだけ。

アイム・ア・ルーザーとわたしはいったらしい、となりの早紀子が笑った。ふられたのね、葉子、やっぱり好きだったんでしょう、彼。ちがうわよ。強がりに聞こえたらしい、早紀子は残酷に笑いつづけ、室長にたしなめられるまで笑い狂った。どうかしてるわ、まるで彼女の心には悪魔《デヴィル・イン・ハー・ハート》がいるよう。

駅前の喫茶店で彼を待った。彼より先にきたのは初めてだった。アイス・ケーキと熱いコーヒーをとった。わたしは待った。一時をすぎても彼はこなかった。早紀子のいうように、わたしはふられ、ほんとは彼のことを好きだったのかもしれない、などと思ったりした。

待った。彼はこなかった。

いいわよ、と腰をあげたところに電話がかかってきた。彼があやまった。現場に出ていて手がはなせないから、きょうは行けない、許してほしいといった。明日のつごうはどうかと訊かれた――わたしはほっとして同意している自分に気づく。

パラノイアのことだけど、とわたしは唐突にいった、その病気になると現実にない音が聞こえることがあるの？　よくは知らないが、パラノイアには知覚障害はあらわれないと思う、彼はいった、「幻聴なら分裂症でしょう——でも、どうしてそんなことを」

こんなこと、どうしていえよう、ビートルズが、音の出るはずのないスピーカーから聞こえてくる、なんて。

「いいえ、なんでもないの、なんでも」

帰るのがこわかった。レストランで食事、映画を見て、ウィンドウ・ショッピング、ぶらぶらと歩くのも疲れたのでマンガのおいてある喫茶店に入り、読みながらピザを食べ、胸がいっぱいで食べきれず、指をなめて、出る。外は暗い。憂うつ。

鍵をかけ忘れたドアをおそるおそる開けて、耳をすます。よかった、なにも聞こえない。さっそくテープを回す。回してしまえばもう心配ない。わたしは笑う。ほっとして、安らぐ。

わたしはビートルズが好き。

気のせいだったのよねえ、わたし、どうかしていたんだわ。アンド・ユア・バード・キャン・シング……アイム・オンリー・スリーピング……わたしは眠る。

朝おきてからもずっとながしておいた。ヘアブラッシングにはリズムが必要だからいつものことだったのだけれど、洗濯機や掃除機を回しているときにも曲を消さないなんて、初めてだった。

悩むことなんかなかったのよ。こうしていつもテープを回しておけば、聞こえるのがあたりまえなんだもの。ボリュームをしぼっておけば、上下左右のお隣りさんにも迷惑はからないし。

掃除機が止まった。どうもスイッチの調子がよくないのよねえ……ヒー・ケイム・イン・スルー・ザ・バスルーム・ウィンドウ……動かないから、あきらめる。修理に出さなくちゃ。なんだか周りがひっそりとしている。キャリー・ザット・ウェイト……まさか、まさか……アンプの灯が消えている——停電なんだわ、でも、でも、曲は聞こえる、はっきりと。

わたしはエプロン姿でとび出した。オー・ダーリン、助けて。わたしはとうとう狂ってしまったにちがいない。

髪を振り乱している自分に気づいたとき、わたしは街なかを歩いていた。だれもわたしを見なかったし、わたしも他人の目など気にしなかった。思いはただひとつ、自分の頭のことだけ。

待った。彼を待った。

こないのではないかというやな予感がした。いつもの喫茶店でわたしは待った。長い時間だった。寒くもないのに身がふるえた。アメリカンを機械的に飲んだ。五杯くらい。よく覚えていない。

　彼は笑顔で、こんにちは、といった。もっと気のきいた挨拶はないものか、などと思うのは、安心したせいかもしれない。安心すると、化粧なしの素顔が気になった。わたしはなんだか裸で彼と向い合っているような気がした。彼にあやまると、とんでもない、素顔のほうが素敵だと、うちの会社のボスが聞いたらまっ青になるようなことをいった。わたしの会社、化粧品の販売をやってるの。最近の流行は、素肌を活かす軽いメイク。彼は笑った。そして、鉄にも化粧をすることがあるんだ、と彼の仕事の話をした。よくはわからなかったけれど、鉄材に特殊な塗料を塗って、それに入るひびで応力分布がどうのこうのと、しゃべった。わたしはそれよりも、自分の頭にひびが入っているのではないかと、心配だった。頭の中をかけめぐるビートルズ、いまは聞こえないけど、メロディはいつでも心に出せる、そのつぶやく旋律は、やがて勝手にながれ、あふれ、幻聴のように……わたしはどんな顔をしていたろう。彼は黙った。無視されればだれだって口をつぐむ。

「ビートルズが聞こえるの」わたしはいった。「停電なのに」

　電気代なしで聞けていいではないか、彼は冷たい皮肉を、でも明るい声で、いった。わたしは沈む。

「どういうこと?」彼は冗談を引っ込めて、訊いた。「──気が違った? まさか。思い違いでしょう」

「いいえ」

「偶然、付近のラジオかなんかの音が――」

「いいえ、いいえ」

「たまたま、お隣りのにわとりがビートルズ調で鳴くとか。Good Morning Good Morning
――」

「いいえ、いいえ、いいえ」ばか。

彼はわたしの手をとり、立った。行ってみようじゃないかといった。

「どこへ」

「もちろん、あなたのビートルズに会いに」

いずれ部屋にはもどらなければいけない。わたしはこっくりとうなずく。ひとりではとても帰れない。

掃除機がブンブンと鳴っていた。これがビートルズに聞こえるようなら重症だと彼は心配そうにわたしを見た。わたしは首を振る。彼は掃除機のスイッチを切った。

「ほら……聞こえる、聞こえるのよ」

ユー・ノウ・マイ・ネイム……聞こえるのはあたりまえ、アンプもついているし、デッキはタイマー・スタンバイにしておいたから電気が通じれば回る、オート・リバースのエンドレス・プレイだからいまも回っている。

「へえ」と彼は息をもらした。「すごいデッキ、すごいプレーヤー、すごいアンプ、すごいスピーカー・システム……たかだかビートルズを聞くにしては――もったいない」

怒る気にもなれない。やめて、「やめて、アンプは切らないで」

「どうしてです」

「切っても聞こえたら……わたし――やめて」

悲鳴をあげる。大きな叫び声にはならなかったけれど――一瞬気が遠くなる。アンプが切れてもビートルズは歌をやめなかった。

「しっかりして」と彼。

「だめ、だめ、だめ、わたしには聞こえる、幻聴よ、狂ったんだわ」

「しっかりして、気をたしかに」

「たしかじゃないのよ、たしかにしようがないじゃない」

「よく聞いて、大丈夫、狂ってはいない」

「どうして」わたしは涙を飲み込む。「――え？　なんていったの？」

「だからさ、ぼくにも聞こえる」

「……？　ほんとに？」

「これは――I'll Get You」

「正解……でも、どうして？」

「さあ」と彼。「そこまでは」

彼はアンプの裏をのぞき、電源コードを引っこ抜き、いろいろな線を外し、どうだ、これで、もう鳴るはずがない、といいながら、首をひねった。鳴っている。

「きっと、あなたにも移ったのよ。二人とも狂ったんだわ」

「マイクは、ありますか」

おまけのマイクならあるけど。彼はうけとると、スピーカーの前におき、ジャックをデッキに差し込み、電源を入れ、ポーズと録音ボタンを押し、入力セレクタをMICにセットし――メーターが振れた。この意味はわたしにもわかった。メーターの振れ具合は曲と一致している。クライ・フォー・ア・シャドウ。テープを走らせ、モニターを聞けばもっとたしかだけど、そこまでやらなくても――幻聴じゃないんだわ。それとも、目までおかしくなったのかしらん。

「どうなってるの？」

「さっぱり。わかるのは、なんだかよくわからないということ。――忘れて、出ませんか」

頭が痛いの、といって断わった。わるいとは思ったのだけれど、ほんとに頭痛がしている。

「では……帰ります」

「だめ――いえ、その、わたし、こわいの……」

だって、鳴るはずのないスピーカーから音が出ているなんて、気味がわるい。それは幻聴よりも、狂うことよりも、おそろしい気がしてきたのに、どうして。彼、けろりとしていられるんだろう、わたしは。ぞっとする、まったくの衝動で。爪やすりを手に、スピーカーの大きなやつに突き刺し、えぐっている。

「なにをする――やめなさい、おちついて」

爪やすりを投げて、わたしはうなだれる。音は消えない。ドライバーはないかと彼はいった。そんなもの、ないわ。じゃあ借りてきて、スピーカーユニットを外してみよう。

「もったいない……このウーハーのコーンは、メーカーに頼めば張り替えてもらえるでしょう」

スピーカーの箱《エンクロージャ》に大中小の穴がぽっかりと開いた。ユニットを外されたその箱は、まるで髑髏《どくろ》だった。どこまでも黒い眼窩《がんか》。わたしを見つめている。わたしはその前でひざをかかえている。死霊のかなでるビートルズ。ホワイル・マイ・ギター・ジェントリー・ウィープス……部屋は薄暗い。

だんだん音が大きくなる、うしろの彼がいった。「たぶん、あなたの心のビートルズが空気を感応振動させているんだ……いい音ですね、とても。歪《ひず》みもなく、さわやかで、いきいきしている……究極的なオーディオの世界かもしれない」

わたしは疲れている。とっても。音はたしかに大きくなっている。ハッピネス・イズ・ア・ワーム・ガン、とビートルズがいった。

とうとうお隣りさんがどなり込んでくる。でも、異様な雰囲気にのまれたのだろう、すぐに出ていった。

解決方法はひとつしかないと彼はいった。

ドント・レット・ミー・ダウン、とビートルズがさえぎった。

アイ・ウィル、とわたし。

音の粒子がきらめき、渦巻き、散る。最高のビートルズ。そこで歌っているかのよう。だんだん、わたしは、うっとりと……血を吸いとられてゆくよう……このまま死んでもいいわ、いいわ……とってもセクシー……アイヴ・ガッタ・フィーリング。


目を覚ましたら、周りは白かった。わたしの部屋じゃない。彼がわきにいた。でも彼の部屋でもなさそう。

「ここは……どこ。――精神病院ですって？」

「いえ、赤十字病院ですよ。危なかった――」

彼は言葉を切り、耳をすました。聞こえる。ラン・フォー・ユア・ライフ……しだいに大きく。部屋全体の空気が、振動する。エンクロージャの中に閉じ込められたみたい。わたしは耳をふさぐ。彼も。すさまじい音圧。脳がポタージュになりそう。窓ガラスが吹き飛んだ——わたしは失神する。

おきたとき、窓ガラスははまっていた。別の部屋のようだった。肥った看護婦がにっこりと笑った。だけど、笑顔は長つづきしなかった。「ヘイ・ブルドッグ」が看護婦を粉砕した——ように見えた。窓ガラスを突きやぶって、彼女は出ていった。わたしは気を失った。

つぎは、窓がなかった。ぎょっとした顔が、いった、気を鎮めて、鎮めて、鎮めて——医師だろう、「キャント・バイ・ミー・ラヴ」が彼をたたき出し、閉まったドアをめちゃめちゃに裂き、壁にひびを入れて、わたしはぶったおれた。

そのつぎは、なんだかでこぼこの多い部屋だった。ネットの上にベッドがあって——無響室らしい、だれもいない——「ミスター・ムーン・ライト」の第一声でわたしの頭はおかしくなり、目の前が暗くなった。

……潮の香りがした。わたしは目を開ける。波の音。彼がいる。わたしは衰弱している……それでも鳴り出す——ジョンとヨーコのバラード。かすかに、でも確実に大きくなりながら。船内……キャビンね？

「友人と共有のヨットなんだ。ここならだれにも迷惑かけないし、実は病院もさじを投げたんだよ、治療しようとすると空気が鳴り出すんで、結局、眠り姫のように永久に眠らせておくしかないって、ぼくはいやだ、それで――」彼は早口にしゃべった。大きくなる歌声にかき消される前に、いいたいことをすべて吐き出してしまおうとしているらしかった。

「あなたしだいだ、ねえ？　ヨーコは葉子じゃない」

もう叫ばなければ聞こえない。

「愛しているよ、返事は!?」

わたしは耳をふさぐ。破滅的大音響。身はゆれて、ゆれて、気持ちがわるい……もう、こんどは目を覚ませないかもしれない、永遠に。そんなの、いや。

「ビートルズなんか――大きらいよ！」

耳がジン。シン、シン、シン、と鳴っている。彼がほほえむ。そして、「抱きしめたい」といった。

わたしはうなずく。いつまでもねんねじゃいられない。

返して！

妊娠しているのではないかと弟にいわれた。わたしはあいまいにうなずく。隠すつもりはなかったが、しかし打ち明けたところで祝福されるはずもなかったから黙っていた。

愛しているよ、姉さん、と弟は真剣な顔でいった。まるで赤ん坊に愛を横取りされるのを恐れるように。たぶん、そのとおりだったろう。あらゆる意味で、弟の危惧は正当なものだった。妊娠したことで二人の愛に破局がおとずれたとは思いたくはなかった。わたしも彼を愛していた、でも、彼のその不安なまなざしが、いまのわたしにはうとましい。

うとましく、そして、こわかった。わたしの身に宿る小さな生命を敵視しているような彼の目つきが、こわかった。結局彼は姉を愛したのであって、わたしを愛したのではない、そんな気がした。姉と名がつけばだれでもよかったのだ。ただ背徳の快楽をむさぼっただけではないのか。

それをたしかめるために避妊をしなかったのか、弟はわたしを見つめた。目を伏せて、どうするつもりかと訊いた。わたしはヒステリックな激情をこらえることができなかった。

「どうするつもり？　あなたの子よ、殺せっていうの」

「生まれてこなければよかったと思いつつ生きてゆかなければならない子を、どうして生まなくてはいけないんだ。そもそも、世間はぼくらに親の資格を与えないだろう」

「もう頼まない。あなたの子じゃない、わたしの子よ。口は出さないで」

「悪魔を生もうとしているのがわからないのか。ぼくらは親にはなれない。それでかろうじて愛し合っていける。それをぶちこわそうとしているんだよ」

彼のいっていることは正しい。でも認めたくない。母性がその言葉を認めない。

三か月だといわれた。母親資格証明書はもっているかと医師はいった。いいえ、とわたし。

「では早急に取得してください。でないと母子手帳をお渡しできません。それとも――」

中絶するか、といいたかったのだろう、わたしはそれをさえぎり、訊いた。

「もし資格が取れなくて――その場合、生まれてきた子はどうなるのですか」

「さほどに難しい試験ではありませんが」医師はわたしの身の上を感づいたようだった。諭すようにいった。「自信がないのなら、あきらめるのがいいでしょう。赤ちゃんは抱けませんよ、残酷ですが、そう、顔も見せてはもらえない。親資格があって、かつ、子のいない夫婦に斡旋《あっせん》されるきまりですから」

　本気で他人の子を愛そうと考えている夫婦がいるなんて、信じられない。どんな打算があるのかわかったものじゃない。人工受精やクローンのほうがまだ人間的だと思う。

「未来を切り開く能力のある次世代を育てることを喜ぶ、そういう気持の夫婦がほとんどですよ」

「人間づくりのプロですわね。国から費用が出るのでしょう。年金もつくわ」

「それにはより厳しい資格がいります。あなたの心もわからないでもありません。動物的な母性愛、もちろん卑しいとはいいません、気高いものです。だがそれだけでは立派な子は育たない……資格をお取りなさい。プロ資格はともかく、普通資格は簡単なテストです。不合格者はほとんど出ない。自信がなければ民間の教育機関もありますし、他になにか問題があれば無料相談所へ行きなさい」

　医師の思いやりには感謝した。しかしだめだろう、この子には父親がいない。結婚すればいいのだが、弟とはできない。他の男を愛する自信はないし、それでもいいという男がいるとは思えない。弟は正しい。赤ちゃんを抱きしめたいという欲求は贅沢なのだ……でもあきらめきれない、どうしても。一目だけでいい、ただ一度でいい、重さをたしかめてみたい、この手で。

ともかく、わたしは厚生教育委員長の交付するその資格を取るため、厚生教育センターへ行った。センターは地方行政機関だから、もしかしたら、資格を取り易い都県とそうでないところがあるかもしれない、などと思ったりした。センターは定期的に親たちを教育し、テストする——形式的なものだろう——それを受けるための夫婦づれなどで混んでいた。わたしはひとりだった。

身体、知能、精神安定度の各テスト、子に対する意識調査——問題はなかった。満点といってもいい、でもだめだった。父親の役割をどう思うか、とか、父親、つまり夫とどう協力して育ててゆくか、とか、そんな配偶者がかかわってくる設問で、わたしはあいまいな回答しか出せなかった。コンピュータは非情に不合格、といった。

小さな部屋で、わたしはコンピュータに懇願する、

「それでも生みたいの」

特別講座を受講しろ、機械はいった。手続書類を吐き出し、受講証明書をもってこい、その上で仮母親資格証明書を交付する、といった。わたしは書類をもって、出た。

書類に記入された期日に、わたしはセンターに行かなくてはならない。

特別講座というのはようするに、生んだ赤ん坊を未練なく手放せるかどうか、その覚悟を問うものだった。できない者には人工妊娠中絶をすすめ、それも不可能な者には催眠暗示を施し、社会に適応できるよう教育する。子供は最大の資源なのだ。わたしも、すっか

りその気になった。

仮資格を取ったわたしは仮母親として認められ、法の保護と恩恵を得た。すべてが順調だった。わたしは幸福だった。でも弟はときどきわたしを抱いて、泣いた。姉さん、姉さん、生んだ子はぼくらの手では育てられないんだよ、どうしてそんな平気な顔をしていられるんだ。とどのつまりが、姉さんは腹を貸しているだけ、赤ん坊製造機じゃないか。

こんな侮辱にはたえられない、あなた、女をなんだと思っているの。

「姉さんは厚生教育委員会にだまされているんだ。意識改造教育だよ、子供は地方自治体や国のものじゃない、ぼくらの子だ——なにをしようとしているのか、わからないのか、ぼくらの子を取られてしまうんだよ。母性を取りもどしてくれ、姉さん、思い出すんだ」

汚い話を知っているか、と弟はいった。世の中には赤ん坊を売ってぐうたらに生きている男女がいるんだ、愛情ぬきで快楽におぼれ、金がなくなったら子をつくり、仮親申請を出し、妊娠期間を遊んで暮らす——「姉さんはそれと同じことをやっている」

「考えすぎよ」

「手放してはだめだ、ぼくらの手で育てよう……姉さんは美しい、ぼくも薄汚くはない」

わたしは笑った。

「おろせ、あなたはそういったわ、悪魔を生もうとしている、と。なのに、どうして」

「どうしようもない、父親失格のだめ男ならともかく、ぼくはそうじゃない。ただ、弟だから、法で結婚を禁じられているから父の名をもらえないだけだ……許さない、許せない、こんなばかなことがあっていいものか」

愛しいひと、愛しいひと、わたしを抱いて、お願いだから、そんなに悲しい目でわたしを見ないで。愛しているのよ。

「かわいそうな姉さん……ぼくといっしょでは永久に母にはなれないんだ」

弟はわたしを強く抱きしめ、出ていった。そして帰ってこなかった。手をつくして捜したけれど、行方はつかめなかった。

わたしは泣いた。

予定より遅れた。難産だったが、無痛分娩だったのでさほど苦しくはなかった。育ての親はすでに決まっていた。女の子であることは妊娠中にわかっていた。顔は見せられなかったが、興味はなかった。無事に生めたという喜びだけがあった。

わたしの生んだその子が誘拐されたときかされたのは退院の日だった。部屋に厚生警察刑事がきて、犯人はわたしの弟だ、といった。驚くより先にこう続けた。

「いいにくいことなんだが」刑事は高分子分解銃をわたしの目から隠すように手をやり、わたしを見た。「きみたち姉弟のことを調べたんだ」

「軽蔑しますか」

「そうじゃない。おれには理解できないし、したくもないが、しかし法で愛を縛るのは間違っていると思う。遺伝的な問題があれば別だがそれにしても——違うんだ、そんなことをいいにきたんじゃない。もっと深刻な……おれもつらいんだが」

刑事はいいしぶった。が、わたしにうながされて、口を開いた。

「きみたち姉弟には再教育が必要だ。きみたちの両親は親資格を不正に入手していたことが、今回の弟さんの誘拐事件捜査中に明らかになったんだ。これには時効はないんだ」

わたしは愕然とする。「つまり……わたしたちは育てそこなわれた、できそこないだというの」

刑事はかすかにうなずいた。「その子は再教育しなくてはならない……きみたちに責任はない。弟さんもこの誘拐事件では犯罪者あつかいにはならない——ならなかった」

「ならなかった？」

「再教育を拒否した。やむを得なかった。強く抵抗したから。説得はしたんだ、しかし、姉さんのようになるのはいやだといって——」

「わたしが、どうだっていうの、なぜ？」

「説得しきれなかった責任は感じている。それを転嫁するわけじゃないが、悪いのは——」

「同情する……親を選んで生まれてはこれないからな。ついてきてくれるな？　再教育センターだ」
「やめてよ！」

手のひらを見る。なにかがこみあげてくる……忘れていたなにかが……やわらかなピンクの肌……わたしは胸に手をやる。この乳房の張りは、なに？

「わたしの……愛は――どこ、どこよ――まさか」わたしは刑事につめよる。「どうして……どうして、どうしてよ」

「頼む、抵抗しないでくれ、射ちたくはないんだ」

動くな、という声。部屋の入口で、同僚の刑事だろう、銃を構えて立っていた。どけよ、とその男はわたしがしがみついている刑事にいった。

「こいつらに情けは無用だ。いわば欠陥人間なんだぜ」

「やめろ、人殺しめ、銃をおさめろ。ついてきてくれますね？　大丈夫、夢だったんですよ、これは悪夢なんだ」

親不孝な娘だといわれ、思って、生きてきた。いつも、いつも、いつも。わたしは笑いの衝動をおさえることができない。そう、これは夢なんだわ、自分の笑い声を遠くにききながら思う、なんてグロテスクな……不孝を責めるのはよしてちょうだい、愛を返して！

わたしは絶叫する。

狐と踊れ

上等な料理と上質のワイン、そして上品な室内楽に綺雄也《かんた》は酔った。おまけに、向いに座っている女は美しかった。雄也は豪華な晩餐の間中、同じテーブルの他の二人のことは忘れ、彼女しか見ていなかった。

テーブルにおかれたキャンドル・ライトのゆらめきに、女の瞳は妖しくきらめいた。唇はワインの色をそのまま吸いとったかのように紅かった。ロココ調の室内を満たす快い調べが雄也をうきたたせ、体中にしみわたったアルコールが彼を若がえらせた。ときおり彼女が目をあげてほほえむと雄也の心はときめいた。彼自身はしかし、このひそかな小恍惚状態を自覚してはいなかった。少し後、夢からさめて、再び猥雑な現実にもどったとき、妻の麗子から、あなたはあの娘《こ》しか頭にないようだったと嫉妬の刺を含んだ意地悪い言葉で指摘されるまで気がつかなかった。雄也にすれば、その娘を妻の嫉妬の対象にしようなどという魂胆をもっていたわけではない。酒と音楽と美しい女、この楽しいひととき、雰囲気を最大限に味わおうというだけのことだった。

だからその小娘がテーブルに隠れた足を伸ばして雄也の足に触れたとき、彼にはその意図がとっさには判断できなかった。小娘は雄也を見、麗子に目を移し、再び視線をもどして微笑した。露骨な笑みに雄也はとまどった。奥さまが怖いのね、そういっている小娘の目だった。雄也はいくぶん酔いのさめたおももちで足を引いた。もしこの座に上司である彼女の父親と妻の麗子がいなかったら、自分は彼女の誘いにのっただろうかと雄也は考えた。そんな思いを見すかし、楽しむかのように小娘が口をひらいた。

「慎重派なのね」美沙が言った。

「なに？　だれが」父親、北見部長が言った。

美沙の言葉の真意を知っているのはもちろん、彼女と雄也だけだった。小悪魔め、雄也はナプキンを取り、目を伏せた。

満足してもらえただろうかと尋ねる給仕長に、デザートはフルーツ・パンケーキをと美沙は言い、あなたはと問いかけるように雄也を見つめた。

「コーヒーを。ブラックで」

給仕長は四人の注文を若い給仕に書きとめさせてから、リクエストはないかと淡いスポットに浮びあがった室内楽団の方を見た。

「ボッケリーニなどいかがですか」美沙が雄也に同意を求めた。

「もちろん」麗子が口をはさんだ。「バロックは主人の好みですわ」

「奥さまはバイオリンをたしなまれるそうですわね」

「たしなむ……ええ、ほんの少し。主人はいい聞き手ですわ」

麗子はアルカディア・ホールと呼ばれる専用会場を持つ交響楽団に所属するバイオリニストだが、ソリストとしても一流で、その技量は独奏会を開いてホールを満席にすることができるほどだった。美沙が知らないはずはない。

「実をいうと、わたしバロックなんかよく知らないの。ほんとに、まったく、ぜんぜん」

「ではかぶと虫などいかがです、お嬢さま」

「かぶと虫？」

「ビートルズです」

「ビートルズ《BEATLES》はかぶと虫《BEETLE》じゃない。つづりが違うよ」と雄也。

麗子はイヴニング・ドレスから出た裸の肩をすくめて黙った。

「そう、それがいいわ。かぶと虫にしましょう。奥さまもお好きなようですし」

何か言いたげな妻を足で制して雄也はうなずいた。「できるかい？」

「はい、曲目はなにが」

「ほら、あれ、『長くて曲りくねった道』ってのがあったろう。よろしいですか？」

美沙は笑顔で、わたしも大好きだとこたえた。

絃の響きは甘かった。美沙が口に運ぶケーキもいかにも甘ったるそうだった。一切れあげようか、美沙が言った。礼儀知らずの小娘めと言いたそうに麗子が顔をしかめたが、何も言わなかった。雄也はことわった。別段妻を気にかけたのではなく、胃がうけつけなかった。彼女の胃はどうなってるのだろう、美沙の形のいい唇の間に消えるケーキを見て雄也は彼女の胃に同情した。

「肥るので、お嬢さん、甘い物はさけているのです」

「肥った女はおきらい？」

「あなたは肥ってはいない」モカ・ゼリーを食べる手を休めて麗子が顔をあげた。

「奥さまも、ね」

「やせてもいませんわ」

「脂肪の量で人の魅力が変わるとは思いませんが、お嬢さん、わたしの場合は仕事にさしつかえますので」

「そうだな、たしかに、慎重派だ」北見部長が思い出したように言い、葉巻に火をつけた。

「保安課で倉庫の番人をやらしておくには惜しい男、というわしの目に狂いはないと思う。調査課でもしっかり、慎重に行動することだよ、綺君《かんた》。調査課は供給管理部の頭だ。人人の運命にかかわるからな。特に、わがA階級地区のね」

「部長のご好意には感謝いたしております」

「あまりありがたくないみたいですわね」

「決して、そんなことは、お嬢さん！」

「もちろんだ、綺君。調査課は保安課とは格がちがう。この世界のA階とB階ほどの違いがある。A階層の人間にはばかはおらん。チャンスを逃がすような間抜けは、だ」

「楽しい夕食だったわ」美沙は妖しい笑みを浮べる。「夜は長いから……踊りにいきませんか、綺さん、いいクラブを知ってるの」

「主人はワルツが得意です」麗子は反感をもう隠そうとはしなかった。「お貸しします」

「あら、ありがとう」

「申し訳ない、母親なしで育ってね、甘やかしすぎた」

「フォックストロットはいかがですか」と美沙。

「残念ですが」まったく、この夜をこのままおしまいにしてしまうのは惜しい気がした。アイシャドウやアイラインやアイシャイナーで色どられた美沙の目、ろうそくの灯のゆらめきを映す蠱惑《こわく》的な瞳は、まるで催眠術師の遣う指標のように雄也をひきつけ、理性を、常識を、現実を、嘲笑《あざわら》っているかのようだった。雄也は意識して目をそらした。「今夜は家内がいますし」言ってから無意識にはいた言葉に狼狽《ろうばい》した。雄也はとりつくろうようにつけ足した。「また今度、いずれ、お相手できる機会があるかと――あれば、そのときに」

何を言っても愚かしかった。半ばやけくそで、フォックストロットは踊れないと言って

雄也は口をとざし、カップの底の、冷えたコーヒーを飲み干した。

室内楽団はモーツァルトをやっていた。他のテーブルの客の談笑が低く曲におりこまれていた。雄也には惨めで、つらい静けさだった。美沙は声をたてずに笑っていた。デミタスカップに葉巻を抛《ほう》りこむ北見部長の手が見えた。妻をうかがう気にはなれない雄也だった。ウェイター、雄也は合図し、水を持ってくるように告げてポケットからシガレットケースに似た銀の箱を取り出し、開ける。中に一個のカプセル薬、SFX5U。これこそ人間を人間たらしめている薬だ、雄也は思った。会社の地下倉庫に積まれたSFX5Uの梱包群、それを守るのが昨日までの雄也の仕事なのだった。退屈な時間、保安課に通う毎日、その暗い地下へ美沙の魔力で再び追い落とされるのではなかろうかと雄也は怖れた。魔法をとく妙薬を飲む気持で彼は5Uを嚥下《えんげ》した。

もちろん麗子も飲んだ。食後にはだれもが5Uを服用するのであり、それは食事をとることと同じ次元の行為だった。麗子はカプセルケースをハンドバッグにしまって席を立ち、北見部長に手をさし出した。

「素敵な夜をありがとうございました」

雄也も腰をあげたが、うまい別れの挨拶が思い浮ばない。北見部長の出した手を握り、

結局無言で、自分の手の温もりから部長が決意を読みとってくれればと願っただけだった。それから美沙を見た。

美沙は雄也を見てはいなかった。ハンドバッグをかきまわし、何かを捜していた。雄也には見当がついた。美沙はとうとうテーブルの上に中身をぶちまけて悲痛な声をあげる。

「ない、ないわ、忘れて、いいえ、そんなはずは……落とした――でも、いつ？」

狂ったように美沙は椅子をどけると燭台を持ってテーブルの下をのぞきこむ。ろうそくなどなくとも十分明るいのにと思いながらも雄也も腰をかがめ、そしてふと妻を見やった。麗子は床にはいつくばった二人を無表情に見おろしていた。

「５Ｕがそこにあるとは思えませんわ、お嬢さま。踊るのはやめにしたほうがよろしいようですわね」

美沙には聞こえないようだった。「お父さまは――もう飲んだわね。ああ、帰らなくちゃ、急いで。でないとわたしの胃は――だめ、だめ、だめだわ、間に合わない！」

「美沙、美沙」北見部長の顔も美沙と同様に蒼かった。「大丈夫だよ！」

「落ち着いて、お嬢さん。一回や二回飲み忘れたって――」

「わたしはだめなのよ」

ヒステリックに叫ぶ娘を部長は抱き、ただならぬ気配にとんできた給仕長に５Ｕの予備はないかと訊いた。無理な注文に給仕長は首を横に振るだけだった。５Ｕは厳密な個人割当制であり、ほとんどの者が事故を怖れて余分な5Uは携帯しない。また、5Uを他人に譲渡すると罰せられる。それを監督しているのは皮肉なことに北見部長自身なのだ。

「車を表に、早く」

音楽の調べは消えた。皆が騒ぎの源を注視していた。その客の中からかん高い女の悲鳴があがった。抱きかかえて歩きだそうとした北見部長の動きがとまる。雄也は無意識に一歩さがってその光景を凝視した。

美沙のワインカラーのドレスの腹部が青白く輝いていた。彼女は目を大きく見ひらいて声もない。やがて光度が増すと、光源が腹部から出、バレーボール大の光球となって美沙の体から遊離した。

レストラン内は騒然となった。麗子は口を手でおさえながらも目をはなそうとはしなかった。青白い球体は床に落ちた。それから、ぽんとボールそのもののようにはねた。

「わたしの胃が！」美沙は父親の腕をふりほどいて絶叫した。「待って！」

美沙の胃は、正確には消化器官は、いましめから解き放たれた野生動物さながらにころがり、はね、いったん空中で周りを探るように静止した後、ぶるんと身をふるわせて田園風景を表わしたつづれ織りの掛かっている壁に向う。美沙は追いかけ、捕えようと手を出したが遅かった。球体は壁を突き抜け、外へと姿を消した。

壁の前で美沙はくずおれた。救急車を手配しろ、部長が給仕長に命じたがだれも動かない。

「急げ、命令だ。5Uをとりあげるぞ！」

雄也は駆けよった。胃を失った美沙はショックのため失神していた。美沙の胃はその宿主だった彼女から、この夜の晩餐、フルーツ・パンケーキごと、あらゆる楽しみを奪いとって自由の身となった。


車をガレージに入れたときはもう真夜中を大分まわっていた。

雄也は不幸な娘のために必要な手続一切をやってきたのだった。

北見部長はとり乱しており、意識のない美沙にすがるだけで、社会的な地位も世間体もなにもかも忘れた無能な父親でしかなかった。救急病院の医師による診断証明と美沙の身分保証万能カードを持った雄也は麗子といったんレストランにもどり、自分の車で胃を失った者を収容するサナトリウムへ行った。麗子はこの煩《わずら》わしい仕事につきあわされることに対して何も言わなかった。楽しんでいるようにも雄也には感じられた。サナトリウムの受付は昼夜をとわず開いている。雄也は正式の申告手続代理人ではなく、美沙のことは何も知らなかったので、数枚にわたる書類にはほとんど書きこめなかった。それでもサナトリウムの一室を確保できた。カードから胃腸固定剤受給資格が抹消された美沙は、俗世界から絶縁されたサナトリウムの人間となった。

居間に入った雄也は上着を脱ぎ、ソファに身を投げだす。麗子は絨毯の上の雄也の上着をとって自分のショールとともにソファの背にかけた。

「シェリーの気分だ」

「シェリーはだめ」背後の麗子が雄也の頬をなでて言った。

「今夜は疲れたよ。寝酒を飲んで安らぎの空間に向って一直線……だれかさんの相手はせずにさ。フェノバールでも打ちたい気分だよ」

麗子は鼻を鳴らして離れ、ホームバーからシェリーを出し、自分はジンをベースにカクテルを作った。

「甘いのは肥るわよ」グラスを手渡して麗子が笑った。「ねえ、シェリーの香りは青酸ガスの匂いに似てるって。知ってる？」

「何が気に入らない」雄也はグラスを口もとからはなした。「何を怒ってる」

「わたしが？　怒る？　どうして」カクテルをすすって、「フォックストロットはいかが？　ボッケリーニは？　肥った女はおきらいですか？　ケーキはどう？　慎重ですこと」麗子は真顔にもどる。「まったく、聞いてられなかったわ」

「小娘だ。若さゆえの軽薄さ」

「あなたはどうなのよ」

「どうって？　部長の娘だ。合わせなければなるまい」

「それだけじゃなかったわ。あなたの目は……今夜は妻が一緒なので、いつか二人で踊りましょう――」

「やめろよ。彼女はもう踊れない」

「それとこれとは別よ」

雄也は目をとじてグラスを傾けた、美沙の美しい顔が浮んだ。華麗な薔薇の花、しかしいまは散ってしまった。もう香ることはないのだ。麗子はその散ってしまった過去の娘を妬《や》いている、なんて理不尽なと雄也は思った。麗子の立つ気配でまぶたをあけ、目で後を追う。マントルピースの上のバイオリン・ケースをあけた麗子は弓を出し、下端ねじをしめて弓毛を緊張させると松やにをつけた。

「そうそう、奥さまはバイオリンをたしなまれるとか」調絃して雄也を見、A《アー》線にのせた弓を引いた。力強く。絃が大きくふるえ、細かい松やにの粉末が散った。「リクエストはございませんか？　バッハのホ長調がいいわね、あなた好きだもの。特に三楽章が」

バイオリン・コンチェルト、二番。速すぎる、雄也は麗子の魔法のような指の動きを見て感じた。

「速い？　いつもと同じだわ。アレグロ・アッサイ。きわめて軽快に」

「聴くごとに速くなってゆくような気がするよ。まるで追いかけられてるようだ」

「しどろもどろに聞こえた？」

「いや、そうじゃない、技術は立派だ……でもバッハはそんなに速くは弾かなかったと思うんだ。弾けなかったのではなく」雄也はシェリーを飲み干した。「彼の時代は胃の心配はしなくてよかったからな。さぞのんびりしていたことだろうよ」

「かぶと虫の時代もね。あの娘《こ》ったら」麗子はふっと思い出し笑いをもらした。「胃を追いかけてる姿……そうだ、あの娘にぴったりのビートルズの曲があるわ。『あわて《ヘルター》・ふた《スケ》めき《ルター》』ってのはどう。来て、来て、来て、こたえてくれ、ぼくがいるのか、いらないのか」

　麗子は高く笑った。雄也は背筋に冷たいものを感じて立ちあがった。

「明日はわが身ってこともある。笑うのはよしたほうがいいと思うよ」

「５Ｕがあるかぎり大丈夫よ」

「あのとき、余分の５Ｕを持っていたか」

「いいえ」麗子は弓をまっすぐに立てて、左右に素早く振った。しっかり持たれた弓、その先端は腕の動きより大きくぶれることはなく、弓身は常に垂直を保っている。雄也はいつものことながら感心してながめた。雄也が遊びに持つ弓は、まるで非力な子供が重い鉄棒を振りまわすように頼りなくふらつくのだ。「それで？」麗子は弓をケースに入れて振り返った。「持っていたにもかかわらず、わたしがあげなかったとでも？」

「芸術家はそんなことはしないだろうさ」

「あなたが持っていたら……あげた？」

「……もう寝るよ。青酸ガスがまわってきた」

「あなたは芸術家ね」

「いい聞き手さ」

ソファに腰を落ち着けた麗子は煙草に火をつけた。それからグラスをあげ、階段を上りかけた雄也にむけて振った。

「いい夜だったわ」

「そうだ、5Uのケースを取ってくれないか」

麗子はくわえ煙草で雄也の上着を探ると、銀のケースを出し、抛った。危ういところで雄也はケースを受けとるのに成功した。

「ねえ、あなた」

「フムン？」

「わたしきれい？　あの娘と比べて、どう？」

「毒リンゴを作るつもりかい？　ぼくは魔法の鏡じゃないよ。……明りと火をちゃんと消してこいよ」雄也はふと通いの女中の小言を思い出してつけ足した。「灰を絨毯の上に落とさないように」

はい旦那さま、麗子が言った。

寝室に入り、ベッドの下の簡易金庫からSFX5Uのマスターケースを出し、銀のケースに三個収めてサイドテーブルにおき、雄也はふとんにもぐり込んだ。目を閉じてもすぐには眠れない。いつものことだった。眠りの導入部がやたらと長く、睡眠時間のほとんどが不安な夢に食われている、そんな夜がもう長いことつづいていた。不安の誘因はその日によって変化した。昔ならA階の人間になるための試験、入社後は地位の保全、昇任、恋すれば恋人の心の内、そしていまは麗子の猜疑心。それらが、一番安らぐべき時間、場所で、雄也の頭の中に広がり、騒ぎだすのだ。その具体的な自身の思いあたる不安材料の下で、常に変わらず無意識に流れているのはもちろん胃のことだった。自分は安眠したことがない、雄也は思う。強力な催眠薬、たとえばフェノバルビタールを飲んでもかえって疲れるだけだ。まるで睡眠薬中毒者の禁断症状のようではないか。

なにも考えずに眠ればいいのだ、雄也は言い聞かせた。なにを心配することがあろう、5Uもちゃんとある。麗子の態度はいつものことだ。雄也は体を丸めた。子宮の内の胎児を、自身の格好から連想した。

5Uを飲んだかい？　これ、大きくて飲みにくいんだもの、母さん。まったくしようのない子だよ、胃がなくなってもしらないからね。ねえ、5Uは？　飲んだったら、麗子、ぼくは餓鬼じゃない……

うとうとしていた雄也は、かすかな石けんの香がただよっているのに気づいた。いつ麗子がわきに入ってきたのか覚えがない。麗子はたぶん眠りをさまたげないよう注意をくばったに違いない、だけどこのほのかな香りが……嗅覚が過敏なんだ、いや神経か。雄也は寝返りをうった。

「起きてる？」

「寝たいと思ってる」

背を向けて雄也はつぶやく。

「ねえ、彼女どうなるの」

「だれ……白雪姫か……あわれ、姫はリンゴを食べて荒淫《こういん》になり……ピルを飲み忘れて七人の子を生みました……魔女は喜んでバイオリンを弾き……ワルツを踊りました」

「ピルといえばあの娘、持っていたわ。OVULIN《オーバリン》-21、見たでしょう？」

「フムムン、七つ子は生まれないな」

「ピルと5Uを間違えたのかしら。でもどうして……一回飲まなくたって……わからないわ」

「ショックだろう……心理的恐慌が引金になったんだ……」

「わたし、思うんだけど」麗子は夫の肩に手をかけた。「彼女、一日三カプセル以上飲んでいたんじゃないかしら。それで、多く飲まないと落ち着かなくなった……精神も、胃も」

「……リンゴは一かじりで十分だよ……」

「実際はそうでも、不安は消えないもの。多く飲みたくなったって不思議じゃないわ」

「不思議……ランプをこすると大男……リンゴを持ってこい……だめだめ、やせた大男が言いました……おれは北見部長である……」

「彼女は部長の娘、部長なら余分の5Uをこっそりと――」

「なに？」雄也は麗子の手をとった。「いま、なんて言った？」

「部長の立場を利用すれば、5Uを横ながしできると思うの」

「もっと慎重に、綺夫人《かんた》……麗子、部長がその気になれば、その一言でD階にも送られるんだぜ。まあ、B階に落とされたとしよう。もしB地区の人間が胃を失ったら、白雪姫のように完全看護は受けられず、D階地区へ追いやられる」

それがA階級とB階級の決定的な違いだった。だがその二つの階層の人人の間にどれだけの相違があるかとなると、雄也にはよくわからない。公官庁の首脳、SFX5U関係の者、一握りのサービス業者と芸術家たちが住むA階地区に入るためには試験に合格しなくてはならなかった。どんな人間が有能であるかを決めるのは国であり、その国家という組織は雄也にとっては得体のしれぬ、漠とした、抽象的な存在だった。追及することはない、雄也は思った。自分はいまA階にいる、それは具体的な事実なのだから。

「わかってるわ」麗子は雄也の手から逃がれてため息をついた。

雄也は美沙と、サナトリウムに入っている人間を思った。どのくらいの人間がそこで生きているのだろう。美沙はどの程度社会に貢献したろう、胃を失ってなおかつ生きることを保証されるだけの。Ｄ地区へ追放された人間はそれでも生きているという噂だが……Ｃ階はなくいきなりＤとなるのは、そこが文字どおりどんづまり《デッド・エンド》の地域だからか。それとも天罰《DAMNATION》のＤか。

「あさって５Ｕを買わなくちゃ……あなたは？」

「眠りたい」

「Ｂ階では５Ｕの闇取引があるって……ほんとうなの？　どうやって」

「羊が一匹……羊が二匹……バルビタールが三つ……フェノバルビタールが四つ……ウラシルが五つ……５Ｕ……」

「ねえ」

雄也はあきらめた。麗子が黙らないことには眠れそうにない。

「方法はいくつか考えられるよ。偽物を作って売るとか、自分の受給分をそのまま、あるいは薄めて再形成カプセル化するとかさ。それを調査監督するのがぼくの新しい仕事なんだ」

ＳＦＸ５Ｕ配給会社は私有企業だった。しかし経営形態は半私・半公営であり、５Ｕの市場調整は自由市場機構にゆだねられることのない、国家の計画にそった国家の命令によって決定される。この奇妙な経済体制は、５Ｕの原料や生産能力には限りがあり、自由市場にすると市民全体にいきわたらぬ恐れがあるためだ――無計画な消費による数量不足、それにともなう価格高騰などで――雄也は国の代弁者ともいえる北見部長からそう聞かされていた。むろんそう信じていない者もいた。当然自由営業とすべきなのに、国が統制するというのはおかしい、と彼らは言った。そうしないのは、国が価格は安いが最必需品である5Uを、市民統治のための武器としている事実を少しでも隠すための子供だまし、欺瞞である、5Uの製造は一般品と比べてさほど複雑ではないはずだ――こう主張するのはB階人だった。そしてさらに、5U会社の所有者の利益は国によって保護されている、これは不当だ――と発展すると、この主張にはA階人種に対する反感と嫉妬があからさまにあらわれた。

「自分の分を売ったら――その人はどうするのよ」

「危険は承知の上での綱渡りだろう。配給は三カプセルを一日分として数えるから、一錠を飲まずにためるのさ」

5Uの自動販売機は薬局はもとより、煙草の販売機なみにどこにでも、スーパーマーケットの店先にもある。カードを入れるのも煙草や他の品物を買うのと同じ手順だ。違っているのはカードを入れた時点で買手の手元に何カプセルあるかをコンピュータが過去の記録とあわせて計算し、手持量が三錠以下であることが確認されないと作動しない。そしてもし一カプセルも持ってなければ四日分、十二錠受けることができ、一カプセルでもあれば翌三日分、九カプセル出てくる。

「で、その一錠を、一日四錠必要とする者に高い金で売る。需給関係の成立というわけだ。世の中には楽観的な者と悲観的な者がいるってことさ。一方は二カプセルでどうってことないのに、四個必要とするやつはそんな事実を見ようともしない。まさか、麗子？」

「A階にはそんな人間はいないわ。あの娘は別として」

「もう、おやすみ」

「なぜ胃がねえ」麗子は独り言のようにもらした。「昔の戦争のせいかしら。放射能の」

「5U会社をもうけさせるために、分子生物工学者が仕組んだという話もあるよ」

「ときどき、B階人のようなことを言うわね」

雄也は暗い天井を見つめた。「きみのように代代A階を保っている家には生れなかったからな……おやすみ、おやすみ」

「戦前は五十億からの人間がいたって。信じられないわ」

「今度は歴史かい……シェリーのシャワーを浴びたくなってきたよ」

「ごめんなさい……ね、わたしうるさい女？　今夜のこと、怒ってる？」

「口を閉じてくれれば怒らないよ」

「愛してる？」

「……貧しきときも……もっと肥っても、やせても、愛してるよ」

「胃がなくなっても？」

「胃がなくなっても」

満足したように麗子は身を引き、愛してるわと言って静かになった。しばらくすると規則正しい寝息が聞こえてくる。雄也はすっかりさめてしまった。シェリーを飲みなおそうとベッドをおりたものの、もはや朝の近いことを知ってもどり、漠然とした不安の幻想に精神をゆだねた。今夜は眠れないだろう、雄也は身を丸めた。

石けんの匂い、処女《おとめ》の香りよ、麗子が笑う。手をあげて手のひらを吹くと無数のシャボン玉が生れる。深紅色に輝くそれらは空には浮んでゆかず、暗い床、底しれぬ奈落へ向って吸いこまれる。麗子は唐突に手を握る。シャボン玉は一瞬に失せ、指の間から白い液体がしたたり落ちる。さらばわたしの子供たち……おれの子だよ、雄也が言った。子はいらないわ、麗子は手をひらく。小さな青いボール。ポン、ぽん、ポン。毬がはねてゆく……さらば子供よ、雄也は小さくなってゆくボールに手を振る。さらば、童話の聞き手たち。

もっとましな夢はないのかい、雄也は闇の中の、周囲よりさらに一段と黒い影に呼びかける。シェリーの夢にしては上等だと思いますがね、メフィストが言った。おまえはどこからきた？　わたし？　わたしは五芒星形《ペンタグラム》の中から。嘘をつけ、おまえの名をおれは知っている……スタマック・フィキサティヴ・5Uだ……もっといい夢を。

いろいろそろえてありますよ、ビールの夢、ウィスキーの夢、ジンの夢、アブサンの夢……。ワインの夢がいいね。白、それとも赤？　真紅。フム、フム、銘柄は？　美沙。なるほどね。ことわっておくが、おれにその気はなかったんだ、ただ、麗子がいうから――夢では言い訳なぞ無用ですよ。

ワインの海から生れたヴィーナス、ワインカラーのドレスをまとう。お嬢さん、ワルツはいかが？　フォックストロットのほうがいいわ。生れたばかりのヴィーナスはドレスはつけてなかったのでは？　ああ、これねえ、ピルがないと消えないの……あら、ないわ、落としたのかしら。ヴィーナスはテーブルの下を捜しはじめる。しかたなく雄也は燭台を持つ。

おい、メフィスト、だめじゃないか。これはどうも、申し訳ない。見えぬメフィストが笑う。猫の印象。やはりシェリーのせいですよ。なんとかしろよ。アーモンドの香り。ああ、あったわ。それはアーモンド、いやマタタビのようですね。なんでもいいじゃない。ふくよかな乳房。肥った女はきらい？　麗子？　慎重派ね、美沙の声。聞いてられなかったわ。麗子が自身の乳房をなでる。

メフィスト！　麗子じゃないか。、あなたには覚悟ができていないのだ、メフィストの唇が曲がった。北見部長に似ている。おれに勝てるか、影が言った。なにを隠そう、わたしはメフィストなんかじゃない。青白い球体。待って、待って、わたしの胃！　美沙が追った。ちがう、おれの胃だ。そうとも、メフィストが頭上で笑う。一面白銀の世界。天空に月。おれの胃は月だったのか。さあ、代金をもらいますよ、今夜の夢の。

雄也は横たわっている。その自身の姿を雄也は見ている。彼の分身は身を起こしてむなしく月をつかもうとする。月が笑う。力を失って雄也は倒れる。5U、5U、助けてくれ……巨大な5Uのカプセル。これ、大きすぎるよ、母さん……雄也は頭痛を感ずる。分身の頭から白銀のボールが抜け出てくる。おれの、脳だ……おれは体から解放された！

アホか、月が言った、わからないのか、あれは脳みそじゃない、人魂さ、おまえは死んだんだ。月は地におりてくると雄也の魂を飲みこんでひときわ高く哄笑する。

消えろ、消えろ、妖魔の世界よ。

おお、愚かな旅人よ、メフィストは黒い影となる。旅するかぎりおまえはわたしから逃がれることはできぬ。知りつつ言うのか、おれに消えろと？　なんと愚かな旅人よ、現実を見よ、朝の光が世界を幻に変え、おまえのイドを雑多な意識で覆い隠す前に。おまえは知っている、5Uは不安をはらわぬことを。なぜならおまえは言ったろう、わたしを、SFX5Uと。おまえは知っている、ただ認めさえすればよいのだ。そのとき旅はおわる。

そして自分は死ぬのだ、安らぎを得たかわりに。雄也は影に向って走った。手が、足が、細くなってゆき、闇にとけこんだ。かぶと虫がいいわ、美沙が笑った。麗子の笑い声だった。

やわらかな感触と温もり。麗子の胸。雄也は息ぐるしさに目覚めた。厚いカーテンの向うに朝の気配があった。雄也は腹部をなでて、胃の無事をたしかめた。毎朝の習慣だった。まるで悪夢をはらうように。いやな夢だった、雄也はつぶやいた。いやな、という印象だけがあった。グロテスクな夢、いつものごとく。楽しんでいたわ、麗子が言った。起こしてしまったのかい？　わたしの乳房を吸ったわ、強く、印《キス・マーク》がつくほど。

「夢ではだれだったの」

夢に美沙も登場していたことを思い出した。いやな夢だった、雄也はくりかえした。時計はまだ寝ていてもよいといっていたが雄也は身を起こした。もう眠る気はなかった。朝の夢はさらに奇怪で、なおなまなましいことを彼は経験していた。

「まさかママのおっぱいじゃなかったでしょう？」

「そうかもしれない。だとしたらきみはマザー・コンプレックスを抱いている男と結婚したんだ」雄也はベッドをおりた。「浮気な男とどっちがよかった？　愛してるよ」

「……まだ早いわ、ねえ」

雄也はドアを開いて振り返った。「三輪さんがきてるよ」階下で換気扇の音がかすかに聞こえている。

「いいじゃない。寝室にはあがってこないわよ」

「どんな顔をしたらいいかな」

「そんなこと――」

「部長にさ。これから顔を考えなくちゃな」

「ご愁傷さまっていうのはどう」

雄也は深く息をはき出して部屋を出た。

シャワーを浴びて身じたくを整えた雄也は、麗子が黙っているのを幸いに、背を向けている彼女に声をかけず、下へおりた。

紺色のワンピースにフリルのついた純白のエプロン姿の女中が、昨夜の居間の興奮の跡を消しているところだった。

「あら、旦那さま」低い、落ち着いた声で彼女は言い、きれいにふいたクリスタルの灰皿をテーブルにおいた。「けさはお早いお目覚めですこと。おはようございます」

三輪さんの言葉には刺がある、思ったことを隠すことができないのだ、でも声はいい、うわついた軽薄なところがない……おはよう、雄也はネクタイに手をかけた。

「少し地味じゃないかしらん、と思いますけど」雄也は美沙のことを話した。それはお気の毒でした、三輪さんはつづけた。「でも旦那さまのせいじゃありませんわ。ご昇任おめでとうございます」

「昇給しろということ?」雄也は彼女の切れ長の目を見つめた。自分と同い年だというのに年上のように感ずるのはこの冷ややかな目のせいかもしれない、雄也は思った。「それなら麗子に」

　三輪さんは目をそらした。「奥さまに似てらしたわ、最近の旦那さまは」

「怒らすつもりじゃなかったんだ」追って雄也は食堂に入り、テーブルについた。

「すぐに支度いたします」

「朝食はいいよ。少し頭が痛くて」

「わたしの料理がいやなのね」

　かん高い声に雄也は思わず手にした新聞を落としそうになった。三輪さんは笑っていた。

「似てました？　奥さまに」すぐに真顔にかえり、「申し訳ございません。ではコーヒーをいれます」

　熱いコーヒーがうまかった。「きょうの麗子の予定は」目を上にやる。

「奥さまは午後からレコーディングの打ち合わせです。コーヒーをご一緒してもよろしいでしょうか」

「もちろん」

「ありがとうございます……きょうの午前中は忙しくなりそうですので」

「麗子は女中使いがあらい？」

「いいえ、反対です。ですから、かえって疲れます。ご自分でお掃除をなさったり……責められているような気がして……わたしはまさかテレビを見ているわけにはまいりませんでしょう?」

「麗子はあなたのことをなんとも思っちゃいないさ。善くも悪しくも。彼女は根っからのA階人だ」無表情にカップを傾ける三輪さんを見て、からかってやりたい衝動に雄也はかられた。「あなたは女でしょうね?」

「はい?」カップをおいた三輪さんは薄笑みをうかべた。「もちろん、生れたときから女です。ご結婚前、奥さまは中性でしたか? 女はいつも女ですよ、旦那さま」

「かわされたな……どうして結婚しないの」

「わたしは奥さまのようにかわいい女ではありませんもの」

「もう一杯コーヒーを」三輪さんがサーバーを取ろうとしなかったので、雄也は立って自分で注がねばならなかった。「あなたは聡明な女性だ。男があなたに近づかないのだとしたら、かわいい女ではないからという理由ではなくて、自分がばかな男に見えてくるからだ……あなたの才覚をもってすれば、かわいい女を演ずるのは易いと思うけど。もっとも彼は知ってるだろう、あなたがときには頭の弱い女になりきれるほどの才女だと」雄也はカップを持ったまま居間へ行き、ピアノをたたいた。ボン、ボンボン、ボンボンボン。・《一点》ハ音。「雨だれにもなりゃしない」

「彼? だれですか」

「ぼくが知らないとでも?」雄也は空のカップをさし出した。三輪さんは受けとって無意識にであろう、回しはじめた。「俊景だろう？　宅棟俊景《やけむねとしかげ》、ぼくの親友、昨日までの同僚、自称ピアノの名手」

三輪さんはうつむいた。「彼……わたしのことをなにか？」

「いや。でもわかるんだ。半年ほど前のパーティーで俊景はあなたを見そめた。それまでは目に入っていても見えてなかった。やつは本気だ。プレイボーイ気取りだが、本質的には女誑《たら》しじゃないよ。なぜ一緒にならない。思い合っているんだろう」

「わからない……わたしは好きですが」

「保証するよ。俊景は頼れる、いいやつだ」

「二週間前までは、愛してると、わたしを抱いて幸せな女にしてくれた……でも最近態度がかわって……結婚はできないって。会ってもくれないのです」

「どうして。まさか、やつめ部長の娘を」

「それも話してくれました……好きだったけど、片思いでおわったと」

「説教くさいことばかり言ってるからな……美沙には退屈な男だろう。ふられたってわけか。まあ苦い薬だ。彼女はまったく苦い女だ……じゃあなぜかな。あなたの美しさのわからぬ俊景じゃないのに」

「だれが愛してるって？」ナイトガウン姿の麗子が階段に立って見おろしていた。「だれが結婚できないって？　三輪さん？」

雄也は5Uを飲むのもそうそうに家を出た。きょうは三輪さんの厄日だなと雄也は思い、その原因を生んだのは自分だったことに少少胸を痛めた。罪ほろぼしをしなくてはと雄也は決心した。俊景に会って真意を問いただしてやろう。夜勤あけの彼をつかまえられるだろう。

ビル街が混雑するにはまだ間があった。朝日に輝くビル群の中で、ひときわ高く光を受けて威容をほこっている建物が雄也の仕事場だった。正しくは、その地下だったが。雄也はカードを車の中から守衛に見せて駐車場に入り、高いビルを見上げた。きょうからあの上へ行ける。この日をどんなにか待ちのぞんだことだろう。

エレベータをおりると地下だった。保安課に俊景の姿はなかった。倉庫へ行っていると事務員からきいた雄也は階段をさらに下へ向った。広いホールがひらけ、一方に巨大な銀行金庫室についているような扉がいかめしい。その手前にガラス張りの保安詰所があった。俊景が雄也を認めて手をあげた。

「きょう最後の見巡《みまわ》りだ」がっしりとした体格、髯の男が言った。「一緒にくるかい？おまえにとっては永遠におさらばだろう」

雄也はうなずいた。ぶ厚い扉の内に入り、閉じてしまうと痛いような静けさだった。その静寂の中で5Uが眠っていた。天の高い倉庫に整然と。工場で生産された5Uは人間の手に触れられることなく、直接地下を通ってここにやってくる。出てゆくにも人の手は借りない。それらの搬送システムは倉庫管理コンピュータが指揮した。配給課へ渡される間、ほんの短い時間だったが、5Uたちはここで休んでゆくのだった。

かつてここに押し入ろうなどという不敵かつ向う見ずな人間はいなかったから、保安課の事実上の仕事といえば工場から送られてくる5Uの実際数と生産数にくい違いはないかをチェックして、あとは清掃くらいのものだった。

「初めてきたときのことを覚えているよ」雄也は5Uの谷間を歩きながら、ふと感慨をもよおした。「ちょうど、新米の銀行員が大金庫に入ったようなものだったな」

「きょうはまた、どうしておりてきた。習慣か？　長年のくせは恐ろしいね。自動的に足が向いたんだろう」

「どうした？　近ごろ気になっていたんだが……俊景、少しやせたぞ。いつもおまえを見ると弁慶を連想したものだが」

「弁慶は髯をのばしていたかな……奥さんは元気かい？　ますます敷居が高くなったな。どうしてここに？　やっぱり習慣かい」

「半分あたってるよ。部長に会うのを無意識のうちにさけているのかもしれん」

倉庫のなかほどで二人は座った。そびえ立つ5Uの梱包群がのしかかってくるようだった。雄也は5Uたちがあたかも会話を盗み聞きし、耳をそばだてているような気がした。

「ゆうべ、部長の娘の胃が逃げた」

「美沙の？」

「ああ。麗子は笑ったよ。美沙がおれに色目をつかったと信じてるから」

「それは奥さんが正しいね。美沙はおまえに気があるらしい。尻軽な小娘だと思ってたが、そうじゃないんだ」

「経験ずみか」

「おれの心は第三度の火傷を負った。美沙は――」

「ぼくが調査課に行けるのも彼女のおかげだと言いたいんだな」

「部長は娘に甘い」

「怒りを知らない男だと思ってるな？」

「真実に怒りを感ずるやつは愚か者だ。おまえはばかじゃない。だからおまえは怒らない」

「女に理屈は通らないよ。そんな調子だからふられるのさ。哲学者さんよ」

「おれは悪妻はもっていない。おまえも哲学者にはなれんな。いい奥さんだ。最近彼女どう？」俊景はバイオリンを弾く真似をした。「腕はおとろえてないか」

雄也は目をそらして5Uを見上げた。「どうも……感激がないんだ、このごろ。おまえがピアノを弾いて、麗子とやったやつ……半年も前になるかな、モーツァルトのさ、バイオリンとピアノの為のソナタ」

「ト長調ね。K397」

「そう」真剣なまなざしで視線を俊景にかえすと、彼は目を閉じて指を動かしていた。

「あれはよかったよ……近ごろ、麗子は何かに追われるように速く弾く。まるでそれが芸術の本質のように」

「半対数かね」俊景は両手でポンとひざを打った。「半対数グラフ。横軸に時間、縦軸に進歩の度合。アダムスはきれいなカーブを描いた」

「知ってるよ」雄也は手を水平に動かし、急に上げた。「進歩の加速法則だろう」

「同じ曲でも昔のはゆっくりだった。それを調べた音楽批評家がいた。知ってるか、作曲当時は悠長だったと。まあ彼にいわれるまでもなくレコードを聴けばわかる。同じ指揮者の録音でも早い時期のほうが遅い。でも戦前の話だ。最近は落ち着いている。麗子女史は例外的存在だな」

「進歩がとまったと？」

「5Uのせいだ。こいつらの」俊景は手をひろげて梱包群を仰いだ。「曲の速度で進歩がそのまま量れるとは思わないが、まあエネルギー消費の一つの目安にはなるだろう。いいか雄也、戦後、天才と呼ばれる人間が一人でも、そう、たったの一人でも現われたか？科学、技術、芸術、職人芸、それから政治、あらゆる分野において。答えは否、だ。作曲家はなにをした、ただ古典をいじりまわした編曲しかやらん。作家は、エログロだ。絵は？　ぬり絵さ。そうとも、なに一つ創造と呼ぶにふさわしいものは生れていない」

「おまえはなにをした」雄也はおしとどめた。「批判する資格があるのか」

「批判？　嘆いているのさ。5Uを創った天才を呪いたいよ。胃が離れだした当時、5Uを発明したやつはまだ5Uは飲んでなかった。しかし彼も5Uを飲むようになって、結局なにかを失ったはずだ。胃を得たかわりに。5Uは抜本的な処置ではなかったのだとおれは思う。一時的に胃をつなぎとめておいて、真の原因をつきとめる時間かせぎのはずだったんだ。しかしいまはどうだ？」

「とにかく、おまえはA階の人間だ。下手なことを言うな。5Uのおかげなんだぞ」雄也は立ちあがった。「けさはそんな危険な話をしにきたんじゃないんだ」

「見当はついてる、まあ座れよ、話はおわってない……なあ、雄也、おれが5Uを攻撃するのは感情からじゃない。おれにはわかったんだよ、5Uの副作用の害が。SFX5Uは人間の精神を破滅に導く。慢性的な不安を与え、創造性を奪いとり、おびえさせる。その恐怖は胃を失うかもしれぬ、そのせいだと皆は思っているが、実は5Uの錯乱作用なんだ。不安を引き起こしているのは5Uそのものなんだよ。胃じゃない」

「哲学者から精神分析医に転向かい？」

「おまえは悪夢を見てるだろう」

雄也はうなずいた。そしてどっかりと腰をおろした。

「医者にかかったか、綺《かん》どの」

「ああ」雄也は首を振った。「みんなと同じですよ、いつもそう言う。やぶ医者め」

「おれは見ないぜ」

「え？」雄也はうなだれた首をあげた。「どうして？　なにかいい薬でも――まさか⁉」

「まさか、さ」俊景は腹部をさすった。「ないんだ」


さらば天上人よ、という俊景の言葉におくり出されてきた雄也は自分の名の書かれたドアをあけ、中に入った。視界のいい部屋だった。ビル群の向うに緑の広がる居住区、そして白く輝く帯状の川、川向うにB階地区が灰色にかすんでいた。さらに遠くに山なみが見え、広大な原始的自然世界D階と文明界とを分かつ壁となっていた。

雄也は景色をながめ、部屋の大きな机をなで、卓上のコンピュータ・キイをたたいたりした。他人がそんな雄也を見たならば、俊景が嘲《あざけ》りとも賛美とも受けとれる天上人と口にしたその地位を、雄也が実感として味わっているととったかもしれない。

俊景の別れの言葉は雄也になんの心理的動揺をも生じさせなかった。侮辱も温かみも嫉《そね》みも感じとれなかった。俊景が言葉の裏にどんな思いをこめたのか雄也は探ろうとせず、彼の心は虚無だったから、その挨拶はまるでもう口をきくことのない死者に投げかけられた文句のようだった。

親友が胃を失ったことは大きな衝撃だった。

俊景は勤務後の十二時間を点滴静注にあてていると語った。五十cc／hrの割合で静注される溶液、ブドウ糖やビタミン類や、乳酸塩、Na、Ca、K、Clなどの電解質が俊景の命をつなぎとめているのだった。それから腎不全を防ぐために勤務中も補液しなければならない。彼は毎日、約一時間おきに百cc／hrで四回、人気のない倉庫内で点滴していた。他人と接触する機会の少ないここでも、いずれ見つかるかもしれぬ、俊景は言った、それでもサナトリウムには入れないのだ。彼は法を犯していたことを雄也に話してきかせた。

一年ほど前に美沙にふられた俊景は、それなら利用してやろうと考えたのだった。ちょうどそのころ美沙は六カプセル／日の5Uを飲んでおり、さらに多くを望んでいた。俊景は配給分の5Uの中の一錠を美沙に流し、その代金として部長の弱みを受けとったのである。

雄也はポケットをまさぐった。もうおれには天上に登るための切札はいらないと言って俊景のくれた二葉のその書類は、北見部長が娘のために余分の5Uを極秘のうちに抜き出したことを示す、偽と真のコンピュータ・メモリ内容だった。

一日二錠ではやはり胃はもたなかった、俊景は笑った。二週間前の胃のなくなった日から彼は自分の受給分すべてを美沙に渡していた。一日九カプセルの5Uによる悪夢は普通人の三倍どぎついだろうと俊景は真面目な顔で雄也を見たが、だから5Uは敵だなどとは言わなかった。ただ、これは5U自身の持っている自己矛盾、二律背反だと彼らしい言葉をもらしただけだった。

俊景はつづけて、自分にいま必要なのは新鮮な胃だと語った。D階人の生活はわからないが、たぶん胃を捕まえ、腹に収めて、それが逃げ出さぬうちに食事をとるのだろう——俊景が新鮮なタンパク源に飢えていたにもかかわらず、犯罪者として捕まる前に自ら胃を捜しに出かけるでもなく、すでに野心達成の望みを断たれたA階でA階人を装っているのは、ひとえに三輪素子のせいだった。愛している、別れたくない、おれはどうしていいかわからない……俊景はしかし雄也が戦慄を覚えたほどの明るい笑顔で、恋するあまりに食い物ものどを通らない、身も細るわけさと冗談を言って、うちあけ話をおえたのだった。

胃を失うという目にあいながらなんと俊景の明るい表情だったろう。雄也には理解できぬ、不可解な、驚くべき俊景の笑顔だった。さらば天上……彼は自分自身に言ったのかもしれない、雄也は思った。俊景が危険を承知でうちあけたのは、彼はすでになんらかの行動に出ることを決意しているからだろうと雄也は考えた。行動、そのものは単純だった。A階から出てゆくこと。しかし選択すべき道はいくつかあった。三輪素子に話すだろうか、それとも黙って行くのか、まさかむりやりさらって？　俊景ならやりかねない、力ではなく、舌で丸めこむのだ……三輪さんに忠告すべきかもしれない、しかしどう言う？

雄也の乱れた思考は新任の秘書の声で中断させられた。部長が呼んでいると彼女は言った。雄也は無言でうなずき、磨かれた机面に映る姿を見てネクタイを直し、部屋を出た。

「むろん、きみはB階へ行く必要はない」北見部長は椅子の背にもたれ、窓外をながめながら言った。「B階の支社からの報告をまとめ、整理分析し、策をねる。きみは頭だ」

「はい部長」雄也は大きな机の前に立ったままこたえた。

「しかし現場の連中の仕事ぶりを見ることも無駄ではあるまい」

「はい部長」

「手足と頭は互いに信頼し合わねばならん」

「はい部長」

「そこで、だ、綺君《かんた》」部長は体の向きをかえて葉巻に火をつけた。「一週間ほど手足の働きぶりを視察してきたまえ」

「はい部長。——というとB階へ行けと？」

「一週間ほどだ。B階北方面第四地区支社長、岸部利之が案内役をつとめる」

北見部長は雄也と目を合わさずに煙をはき出した。娘のことを意識的にさけているのは明らかだった。美沙の話題がこの場にのぼらないのは、自分にとって不幸なことなのかもしれないと雄也は自身の立場を思った。

もし天上人になれたのが美沙のおかげなら――認めたくはないが――彼女が胃とともにあらゆる発言権を失った結果、自分は守護神を失ったも同然だ。一方北見部長は美沙に5Uを不法に横ながしする弱みはなくなったわけだし、わがまま娘の願いは、かなえてやったところで彼女の利益になりそうにない。なにしろ彼女はもう踊れないのだ……とすれば、苦い思い出はさっさと捨てたいと思うだろう。

一週間ほどというあいまいな期間を雄也はいぶかった。その一週間ほどの間になにが起こり、部長がなにを期待しているのか雄也にはわからない。とりかえしのつかない過失を犯すことを部長が望んでいたとしても雄也はしかし、わかりました部長、としか言えなかった。

「はい部長」雄也は言った。

とうとう北見部長は雄也と視線を合わさなかった。

自室にもどった雄也は秘書にB階北方面地域に関するデータをそろえさせた。「ひどい場所」の一言につきた。特に第四地区は闇取引の巣といってよかった。胃に逃げられたり、罪を犯したためにD階へ送られる者が最も多い地区だ――雄也はデータを表示するディスプレイ面を見ただけで憂鬱になった。

「臨時主管会議がはじまります」インターホンの向うで秘書が言った。

「わかった」インターホンに向って雄也はこたえた。

調査課の調査対象地域はA階四区、B階十六区に分かれ、それぞれに主管がつき、その二十名が調査課の頭だった。各主管間に上下関係はないとのことだったが、雄也は、新入りの自分の歓迎の席ともいえる会合にA階区主管が出席していないのを見て、それが建前にすぎないことを知った。B北第四地区主管、すなわち雄也の地位はどうやら一番下であり、そしてより上へあがるか下界へ落とすかを判定する試験場らしいことを、雄也は会議らしからぬくだけた談笑のうちに感じとった。

「ひどいところさB階は」

「まったくB階の連中のやることは――」

「きみの前任者も苦労したが――」

「やりがいはあるだろう、やつらを取り締まるのに同情はいらん」

「くそったれなB階人――」

「5Uなんぞもったいない――」

「うまくやることよ、綺主管《かんた》。わたしたちはA階人なのだから」

雄也はうなずいた。「もちろん、わたしたちはA階人ですからね」

門が開いて、閉じる。門が開いて、閉じる。

長い橋の両端の二つの門、出るに易く、入るに難い検問所だった。この大河の上流に巨大な分水路があり、A階区はその二流路に守られた三角地帯である。

単身雄也は車をB北区へと走らせながら、出張の仕度のためによった家に麗子がいなかったことを幸いに思っていた。

なぜB階へ行く必要があるのかと必ずや彼女はわめきたてたろう。あなたはA階人なのよ、A階から出ることなんかないじゃない――まるで夫が社会的制裁を受け、そのために自身も辱《はずかし》められたかのように憤《いきどお》ったに違いない。それに対して雄也は確固たる信念でもって彼女をなだめ、B階へ行く理由を話し、納得させるだけの自信がなかった。疑いぶかい麗子は、初日からなにか部長に気に入られないことをやったのだろうと夫を責め、あるいは部長の陰謀だと言うだろうし、そうではないと反駁することが雄也にはできなかった。

気の毒なのは三輪さんだ、雄也は思った。

三輪さんは事を麗子に伝え、麗子はそのとぼしい情報に苛立ち、三輪さんにあたるだろう。

それで、と三輪さんは言った。なに？　いいえ、なんでもありません、旦那さま。暇がなくてね、と雄也はごまかしたのだった。俊景には会えなかったよ。三輪さんは雄也の目を見つめ、雄也は目をそらした。

「どうしておれがあの二人の心配をしなければならないんだ？」B階南区の大きな商店街

十字路の信号にとめられた雄也はつぶやいた。「わが身が危ういかもしれないのに」後ろの車が警笛を鳴らした。青。「前へ進め」わかってるさ、止まってはいられない、過去にももどれない。汝自身を愛せよ……特に胃を。うるさいな、いつまで鳴らしているんだ、5Uを取りあげるぞ。急発進。タイヤの焦げる臭い。

B階北第四区は小さなIM22型規格住宅群と昼間から猥雑な空気に包まれた歓楽街をもち、都市計画を無視して栄える人口密集地区だった。そこはD階入口の峠へ通ずる道に最も近く、まともな者は決して近づかない。B階出身の雄也も足を踏み入れるのは初めてだった。

SFX5U配給会社B階北方面第四地区支社のビルは地区の外れ、すなわち中心街から最もはなれた位置に、清く正しく美しく、まるで山賊どもに襲われる寸前のお姫さまといった体で、建っていた。しかし機能は見かけの弱々しさとは反対に、在庫5Uを守るための工夫が幾重にもほどこされており、ここの人間はこと5Uに関しては警察以上の力をもっていた。彼らはB階人だった。A階に一番近いB階人だった。一般のB階人とはちがうと自負していた。それはちょうど、北第四区のドジであさはかでC調な人間たちが、文字どおりB階人でもD階人でもなくC階人とでもいえるのと同じように、A階とB階にはさまれた中途半端な層だった。それでもやはり彼らはB級と判定された人間なのだった。

「連絡して下されば」支社長が言った。「門までお迎えにまいりましたものを。ようこそ綺主管《かんた》、わたしが岸部です」

岸部と名のった男の声からは、B階人がA階人に無意識に見せる反感やおもねりは感じとれなかった。雄也は意外に思った。年をとり、人生とはこんなものと割切るとこんなふうになるのかしらん、先に立って案内する岸部の品のいい白髪の後ろ頭を見ながら雄也は思った。支社長室で明日の予定を告げて——北見部長の帰社命令がいつくるのか雄也には見当がつかなかったから、それより先の計画は立ててなかった——きょうはもう遅いから宿の手配をと、頼んだ。

「この支社の最上階に用意してあります。街のホテルやモーテルは危険ですので」

「それでもホテル業が成り立つから不思議」

「小男のこそ泥に美人の詐欺師、プロの賭博師……彼らに金を、5Uを、カードをまきあげられたやつがその仲間になって同じことをする。ここではどんな者にも気を許してはなりません。猫までがしたたかです。もっともB階ではペットを飼う習慣はすたれてきました。犬猫は胃の心配をしなくてもよい、それが憎いからでしょう」

「猫に罪はないよ」幼いころ猫の腹に胃があるかないかたしかめようとしたことを思い出して雄也は言った。「猫は5Uを盗んだりはしないからね」

「ごもっとも」岸部がうなずいた。無表情に。

翌日、雄也は支社内活動を見てまわった。広報室で啓蒙用フィルムの製作過程を見たり、A階からくる5Uの搬入の場に立ち合ったり、5Uの保管がいかに完璧になされているかの説明を聞いたり、調査課室で犯罪者ブラックリストをながめたりした。夕方になると雄也は、なるほど、フム、フムフム、なるほどね、と言うのに疲れてしまった。よくやっている、雄也は岸部に言った。おしまいには言うことがなくなって、トイレが実にきれいだなどとほめた。清掃係に伝えましょう、岸部は真面目に言った。なんともばからしかった。明日から何をしようかと考えて雄也は気が重くなった。

夜、重い心のまま電話をとる。

「ああ、あなた、あなた――どうなってるの」

「愛してるよ」雄也は先まわりして言った。

予想どおりの麗子の声だった。どうして、なぜ、いつ帰ってくるの、早くもどってきて、A階人なのよ。

「わかってる、わかってるよ、わかっていてもどうにもならないことがこの世にはあるんだ。わかる？　わからなくともわかるだろう、どうしようもないことがさ」

「宅棟さんみたいなこと言わないで」

雄也は三輪さんを思った。が、口にだすのは思いとどまった。

「ねえあなた……愛してる？」

「愛してるよ」かわいいぼくの子猫ちゃん。

北見部長に提出する報告書に、支社内の衛生状態のよさに感心した、などと書いてもはじまらない。雄也は次の日からは建物の外での調査活動を視察することにした。

例によって岸部が影のようにつきそった。

岸部は老人と呼ばれるにはまだ間のある年だったが、年齢を偽っているのではないかと疑いたくなるほど老けて見えた。

夜になってネオンの光やざわめきや汚れた空気があたりを支配し、毒々しいながらも老いとは無縁の活力が街に満ちると、岸部の顔に刻まれたしわはいっそう深くなるかのようだった。

「ごらんなさい」岸部が疲れた声で言った。「あの席にいる目つきのきついやつ」

雄也はカウンターから身をそらし、広い酒場内、煙草の煙ごしに岸部のいう方を見た。ピアノの音、ジュークボックスのわめき声、女たちの嬌声、男たちの罵声、テーブルの上のポーカーチップの鳴る音。「ここは北区じゃなくて、まるで西部だね。フムン、あそこでカードをやってる男……そうだ、ブラックリストにあったな」

「そう、札つきでね」岸部はホットミルクを一口飲んだ。「だが捕まえられない」

「どうして」雄也はブランデーをなめた。

「一つおいたテーブルにわたしの部下がいます。札つき男たちは知っているわけです。しっぽを出すことはしない。証拠を残すへまも。現行犯であげられない限り、やつらは平然と酒を飲める」

「ばかげた話だ。捕えてはかせたら？」

「調査員は警察じゃありませんから強行手段はとれない。警察はといえば、そんな行動にでれない、やれば、四区の住人の半数以上を豚箱に入れねばならなくなるでしょうから」

「この街全体が豚箱のようなものだな」

「そうです。それで警察は被害届けがあってはじめて動くわけですが、そんなときも、5Uを盗《と》られるほうがマヌケなんだという態度ですよ。ここでは各人が自分の身を、胃を、守らねばならない。一種のゲームです。勝てばより高級な酒と女が手に入り、負ければ金を、5Uを、胃を失うことになる」

「うすぎたない世界だ」

「まったく」岸部はミルクカップを両手で包みこんだ。「まったくです主管……しかしここにかぎったことじゃないでしょう」

「フウン？　どういう意味だ」

　雄也は返事を待った。しかし岸部はもう口をひらかなかった。二人はそれぞれの飲物を干し、どちらが誘うでもなく酒場を出た。

華やかな街だった。しかしそのにぎやかな表通りのあちこちに、光や騒音の吸収口のようなクレバスを思わせる黒い裂け目がある。裏の世界に通ずる路地だ。ごく狭いその入口は、どこへ通じているのか知らない者には見すごされる。通路ではなく、深淵だ。

その一つの口から女が一人雄也の目前に出てきた。現れかたがあまりに突然だったので、雄也には、黒い路地から何者かに抛り出された紅の布地に見えた。岸部が信じられぬ素早さで雄也にからみつく女をひきはがし、硬い地面にたたきつけた。ほとんど同時に同じ路地からやせた男がとび出してきた。女が危ない、雄也はとっさにそう判断し、男の進路を妨害した。男はとまって肩で大きく息をつき、雄也をにらんだが、すぐに獣のように一声ほえて再び闇の内に消えた。

岸部が乱暴に女の腕をとり、立たせた。靴をはいていなかった。小柄で髪が長く、ドレスも愛らしかったが、顔は見かけほど若くはなかった。

「放してよ、あたいが何をしたっていうのよ」

「綺主管《かんた》」岸部が女の、小箱を持っている手をあげて言った。「5Uを盗られませんでしたか」

雄也は首を横に振った。「5Uは部屋においてきた。離してやれ、それは――」

「あたいのよ、あいつが」女は深淵を指した。「盗ろうとしたんだ。ちくしょうめ、早くくたばっちまえばいいんだ。……とにかく助けてくれてありがとう――あんた、この辺の人間じゃないね？」

「靴はどうしたの」

「ホテルに、命からがらだった、あの男ねえ、目あてはあたいでなくてさ」

「5Uだったんだね」

「ウンン」女は腕を組んで身ぶるいした。「胃よ、あたいの」

「言え、やつの名は？」岸部が詰問した。「どこのどいつだ、知ってるだろう」

「あんたたち？　5U刑事《デカ》か……知らない、ほんとに、初めて見た顔だった、胃に誓って」

「失せろ」岸部が言った。「早く寝ちまえ」

「おやすみ、シンデレラ」雄也が手を振った。

靴のない女は紅いドレスの裾をひるがえして小走りに去っていった。

喧騒のさかり場を後にして雄也と岸部は車のおいてある小さなレストランへ向った。周囲は静かで暗く、街灯の弱い灯の中に、箱のような規格住宅の群れがひっそりしている。広い幹線道路に面してまばゆい白光をあふれさせている店があった。車は一台も幹線を通らない。そこを南へ行った端はA階入口の門であり、北へ行けば——どんづまりだ。D階。

明るいレストランには二人の車の他にパトカーが一台とめてあった。パトロールの合間に警官たちが軽い食事をとるということだった。堅い人間のたまり場らしかった。

一息いれて帰ろうと雄也は岸部を誘った。いかにも疲れた表情で岸部がうなずいた。

「あんなに簡単に帰らしてよかったのか、シンデレラを」小さなテーブルは清潔だった。

「ブラックリストにのってた顔だよ」

「たいした記憶力ですな。なんにします？」

「コーヒーを。ブラックで」

「たしかにあの女は5Uを狙っている女狐ですがね。マスター、オレンジジュースを」

「胃がどうのこうのと言っていたが」

「彼女は嘘をついていない。知っていれば言うはずです。あの男は5Uを必要としない、つまり彼女にとっては敵です。ごくわずかですがここにはそんな人間もいるのです」

「胃なしの、人間が、胃を狙う？」

岸部はそうだと言い、店のすみにおいてあるテレビを目で指した。画面はちょうど5U会社の作った啓蒙用フィルムが流れていた。美しい並木道をはねてゆく青白い球体を、善良市民の代表といった身なりの人々が目を丸くして見送るというものだった。5Uを忘れずに、という文字。

「もちろんあれは合成画です、主管。本物の胃はその辺をうろついてはいない。D階へ向って一直線です」岸部はジュースのグラスを老マスターから受けとった。「だからあの男もD階へ行けばいいんだ」

「行きたくない気持はわかるよ。……つまりやつは他人《ひと》の5Uを取りあげて胃の離れるのを待ち、出てきた胃を自分のものにする気なんだな。これが同じ人間とはね。なんてこった」苦いコーヒーだった。

「同じ人間ではない」岸部はつぶやいた。

「人でなし、ということか」

「いえ、主管、ヒトではない、つまり新種の人類という意味です。同じように、遊離した胃はもはや胃ではなく、新しい生物です」

「ばかな」

「D階へ行けばわかります。わたしは行ったことがあります。啓蒙用フィルムを撮るために」ジュースがなくなった。岸部はハンカチで口もとをおさえ、つづけた。「なごやかな風景、平和な生活でしたよ。危険もありますがね」

「CFの中には狼に食い殺されるD階人という残酷版もあったな」

「あの直前までは事実です。シナリオでは、われわれがけしかけた野犬に実際に殺されるはずだったのですが、間一髪のところで野犬はわたしがライフルで射殺しました。上層部のおえら方はなぜよけいなことをしたのかと言いましたよ。わたしがA階を追われたのはそのためです……D階では、野犬が人を襲うなんてことは、まずないのですよ。みんな平和に暮らしている。上層部は現体制に不利と思われる事実は大衆に見せようとしない。わたしは、ですから、先程のような男を見ると悲しくてね。D階へ行けと勧めたいのです」

「信じたくないね、そんな話は。そんなにいいならあなたはどうしてここにいる?」

「D階では人間と胃がうまくやっている。胃は自力で食物を吸収し、人間はどういう方法でか、それを呼びよせ、一時的に腹に収め、エネルギーを分けてもらう。D階人は狩りをしなくともいい。ですがわたしは、だめです」

「なぜ」雄也はカップをおいた。

岸部は弱くほほえんだ。「胃ガンでしてね。死にかけてる胃は出ようとしない。わたしは5Uは飲んではいません。胃から解放されたらどんなにいいか。皮肉なものですな」

たっぷり一分ほど雄也は蒼い岸部の顔を見つめていた。派手なテレビドラマの効果音が聞こえているが店内に人声はなく、静かだった。表に車がとまり、二人の警官が入ってきた。店にいた警官が立ち、陽気に挨拶をかわして入れ違いに出ていった。

「しかし……ガンだなんて。ガン予防剤の発見と免疫接種が義務づけられてからはガンなど——」

「わたしの生まれる前、長男を、わたしの兄ですが、を免疫法による事故でなくしたとかで、両親が拒否したのです」

「胃が逃げだしたのは……抗ガン剤のせいかもしれんな」

「いろいろな説があります。どれも胃遊離の引金になりえたでしょうが。しかし、根本的には、人類はなるべくしてこうなったとわたしは思いますね。進化だと。善かれ悪しかれ、遅かれ早かれ。『沈黙の遺伝子』の存在はご存知でしょう？」

「疎外遺伝子か……胃を独立させる情報がそこに入っていたというのか。そんなことが」

「ともかく原因がどうであれ、重要なのは、人間がこの変化にどう対応するかでしょう。現体制ははっきり言って愚かだと思います。この街を見てください。5Uは愚の象徴ではないかと——いや、失礼を、綺主管《かんた》。病は精神をおかしくさせますな。わたしが夜眠る前にどんなことを考えると思います？　わたしは、もし朝になって目が覚めれば生きているのだし、覚めなければおわりなんだ、そう思って目を閉じるのです。まあ、そんなに楽に死ねるとは思っていませんがね」

雄也は椅子にもたれてため息をついた。美沙の胃が逃げてからというもの、たてつづけに胃の具合をおかしくさせることが起こる、雄也は腹にそっと手をあててみる。

「どうやら、この世には知らないことがたくさんあるようだな」

「あなたが現実を知ろうが知るまいが」岸部が冷ややかに言った。「また朝がやってくる。『それでも地球は回る』のですよ」

「もうひきあげよう」雄也はコーヒーを残して席を立った。

支社の最上階のビジネス・ホテルのような簡素な部屋でまとめた報告書は、雄也自身、この書き手は反体制主義B階人ではないかと思われるようなところがあった。しかし雄也はB階人ではなく、門の向うの、豊かな緑と澄んだ空気と保証された生活と品のいい隣人と、そして愛しの妻のいるA階の人間だった。うなされるように書いた報告書を翌日読みかえしてみて、雄也はそれを思い出した。すると岸部の顔など見るも疎《うと》ましくなった。岸部がそれとなくうちあけた支社内の、新しい支配者である主管に関する噂、要するに評価によれば雄也はなかなか物わかりのよい人物であるとのことだった。信頼できる人間とみられたわけではないのだ、雄也は思った。とどのつまりが優柔不断で日和見で、彼らにとって扱いやすい若造A階人という判定を下されたに違いない。雄也は腹が立った。岸部に代わった案内役の——雄也が交代を命じたのである——青年が、ごく親しそうな態度をとっていたのに気づくと怒りを覚えた。

雄也は報告書を破り捨てた。もう表には出ず、帰社命令がくるまでの三日間というもの、書いては破りして文章から刺を抜き、北見部長ののどに通りやすくする作業に没頭した。

訪れてから六日目の昼すぎ、雄也は二つの門をくぐり抜けてB階地区を後にした。現実を知ろうが知るまいが、という岸部の言葉を忘れてはいなかったが、雄也にとって信ずべき現実は、自分はA階人である、ただそれだけだった。

「はい部長」雄也は言った。

「そうだろう、支社見学はためになったに違いない。明日はゆっくり休みたまえ」と部長。

「はい、部長」と雄也。

自室にもどると留守中の仕事がたまっている。重要決定事項と雑用とを秘書に分類整理させた雄也は、最優先のB階北区における5U受給資格抹消者名簿に目をとおして確認の署名をした。それから秘書に、下界、地下の保安課を呼び出すよう命じた。別段用はなかったが、俊景の声が聞きたかった。ながめる窓外は黄昏が近い。

「なんだ、ほんとうか」

「そうです」かつての直属上司が言った。「宅棟は辞めました。きのうです」

「辞めさせられたのか」

「とんでもない。こんなところおさらばだと捨て台詞を残して出ていきましたよ。なんでもフが売れたとかで。――譜、楽譜ですよ、ピアノ・ソナタを創ったらしいのですが、しかし信じられませんな、どこからも宅棟作曲などという音は聞こえてきませんから」

買手はかならずしも音楽プロダクションとはかぎらない、もしかすると三輪素子個人かもしれない。

「では家にいるんだな」

「存じません」慇懃《いんぎん》な声。

切り、外部回線に切り替えて俊景宅にかけてみた。二十回ほどの呼出音を聞かされた雄也は、犯罪行為がばれて追い出されたのではないのだからA階のどこかにいるのだ、自分に黙って消える親友ではないと考えて受話器をおいた。それでも心に生じた不安定感は正せなかった。三輪さんが知っているかもしれないと、自宅を呼ぶ。

「三輪さん？」

「彼女に用？」

「なんてロマンチックな言葉だろう——どうした？　声が低いから三輪さんかと思った。元気がないようだね、麗子」

「どこなの」

「音速で三十秒ほどのところだよ。無事A階にご帰還ってわけだ」

「早く帰ってきて」

「もう帰ってきてるじゃないか」

「おねがいよ、おねがい、あなた」

「ぐあいでも悪いのかい」

「愛してる？」

「愛してるよ」

「声より速く翔けてきて」

「いつも、どこにいてもきみを忘れたりするものか」音速の四十倍の時間はかかったな、出迎えた麗子を軽く抱きながら雄也は暗算した。「顔色がよくないな……熱はないようだ。なんだい、こりゃあ、どうなってるんだ」

落ち着いてぐるりをながめた雄也は、居間がすっかり模様替えされているのに気づいた。天井の色、照明具、応接セット、そしてカーペット。上着を脱いで新しいソファに腰をおろす。どうもなじまない。

「なんだか帰ってきた気がしないな。きみに室内装飾の趣味があったとは知らなかった」

「そんなんじゃないわ」

「三輪さんは？」

「どうして女中風情の心配をするの」

「ぼくはただ……いったいどうしたっていうんだ。何があった。不機嫌の原因はなんだ？」

麗子はこたえず雄也の上着をとり、内ポケットから銀の5Uケースを抜き出した。しばらくケースをながめていたがふいに蓋をひらいた。雄也の上着はぼろ布のように麗子の足元に落ちた。

「麗子？」

雄也は麗子の手からはなれる銀のケースを見た。床ではねたケースから5Uが散った。

「なんてことを！」雄也はソファからとびおきて床の5Uを捜す。「なんだ、なんだ、どうしてだ。不機嫌になるのは勝手だが、ぼくをまきこむことはなかろう」

十二カプセル収まるケースに六個入れる。あと一錠――麗子のつま先の少し前に雄也は残りの一カプセルを認めて手を伸ばした。麗子の手のほうが早かった。腰をかがめた雄也は、短めに手入れされた爪を持つ指、麗子の左手につまみあげられた5Uを目で追った。麗子と目が合った。雄也の怒りは一瞬に消え失せた。麗子は唇をきつく結んで泣いていた。

「なんということ、わたし、あなたの5Uを盗ろうとしたわ……うすぎたないB階人のように」

雄也のケースに最後の一カプセルがもどってきた。パチンとケースが閉じた。それを合図にしたように麗子は声をあげて泣きはじめた。

燃えちゃった、燃えちゃった、燃えちゃった5U、SFX5U、煙となって逃げてった――泣きじゃくる麗子をあやすように抱いて聞きだしたお話――ぼくは天下の5U、おまえになんか飲まれてたまるかい。雄也は童話の主人公を5Uにおきかえて心の中でつぶやいている。あれはなんていう話だったろう、古い外国の民話だったかしらん。

「煙草が消えてなくて……きのうの昼前よ、買ってきた分をあわせて十一錠全部……ちょっと二階にいってただけ……ちょうど三輪さんが買物から帰ってきて、家は無事だったけど、けど、わたしの、ああ、5U……」

麗子はしゃくりあげた。もう大丈夫、夫がなんとかしてくれる、なんといっても5U供給管理部・調査課主管ですもの、雄也はそんな麗子の思いを読みとった。安心したから泣けるのだ、子供とおんなじ、でも状況はきみが思ってるほど甘くはないんだよ。

麗子はきのうの昼、夜、きょうの朝と昼の各分、計四錠を三輪さんから分けてもらっていた。三錠なら事は急を要しない。だが四錠となると、計算上、三輪さんは一錠分を正規ルート外から手に入れなければならない。

販売管理コンピュータは買手の手元の5Uが三錠以下と判断すると販売機を作動させる。その判断は過去の供給記録からなされるのであり、実際に買手の手元に何錠あるかは問題ではない。仮に三錠を事故で失っていたとしても申請がないかぎり、まだ三錠あるものとされる。そんな場合、彼は次からは手持量のすべてを飲んでしまってからでないと新しい5Uを買うことができなくなる。朝一番に買いにゆかねばならない不便はあっても、しかし、それでも5Uは手に入る。つまり三錠は余裕分なのだ。

雄也はそれを計算した。自分の余裕分から一錠を三輪さんに、二錠を麗子に渡す。麗子が自分のを買えるのはあさっての朝、とするとどうしても明日の昼と夜、二錠足りない。さあ、どうしよう。

どう考えてもこれは危機だった。5Uの売子はおべっかも脅しも通じない非情冷徹のコンピュータだ。麗子が事故処理をうまくやらなかったからいけない。小火《ぼや》を消防署に知らせていないため、5U焼失証明を受けとれず、したがって5U特別受給申請を出せない。

麗子の面子《メンツ》がそうさせたのだろう、夫に期待し、５Ｕ供給部すなわち北見部長を甘く見たのだ。

だから火の始末はきちんと、そもそも買ってきた５Ｕはテーブルなんぞにおいておかず、すぐにしまっておくべきだ——小言を言ってもはじまらない。雄也は麗子を抱きしめて深く息をはいた。

「とにかく一錠飲んで、もう休むといい」

麗子はこっくりとうなずいた。「愛してる？」

「愛してるよ」

「胃がなくなっても？」

本気で自分の胃が逃げるとは思っていない、それは雄也の根気強さを試すための、それ以外はまったくなんの意味もない、麗子の口ぐせだった。

根気よく雄也はこたえた。「愛してるよ。大丈夫、きみの胃はなくなりゃしないさ」

５Ｕと催眠薬を飲んだ麗子はベッドに横になった。鎮静剤よりは５Ｕが利いたのだろう、興奮はじきにしずまった。寝入るのを待って、雄也は寝室を出た。

それにしても三輪さんはどこだろう、麗子は三輪さんの話はしなかったから雄也にはわからない。いるべき人間が、いるべき時間、場所に見あたらないというのはいらだたしい——しかしなんで三輪さんを気にかけているのかと考えて雄也は俊景を捜していた自分を思い出した。それから俊景の胃がないこと、すなわち5Uを飲む必要のないこと、要するに彼の分の5Uがすべてを解決してくれるであろうこと、を順に頭の中に並べて、独り歓声をあげた。

階段を駆けおりたところで、三輪さんのエプロンなしの姿が目にはいった。

「旦那さま」

雄也は手で制すると電話をとった。

「あの、奥さまが」

「わかってる」呼出音が長い。「くそう、救世主ってのは肝心なときにいたためしがないな」受話器をおき、三輪さんに訊いた。俊景を知らないか？

「わたしも捜していたのですが。彼のコッテージにも行ってみました。でも、どこにも」三輪さんは両手を広げて、ぱたんと落とした。「まるでわたしから逃げるように、手がかりもないの……ありません。けれど旦那さまがお帰りになってほんとうによかった。心細くて……奥さまにもしものことがあったらどうしようかと。わたしの責任です。申し訳ございません」

「あなたのせいじゃない。心配かけたね。一杯どう？」

「ありがとうございます。夕食は？」

ステーキを雄也は思いうかべた。まっくろ焦げの5Uのステーキ。「あまり食欲ないな」

　三輪さんはエプロンをかけて台所に消えた。居間は落ち着かない。スコッチのボトルを手に台所に入った雄也は小貝柱のかんづめを開けるように言われた。三輪さんは小松菜を切って鍋にぶちこみ、酒で煮て、雄也の手からかんづめを受けとると中身を鍋に加え、味をみて、みりんを入れ、塩をさっと一振り、そして火を細めた。

「白ワインが冷えてますが」

「ウィスキーでいい。あなたは好きなように」

「では同じものをいただきます。ダブルで。はしたないとお思いでしょうね」

「ダブルの四乗飲んだって驚きはしないさ。気持はわかるつもりだ」

　二人は食堂に腰をすえて黙々とグラスを傾けた。やがて三輪さんがため息をつき、雄也は愚痴をこぼしはじめた。双方とも思いは俊景のことだった。雄也はトイレに立ったついでに電話を入れてみたが、またしても呼出音しか聞けなかった。

「やっぱりかわいい女にはなれないわ」三輪さんの顔はほんのり桜色。「でもだからって会社まで辞めてわたしから逃げることはないじゃない。ねえ、ねえ、旦那さま……もう一杯ください」

「帰れなくなるよ」

「かまうもんですか……こんどから住みこみにしてください……夜に楽しみがなくなった

んだもの……わざわざ通うのはなんのため……正解の方に5U一年分さしあげます。あたしをあげます、なんでも」三輪さんは左の薬指からリングを外して床に投げつけた。「嘘つき！」そしてテーブルの上に両腕をおき、頭をのせて泣きだした。泣きながらグラスを握る手を伸ばし、「もう一杯」

「俊景は嘘つきじゃない」

三輪さんは顔をあげた。「どうしてです」

「やつだって飲みたい気分じゃないかな。しかしできない」言うまいと思った。が、遅かった。

「胃がないんだ」

三輪さんは身を起こし、ふらりと立ち、くずおれた。雄也はこの焼け酒中毒患者を客間へかかえ入れた。床に転がしておいてベッドカバーをはねのけ、自分の腰をいたわりつつ抱きあげてベッドに横たえ、羽ぶとんをかけ、おやすみと言い、ドアを閉めた。

食堂で飲みなおしながら雄也は、俊景はもうA階にはいないのではないか、という考えにとりつかれた。三輪さんの二の舞になる前にもう一度受話器をとったが無駄だった。

雄也は5Uを飲んだ。客間へ行って、もうろうとしている三輪さんに5Uをどうにか飲ませると、居間のソファにぶったおれた。

明け方、頭痛と悪夢にうなされた。

朝食の用意をしておきました、三輪さんの声を雄也はソファに横になったまま聞いた。薄目をあけると彼女はたたんだエプロンをショルダーバッグに入れているところだった。

「きょうはお休みの日ですので……ゆうべはご迷惑をおかけしまして」

「いいんだよ」

雄也は俊景の秘密をもらしたことを思い出し、三輪さんは覚えているだろうかと表情をうかがったが、すこし目が赤いほかはいつもと同じ冷ややかな彼女の顔色からはなにも読みとれない。無言で三輪さんを見送った雄也はふと、彼女はもうここにはもどってこないのではないかという思いにとらわれた。

うちけすように頭を振って起き、台所でトマトジュースにレモンをしぼり、一息に飲み干した。


麗子の顔はさわやかだった。雄也はさえない顔で5Uの包みをさし出した。

俊景を見つけることができなかった雄也は北見部長を頼ったのだった。部長の反応は予想どおりだった。

必要書類はあるのかと部長は言った。あるくらいならここにはこない、と言うかわりに雄也は俊景のくれた部長に対する切札を出してみせた。十一錠でいい、雄也は言った。一度には無理だ、部長は雄也の広げた紙面を見やった。「一日三錠、四日に分けるというのぎりぎり必要なのは昼、夜の二錠であり、残りの九錠は麗子、雄也、三輪さんの各余裕分だったので、雄也は黙ってうなずいた。

「では四日目になったらその書類を渡してもらえるかね」

「今すぐにでも、部長……申し訳ありません、こんなことはしたくなかったのですが」

「不幸な取引だな、綺主管《かんた》。いいんだ、きみが持っていたまえ」

雄也はそんなやりとりがあったことを麗子には言わなかった。

「ありがとう、あなた……部長さんは思ったとおりの人ね。思いやりがあって」

「ああ」

「親切で」

「うん」

「品がよくて」

「そうだね」

「娘は別だけど」

「麗子」

「なあに？」

「愛してるよ」

ではどうだね」

麗子はほほえんだ。雄也は麗子を抱きあげて寝室に入った。そして愛を交した。

麗子のために切札を使ってしまったことを雄也は悔みはしなかった。切札が部長に渡ってその効力が失せるとき、部長が報復にでることは予想できたが、よほど大きな仕事上のミスをしないかぎり部長も手は出せまいと雄也はふんだ。もし仮に主管の地位を追われることになったとしても、より大切なのは麗子であり、そのとき自分の気持がどう揺れ動くか——やはり悔しいだろうか——などというのは別問題だった。

北見部長が娘の美沙を思って不正を働いたことを示す二葉の紙片、雄也は目的を達したらそれを部長に返すつもりでいた。しかし部長は信じていない、そう雄也が気づいたのは翌日、二回目の「不幸な取引」の場でだった。巧妙な罠だった。卑劣ともいえたがしかし巧いやり口だった。雄也は切札の使い方を誤ったことを思い知らされた。部長は逆手に出たのである。

「きみがこんなことをするとは残念だよ」

北見部長の声に雄也は退室しかけた足をとめた。胸のポケットには切札と受けとったばかりの5Uがあった。

「話はついているはずです、部長」なにをいまさら、という気持だった。

「なんの話だね」

「まったく残念だよ、綺君《かんた》。慎重な男だと思っておったのにな。なぜ5Uの抜きとりをやったのかな」

「なんだ？」

「警察には知らせない。外部にもれれば会社の名と権威に傷がつく。免職にもしない。しかしA階はきみのような人間は必要としない。きょう中に出ていきたまえ。拒絶するなら、D階だ」

「いったい」雄也は平然とデスクについている部長につめよった。「なぜ、そんなことが言えるのです？」

「きみの犯罪行為はきみの同僚が立証するだろう」

背後のドアがひらいた。二人の男が雄也の両側に立った。行こうか、5U刑事が言った。

窓のない殺風景な小部屋に雄也は連れこまれた。赤味がかった間接照明は薄暗く、しかも影をつくらない。精神を不安定にして、さらに不安を増幅するように設計された取調室、雄也はむろんはじめてだった。エレベータの指針を見ていなかったから何階なのかもわからない。こんな精神的拷問室があることさえ知らなかった。

二人の男は雄也のポケットの中身をテーブルの上に並べた。財布、手帳、5Uケース、それら雑多の小道具に混じって、切札と三錠の5U。一人の男が無言でその5Uを自分のハンカチに包み入れて、部屋を出ていった。残った一人は切札を取りあげて椅子にどっかりと腰かけ、まだ状況がどれほど深刻か理解できないでつっ立っている雄也に座れと命じた。

「もうあんたは主管じゃない。罪人だ。この書類を持っているのがなによりの証拠さ」

「ばかなことを」雄也はゆっくりと腰をおろした。「その書類が自分に不利なものなら、どうしてわたしが持ってなくてはならないんだ？」

「理屈はなんとでもつけられる。言い訳は。そうさな、たとえばあんたは、これは北見部長の工作したコンピュータ・メモリ内容だとでも主張するのだろうな」

雄也は男の正体を知る。部長の仲間だ、まるで魔女裁判、まさに理屈などどうにでもつけられるのだ。

「ここから出せ！　おまえには司法権などないはずだ。警察を呼べ」

「D階へ落ちたいのか。部長の好意がわからんとはあんたもマヌケな男だ」

「D階へ行くのは部長のほうだ。いいか、おれはA階人だ、A階から追い出されることはしていない。それ以外話すことはない」

A階を追われるということは、すなわち麗子を失うことだ。絶対に屈するわけにはゆかなかった。ここでひきさがったらすべてが崩壊してしまう。

「警察でなら勝てるというのか」

「部長の不正を証明する人間がいる。美沙だ」

「身内の者が不利な証言をするものか。それを別にしても不可能だね。彼女は——死んだよ」

「なに？」

「無断でサナトリウムから出ていったんだ。外でどれだけ生きられると思う？　たぶんどこかで死んでるよ。自殺だろうな。きのうのことだ」

「部長と話がしたい」

「いいとも」あっさり男は言った。「供述書に署名したらな」

「いやだ」

「そうか」テーブルの上の電話が鳴った。男がとった。雄也は立った。「部長に会ってくる」

「待てよ」男は雄也をとめ、受話器に向ってそうか、ふん、やっぱりなと言った。「待てよ、おもしろい話を教えてやるからさ」

「そんなでたらめな供述書にサインはしないぞ、なにがあっても」

「まあゆっくり考えろよ。いいか、おまえの持っていた5Uは偽物だよ。正確には偽ではないが、現在の5Uとは違う。あれは成分調整のなされる前の、効果成分が三分の一のやつだ。おまえが盗みだした5Uは現在の人間には偽品といってもいいのさ。——信じられんか。まあ、そうだろう、5Uの成分調整は極秘だからな。人間の胃はますますしぶとくなっている。少少の5Uでは抑えきれんのさ。あの5Uをだれに渡したかしらんが、そいつの胃は長くは持つまい。気の毒に」

「麗子……電話だ、かけさせてくれ！」

「罪を認める供述書に署名だ」

「きたないぞ！　くそう、部長め、はじめからこうする気で……B階か……麗子と別れろというのか。とにかくここから出せ！」

「サインだ」冷酷な声だった。「夫妻間のことは我々には関係ないが、愛する夫の後を追う貞節な妻、という演出をしてやってもいいんだぜ。一緒にB階へ行け」

「麗子に圧力をかける気か。やめろ、手を出すな。とにかく、とにかく、早く知らせて5Uを飲ませないと――」激昂のあまり、あとは言葉にならない。雄也は負けた。署名もどかしく受話器をとって自宅を呼ぶ。

「はい？」

「三輪さん、麗子に5Uを飲むようにいってくれ、すぐに。胃が危ない」

それだけ言って切った。小部屋にはだれもいなかった。殴りたおしてやろうと決めていた男は書類とともに消えていた。これからのことは細君とよく相談しな、という男の言葉が頭に残っているだけだ。雄也は歯がみして部屋をとびだすと、家へ向った。

ガレージの入口を見なれないキャブオーバー・バンがふさいでいる。雄也は車をバンの後ろにとめ、車をおりると、芝生をつっきって玄関ポーチに立った。ノブに手を伸ばすより早くドアがひらかれた。

思いもかけぬ女がいた。髪をむぞうさに後ろで束ね、サングラスをかけ、オレンジ・イエローのセーターにジーンズというでたち。

「おかえりなさい。待っていたのよ、そろそろくるころだと」

「どうして……美沙!?」

「悪い小娘だ」俊景の顔が美沙の背後にのぞいた。「まあ入れよ、気の毒な綺《かん》どの」

「旦那さま……D階へ送られるのですか」と三輪さん。

「なんで?」

「わたしが父に頼んだの。雄也をD階へ追いやるまでサナトリウムに帰らないって。帰る気はないけど」

「気安く呼ぶな」

「では小父《おじ》さん」

「やめてくれ」

雄也は二人の女と向い合ってソファに身をしずめた。麗子はいなかった。午後からコンサートの練習だったことを雄也は思い出した。

「B階か、そうだろうな」ピアノを前にして俊景が言った。「D階へやるには犯罪行為を公《おおやけ》にする必要がある。それでは彼にとって不利だ。——どうする、雄也、B階へ行くか、それとも一緒にくるか」

突然テーブルの下から現われた青白い球体に雄也は仰天した。

「だれの！」腹をおさえた。「胃だ？」

「わたしの」

「三輪さん⁉」

光球は俊景の手招きに応ずるかのようにピアノに近づき、そして俊景の腹部に入った。

「胃はピアノ・ソナタが好きらしい」

「おとといい宅棟さんがお見舞いにきてくれたの」

「どこを捜してもいないわけです」三輪さんが俊景のピアノに耳を傾けながら言った。

「彼は美沙さんを連れてゆく気で——」

「わたしは当て馬にされたんだわ」

「なんだかいい気持になってきた」と俊景。「そういやあ、こいつさっきシェリーを飲んでたぞ」

小品を弾きおえると球体が再び現われ、小犬さながらに俊景の足下にうずくまる。

「とにかく麗子に――」

「待てよ」腰をうかせかけた雄也を俊景がとめた。「おまえの電話の前にアルカディア・ホールから連絡があった。もうあわてることはない。彼女はサナトリウムで昼寝してる」

雄也は力を失って腰をおろす。「それじゃあ……なんのために……おまえたちのせいだ」

「そう思うのは5Uのせいだ。5Uには意識はない。だが意志はある。そんな形の意志の支配から逃がれるのは最も困難だ。法律とか、規範とか、政治的プロパガンダとかもそんな力の一種だろう。それらは5Uのような実体すらない。文字や電波は抽象記号だからな。そんな意志は人間の意識を支配して、人に自らの意志であるかのように思わせるんだ」

「麗子の胃がはなれたことを嘘だと言ってくれたら、何時間でもクソ説教を聴いてやるよ」

「こんな話を知らないか。ずっと昔、ある農夫が野良仕事の最中にぽっくり死んだ。解剖してみると頭に脳がなかった。学者たちは頭をひねった。どうして脳みそなしでこの男は生きてきたのか、と。しかしこう考えればなんの不思議もない、すなわち、彼は脳なしで生きてきたのではなくて、脳がなくなったから死んだのだ、と。外傷をつけない方法でだれかが奪ったとか」

「脳が自ら逃げだしたとか」

「そう。しかし当時の学者たちはそんなことは思いつきもしなかった。彼らの胃はまだ逃げださなかったからそんな発想はできない。つまり人間の体が人間自身のものだと信じて疑わなかった。いまの人間にしても同じだ。胃は自分のものだと思ってる。これは悲劇だ。自分のものを失うのは不幸だからだ。しかしもともと別の生物だと認めればなんの不合理もない。そしてそう気づいた者にとって幸せなことに、ここから逃げだすのをだれも阻止しない。門は出てゆく者に寛容だ」

「そんな人間はわずかなものだろう。嫌嫌D階へ送られる者はやっぱり不幸だよ」

「だから強要はしない」俊景はピアノの蓋をしめて三輪さんの手をとり、立たせた。「また向うで会えるといいな、雄也」

「旦那さま――」

「とってもかわいいよ。さよなら。花束でも贈りたいけど、ぼくのカードはもうA階では使えないんだ」

「お元気で」

雄也はうなずいた。二人は手をつないで出ていった。青い球体が壁をつき抜けて後を追った。

サナトリウムの廊下は暗かった。室内もブラインドがおろされていて、外のまばゆい日の光とともに健康的な雰囲気をも遮断していた。麗子はその薄暗がりの中で左腕に点滴を受けながらベッドに横たわっていた。

雄也は近よって見おろした。麗子は眠ってはいなかった。黒い瞳に雄也が映っている。周りが暗いわりには瞳は小さく、なんとなくきつい印象を雄也に与えた。

雄也はいきさつを話した。麗子は目を天井に向けて、口出しせずに聞いていた。

「だから、きみと暮らせる地はD階しかない」

「あなたには胃があるわ」

「きみを失いたくない」雄也は麗子の髪に触れ、なでた。「病気じゃないんだ。さあ、起きて、一緒に行こう」

「いや、だめ、触わらないで」

「ここで暮らすのか」

「わたしはA階人よ」

「足も萎《な》えて、そのうちに歩けなくなる。それでも」

「わたしを見損わないで。B階人じゃないわ。あなたは行けばいい、あなたは潜在的B階人よ。いつもそうだったわ」

「麗子」

「出ていって、出ていって、出ていって！　でなかったらわたしの胃を返して！」

雄也は抱きあげようとし、強い抵抗にあって断念する。

「きみはもうぼくが必要ではないんだな？」

騒ぎをききつけた看護婦がとんできた。彼女はA階人の病人をかばい、B階級に落とされた男を見すえた。

「そうよ」麗子は右腕を目の上にのせて言った。「D階へ行くなら死んだほうがましよ。わたしはあなたとは違う。A階の人間だわ」

雄也はもう説得しなかった。ドアをひらき、出る前に言った。

「煙草の火に気をつけて、麗子」

返事はなかった。

廊下はトンネルのようだった。外へ出た雄也はまばゆい日光に目を細めた。

「これからどうするの」光の中で美沙が笑った。「マシンガン片手に会社に殴りこむ？」

「俊景にいわせると、5Uには意識がないし人間には意志がない。マシンガンで何を撃てばいい？」雄也は林にかこまれたサナトリウムを後にして歩きはじめた。「童話を書こうと思ったことがある」なぜ書かなかったの？「いい聞き手がいなかったから。麗子はピルをはなさなかった。彼女のはSOPHIA《ソフィア》-βってやつだ」

「フォックストロットはいかが」美沙が雄也の腕をとった。「OVULYN-21なしで」

「いまは踊り疲れた気分だよ」雄也はやんわりと腕をほどいた。「でも、そのうちにワルツよりうまくなるかもしれないな。明日のことはわからない」

でも、まあと雄也は思った。一つだけたしかなのは、もし朝目《あした》が覚めたらまだ生きているということだ。そこがやわらかなベッドの上ではなく、しっとりと朝露のおりた冷たい草原の丘だったとしても。見下ろせば灰色の海、光を増してゆく空にカモメが舞い、海鳥たちとたわむれる無数の螢火のような球体の群れ。

「愛してるよ」雄也はつぶやいた。「胃がなくなっても」

「え？」美沙が歩みをとめた。「なにか言った？」

「ふっとね、思ったんだ」雄也は化粧気のない若い美沙の顔を見つめ、視線を下げた。

「きみの胃はいまごろカモメを食べてるかもしれないね」

それから5Uのケースを出し、力のかぎり遠くへ抛った。

ダイアショック

あんまり平和な音だったので、まさか墜落の警告チャイムだとは夢にも思わなかった。

「なんだかポコポコという音がするけど」とおれはパイロットに訊いた。彼は両手を組んで祈っていた。「午後のお祈りの時間かい？」

「おまえもこの世にさよならをいったほうがいいぞ」と彼。「確率九十三パーセントでおさらばだ。エンジンが発作をおこした」

「なんだかリアルな冗談だね」

「命の保障はしない、といったじゃないか。勝手に乗船したのがわるい」

「宣伝文句だと思ったんだよ、ほんとなの？——自動乗船保険は？」

「そんなものないよ、闇航路を飛ぶ、闇宇宙船だ」

「女房子供がいるんだよ、どーしてくれる」

「あんたのあつかっている商品には『より魅力的な夫』とか『新しいパパ』というのはないのか」

「そんなのがあれば『理想の妻』というやつをおれが買ってるよ——わっ、だめみたい」

「うしろへ行ってろ！」

ガラクタが山と積まれている船倉に入るとエンジンのしゃっくりがよく聞こえる。ワープのやりそこないは仕方がないとしても、よりによって見知らぬ惑星の重力圏内に実体化しなくたっていいじゃないか。おれはできるだけやわらかそうな箱を集めて、衝撃にそなえた。たぶん気休めだろうけど。空中分解するかもしれないからパラシュートの代わりでもないかと見回したとき、ついに船が断末魔の叫びをあげはじめた、なんだか別の音も加わっていた、よくよく聞くとおれ自身の声だった、無意識に自動バルーン製造機のスイッチを入れていた、目から火花が散るように風船玉が次から次へと吐き出され、船倉はそれでいっぱいになり、空気が風船に食われておれは窒息しそうになり、ほんとに頭がもうろうとしてき、上下左右風船だらけ、両手両足をおっぴろげた大の字で、足もつかない、たすけてくれ！

たすかった。風船のおかげだ。もっとも、墜落がもう少し遅れたら鼻と口をふさいでいた風船に殺されていたろうが。おれは両手にしっかりと握っていた二つの風船を放した。

不時着の衝撃はひどかったらしい。船倉の壁が裂けて、風船が外にこぼれている。内臓がとびだしているように見え、おれの腹でないことを感謝した。裂け目からさし込む日の光がさわやかだ。深呼吸をすると気持がいい。

自動バルーン製造機も息を吹き返した。またまたおれは風船におし流されそうになる。かきわけ、かきわけ、元凶にたどりつき、スイッチを切った。こいつは暗殺用新兵器ではなかろうか。密室では決して使用しないこと、という注意書きなしでは、いずれ事故がおこり、メーカーは莫大な損害賠償を払わされるぞ、きっと。どこのばかがこんなものを造ったのかね。しかし、まあ、これなしではおれの身はどうなっていたかわからない——ぺしゃんこになって死ぬのと、風船に窒息死させられるのと、どっちが格好いい最期かな。死に方にいいもくそもあるものか。たすかる方法にしても同じさ、ようするにたすかればいいのであって——パイロット！

彼は営業用航宙ライセンスは持っていなかった。かわりに一級の度胸を持っていた。名前はたしかコップスだ、本名ではないかもしれないが。それ以外、彼についてはなにも知らない。この船を利用したのは初めてなんだ。

コップスは操縦桿を握りしめ、計器板に頭を突っ込んでいた。息はあった。しかしなんとかしなくては、そのうちに止まるだろう、見ればわかる、どうしよう、医者はいませんか、乗員は二人だけ、おれは医者じゃない、ということは、絶望的。おれの心臓が高鳴ってもしようがない、彼に、強心剤でも打たなくては。だけどこんな小さなボロ船になにがあるだろう……まてよ。ある。救急医薬品。

　船倉にひき返して、風船を追っ払い、おれの荷物を整理する。ここにあるのはみんなおれの荷なんだが、その中に救急医薬品の梱包がある。いつも宇宙のどこかでゲリラ戦は行われていて、反政府側というのはたいがいこういった物資を必要としている――おれもわるい商売をしているよなあ。悠長に梱包をながめて悦に入ってはいられない、アタッシェケースの中にたしか「応急手当の初歩」という本があった、あわてて開けたので中味の本全部が床にばらまかれた、手帳型のプロジェクターをまず手にして、散らばったカード《ほん》をかたっぱしから取り上げ、応急処置のタイトルを捜す。あった。プロジェクターに入れる――「そのときあなたは焦ってはいけない」フム、「リラックスして」なるほど、「どうしてもオーガズムを得なければならない、などとは考えないことで――」なんだ？　間違えた、裏だ、裏。「どうしました？」という文字が出るから、墜落、とキーを押した。「外傷はあるか」どこもかしこもだろうな、「出血はひどいか」いいや、鼻血程度だが、意識がない。「二〇三ページを参照せよ」二〇三ページね、ほんとにわかっているのかな。

　脈と血圧を測れ、と手の上の応急処置カードが偉そうに指図した。ショック症状にもかかわらず正常な値の場合は体内大出血の疑いがある、といわれておれは焦った。もっとも破裂しやすい内臓といえば脾臓であって――冗談じゃないよ。

コップスを静かに船倉内に移して、「鼻血は止血するな」というから垂れ流し、流れた血をハンカチでふく。ハンカチの上の血の周りにうすい透明な液、鼻水かな、でなければ「髄液かもしれない。血圧の上昇および脈搏数の低下の動きに注意せよ」ムムム、「専門知識なしに、みだりに脳圧下降剤を投与してはならない」そんなもの、あるものか、「脳外科に連絡をとり――」できれば真っ先にやってるよ。「感染に注意せよ。髄膜炎、脳炎の予防措置をとれ。二四九ページ参照」

手足の傷を消毒し、救急ガーゼでぐるぐる巻きにする。頭には見たところ大きな傷はないが、中味まではわからない。もしカードの指摘するように頭蓋底骨折があると、脳自体もいかれているかもしれない。ともかく、半ばやけくそで、抗感染剤を静注した。大量に。カードがそういったから。「静注の場合、血液脳関門および血液髄液関門により、投薬成分は一パーセント程度しか脳・髄液に有効作用しない」だからたっぷり使え、というのだ。副作用で狼男かなんかに変身したとしても、おれのせいじゃないぞ。

コップスの意識はもどらない。応急処置カードのいうとおりに瞳孔反射や痛覚反射を調べたが、その結果、彼の脳みそは大丈夫だとカードは保証した。ただ気管に痰がつまったりしないように注意し、気管支肺炎を予防せよ、とカード。「患者を仰向けにしてはならない」ではどうするか、ちゃんと図が出る。腹ばいにして、胸の下にやわらかいものを入れ、それを抱かせるようにする。マットも布団もないから風船で。どうもおさまりがわるい。なにか代用品がいる。「二時間おきに体位を変換せよ」いざとなったら気管を切開せよ、だと。だれがやるんだ？

一応コップスには、してやれるだけのことはやった。ハッチを開けて外に出る。森の中の広場という景色だった。船が進入した側の木々がなぎ倒されている。木というか、白い巨大な珊瑚のように見える。そこから船はジャンプして、ボンと、この広場に墜ちたらしい。広場はほぼ円形で、直径五、六百メートルくらいか、人工的な雰囲気がある。しかし動く生き物の気配はない。滑走するには狭いからコップスはここを目ざして降りたわけではなさそうだ。偶然だろう。地面はベージュ色でふわふわしている。苔のような植物らしい。食えそうにない。

やるべきことは多い。ここはどこの惑星なのか、救助信号はどうやって出すか、腹もへってきたし、コップスの面倒もみなくてはならない。まず腹ごしらえといこう。船にもどり、船に備えつけの非常食を出す。二人で二日分ある。乾パン、乾肉、乾野菜、それに乾水。乾水？　説明書を読むに、つまり、水の素だな。水素と酸素かと思えばそうでもない、一種の吸湿剤で、外に出しておくと水を呼ぶ。プラのボウルにその乾水の錠剤を入れて、それを船外に出した。しばらくすると水、なみなみ。味はない。乾パンを入れる、わっ！　ボッとふくれた。消しゴムくらいの大きさが煉瓦一個ほどになった。この調子だと肉もきっと、と喜んだのだが、こちらはなんだか惨め。

コップスに、食うかと訊いて、返事がないからひとりで食べた。このパンをいきなり口にしていなくてよかった。口の内でふくらんだら顎《あご》が外れるかもしれない。なんとなく危うい。自分の荷物に食料はないかと探す。すぐに口にできる食品はなかった。が、「千倍麦の種」というのがあった。「条件がよければ二十時間、わるくても人間の生息可能な環境下であれば百時間で収穫できます」

船外に出る。

ベージュ色の苔はけっこう厚く、四、五十センチほどで、弾力性がある。三メートル四方をひっぺがした。黒い、しっとりとした土があらわれた。もしこの苔が苔なら土地はやせているだろう。しかしあまりやせた苔には見えないから、きっと千倍麦もよく実るぞ。

なにか動いた。遠くで。森の方だ。作業に熱中する手を止め、顔をあげたときにはもうなにも見えなかった。森の方角といっても周囲みんな森だけど、船首の方向、たしかになにかいた。幻覚だと否定するよりは、実際になにかが動いたのだと考えるほうが自然だ。なにが出てもおかしくない。願わくば、すごい美人でありますように。

この世のものとは思えぬ叫び声におれは腰を抜かした。よく聞くとコップスだった。四つんばいでハッチまで行き、内に入った。コップスは意識はないようだった。鎮静剤でだまらすこともできたが、騒がしいほうが心強い。声をあげているうちは生きているわけだし、自分で動いていてくれれば体位の変換も必要ない。薬を打った場合、薬が効いて眠っているのか、それとも容体が悪化して昏睡状態なのか、その区別に気をつかわなければならない、とカードにもあることだし。

武器だ、武器、なにかないかな。「レディ・キラー入門」だめだ、武器らしいものはなにもない。その手の商品は、おれはあつかわない。良心がとがめる。実のところ、武器販売分野は大手グループが握っていて、おれのような一匹小物にはわり込めないんだ。どうしよう。襲われたらひとたまりもない。宇宙救難法を理解するような原住民がいる星ならいいのだが。荷物をごそごそかき回し、万能翻訳機を手に取る。話せばわかる——これしかない。頼りになる武器といえばセールスマンである自分の口しかなさそうだ。

操縦室へ行く。助けを呼ぼう。時空通信機は壊れているようだ。しかしうれしいことに救助信号自動発信機のパイロットランプが点滅していた。よく見ると、装置が働いていないという警告ランプらしい。がっくりくる。となりの、確認というスイッチを押してみる。小さなディスプレイ面に細かい文字が出た。

「救難信号ミサイル発射ずみ」

頼みの糸はそれだけのようだ。船外は紅い。夕焼けかな。なんだか心細い。船倉にもどり、荷から粉末の「ビールの素」を出してボウルに入れ、乾水をひとつぶ放り込む。ビールより水割りがよかったかな。どうも見た目がよくない。飲み干す。コップスは静かになっていた。彼の人さし指をぐいと曲げたら、ギャッというから心配ない。元気が出たところでもう一度操縦室に入り、航路データかなんかないかと探す。あった。三次元ディスプレイに星系図と跳躍終点が出る。これによると、ここはエイセム・ナンバーで6524・αという太陽系だ。五桁ナンバーとは、へき地なんだな。非常用回路以外の電気はみんな切って、番号を忘れないうちに急いで船倉にひき返す。照明は消えていたが、裂け目から入る光でけっこう明るい。エイセム・カタログを捜し出し、プロジェクターにセット、応急処置カードと入れ替えた。6524・α。愛想も愛称もない星だ。惑星は六つ、6524・α・IからⅥ。ここはⅢだ。

「Ⅲはもっとも大きく、ヒト型生物が生息する。人見知り的傾向があり、単独で生きているらしい。惑星外からの侵略者には団結し、攻撃的になるといわれるが、詳細は不明。要注意」

なんだかおそろしい星のようだ。読まなければよかった。あいまいな情報は恐怖を生む。

こんな悪条件下では絶対に眠れるわけがない、という夢を見ていたおれは、女房のヒステリーに似た声でとびおきた。警戒音らしい。暗い。なんだかぼんやり青白く光っている物体がある。非常灯だろう。操縦室で警報の種類を調べる。ねぼけまなこだからどれがなにやらよくわからないが、鳴っているのはこれ、わっ、放射線警報装置だ。要防護措置の警告。

船倉にとって返す。「コップス、女を抱いている場合じゃないぞ」女？　そうだ、風船の代わりにダッチ・ワイフを抱かせておいたんだった。頭がまだもうろうとしている。救急医薬の梱包はどこだ、暗くてよく見えない、対放射線保護剤はどこだ、たしかあったはずだ、あるある、カプセル剤でも圧注射カートリッジでもなく、静注用のアンプルだ。使い捨ての注射器で、腕にゴムを巻いて、打つ。この薬はコップスの頭蓋内圧を危険なまでに高めるかもしれない。応急処置カードを見るが、この薬の使用可否は載っていない。だが迷っている暇はない、放っておけば被曝して確実に死ぬ。彼にはついでに抗感染剤も静注した。

これで、瞬時に火傷をするほどの強烈な放射線でないかぎり大丈夫なはずだ。もっとも、たとえばγ線の致死量は一〇〇〇レム以下だが、これは熱くない。γ線においては一レムは一ラドに等しく、一ラドは一〇〇エルグ／グラム、これを熱に換算すると一グラムあたり約百万分の二・四カロリーにすぎない。火傷するわけがない。致死量をあびても体組織の温度の上昇は千分の一度単位でしか測れないわけだ。熱線とは異なり、電離放射線のおそろしさはエネルギーではなく効果にあるのであって——薬を売るための口上、まさか自分にいい聞かせるはめになろうとは。それにしてもなぜ放射線なんだろう。明りがほしい。非常灯をひきよせようとして、おれは失神しそうになった。カッパのような……お皿が光っていて……非常灯じゃない。要注意ヒト型原住生物だよ。おれは失神する。

ほんの一瞬だったらしい。まだ夜は明けていないし、まだこの身はひき裂かれてはいない。おれは両手をあげた。犬にこうやると逆効果だった経験を思い出してすぐに手をおろし、いや、犬より高等かもしれないからとまたあげて、結局、バタ、バタ、バタと三、四回空気をかき回した。コリキ、と歯ぎしりのような音。関節がどうにかなったのかな。ちがう、カッパがしゃべったんだ。翻訳機、万能翻訳器はどこだ、ポケットだ。ふるえる手で取り出し、66524・α・Ⅲと押す。これで作動すればよし、だめだとかなり時間がかかる。「暴力反対」とおれ。翻訳機がいう、「コリキ」なに？　ということは、このカッパも、殴らないでくれ、といっていたのかな。どうもそうらしい。これはめでたい。荷物の中から粉末シャンパンを出して、乾水が見あたらないから手のひらに振り出し、「あなたもどうぞ」とすすめる。手を出したカッパにたっぷりやって、「乾杯」

翻訳不能、と機械。乾杯の習慣はないんだろう。カッパは勝手に飲み、というか、なめて、「うまい」といった。「もっとくれ」

三本め、いや、三袋めにぶっ倒れる。おれも。

こわがることなんかぜんぜんなかったんだ。ばかみたいにおとなしい。おれは優越感にひたっていい気持だった。昼の光で見る彼はさほどカッパには似ていない。背丈は低く、体はずんぐりしていて、うすみどり色、裸だ。頭は大きく、目鼻口は広い額に押し下げられた位置に、ちまちまとまとまっている。醜くはなかった。けっこうかわいい。その顔でいちいちおどろくのだ、おれの荷の商品のひとつひとつに。機器の機能説明を一応理解するから知能はハイレベルにある。だからおどろかせがいがあって実にいい気分。

「仲間か」K《カッパ》・モドキがコップスを指して訊いた。そうだ、とおれ。「死にそうだね?」

大丈夫、応急処置カードがある。「すごい」とK・モドキ。「すごい物知り」

「そうとも」とおれ。「地球人は、人間は、偉大なのだ。おれは人間だ。だからおれも偉大なのだ。欲しければ売ってやってもよいぞ」あまり役には立たないだろうなあ。「このバルーン製造機なんかどうだい。お祭りに花をそえるよ」祭りという言葉、翻訳不能。なんでもいい、客を相手にして、こんな王様のような気分になったのは初めてだ。「ヒャッホー」

「なんていった?」

「いや、フフン、いい天気だねえ?」

空を見上げたおれは視野が狭いのに気づく。これは心配ないのだ、対放射線保護剤の副作用だから。問題は狭い視野が正常になりつつあることだった。

「薬が切れはじめた。きょうはおひきとりねがおうかな」

あいよ、とK・モドキ。あまりこの薬を長く大量にとりつづけると失明のおそれがあるんだ。おれは去ってゆく放射線源のうしろ姿を見送った。

K・モドキは毎日やってきた。毎日といっても、まだ三日しかたっていない。コップスはきのう意識をとりもどした。しかし飯は食えない。

「鼻はかむなよ、コップス。汚い指を鼻の穴に突っ込んだりしてもいけない。脳膜炎になるおそれがあると、このカードに書いてある」弱弱しく彼はうなずく。「——ああ、それね、マルガンセール星人用のダッチ・ワイフだよ。なに、気分がわるくなった？　わかるよ、でもがまんしろ、他に適当な代用クッションがなかったんだ」

意識の回復したコップスにはK・モドキを近づけなかった。66524・α・Ⅲ星人はマルガンセール星人よりはずっとまともな形態をしているとはいえ、放射線にはまいってしまう。

千倍麦もきのう穂をつけた。「すごい、おとといはなかったのに」K・モドキは何度もびっくりする。「これもあなたが？」

「そうだよ、おれが作った」にこやかにうなずいてみせる。「自然の麦はまずいし、少量しか穫れない」でも、これはうまい。ポップコーン製造機でポップコーンもどきにしたらすごくうまかった。この麦の二世代目の発芽率はゼロではないが低い。だから食べてしまうにかぎる。まだ種は沢山あり、これが千倍になり、ポップすればすごくふくれる。半年くらいは食えそう。「穂麦をくれって？　だめだよ、環境系を乱さないように繁殖力をおさえてあるんだ。周りが麦一色にならないようにさ」

パン造り機に麦を入れる。ミルが作動して粉にひき、完全自動で翌日にはパンになる。うまそうな香り。きのう仕込んだやつが焼けている。

「うまい」と焼きたてのパンを食ったK・モドキは感心する。「うまい、うまい、うまい」

「おたくはいつもなにを食しているのか」とおれは訊いた。

K・モドキは森を指した。木の高いところに実る果実を食べる、と彼。「うまくない。創る能力、ぼくにはない。能力がないのだから不満はいえない」

「失礼ながら、木登りが得意なようには見えないけど、どうやって穫るのか」

K・モドキは説明したのだが、翻訳機は沈黙している。しばらくたってから、「わかった?」

「いいや」

K・モドキは実っている千倍麦の方を向いた。と、おれは目を疑った。穂がひとつぱさりと落ちたんだ。なにもしないのに。念力かな。翻訳機は錯乱していたが、やがて、遅れて申し訳ないというサインを出して、こたえた。「$E=mC^2$」なんだ、これ。

K・モドキの説明はさっぱりわからなかったが、ようするに彼は、熱線や電磁波や、それから、精神念力線とでもいえるエネルギーを自在に発射できるらしかった。

「精神の集中によって、できるのか？」

精神と肉体の区別というものをＫ・モドキは理解しなかった。手を伸ばしてもとどかないから、精神力をちょいと使う、これは当然のことと考えていた。念力も精神力もエネルギーの一種ならば質量と等価だから、わからないでもないけど。彼の体内には、人間のような化学的・生体的エネルギー発生機構とは異なる、質量から直接エネルギーを取り出す核レベルでの反応炉ともいえるメカニズムがあるらしい。あの森の木木の実の中には、あるいはこのパンの中にも、その反応に必要ななにかが含まれているのかもしれない。人間にもエスパーらしき者はいるけど、彼らもまたこのような働きをするメカニズムを生体中にもっているのかも。すると、たぶん、その力の作用伝播は光速を超えないだろう。いずれにせよ、おれにはそんな能力はない。

「たいしたパワーはないんだ」とＫ・モドキ。「あなたのようにいろいろ創れるわけでもない。せいぜいこの程度だ」両手をあげてふるわすと、きらめきが生まれた。キラキラと輝く微小粉末が風に吹かれて舞う。「純金だよ。カスだね」

おれは空を泳いだ。もったいない、金だと、黄金、二十四金。

「もっと大きな金塊は創れないのかい」

「できないよ。できても食えないからばかばかしい。これはあなたに似た他惑星からきた者が、黄金を創ったら交換にうまい物を食わせてやるというから、いろいろ試しているうちにやっと方法をつかんだんだ。純金って、うまいのかい？」

「まあね」

すごい能力だな。彼に創れない物はないのではなかろうか。が、おれはそれよりも、彼に金創りをすすめた異星人がその後どうなったかのほうが気になった。

「ぼくは反対したんだけどね」とK《カッパ》。「仲間が殺した。その異星人は嘘をついたから」

「おおおおれも、そうなるのか」

「ぼくは頭がわるいから偵察屋をやらされているんだ。――あなたはいい生き物。これだけいろんなものを創れるなんて、神さまみたいだ」

「神さまね」

人間にだって金くらいは創れる。自然には存在しないような物質だって創り出せる。しかしそれには莫大な金《かね》がいる。手をあげて呪文をとなえるだけ、というわけにはいかない。崇《あが》められても、もはやおれの優越感は大きくならなかった。優越感なんて風船のようなものだ。ふくらましすぎると簡単に割れちまう。

コップスはオートミールを飲めるまでに回復した。そろそろ救助隊がきてもいいんだがと彼はいった。「時空通信機がだめだって？　それじゃあ、そうだな、なにか代わりの手段でこの位置を知らせるんだ」

もう見捨てられたかもしれん、などと怪我人は悲観的につぶやいた。必死で看護してきたおれの気持なんかてんでわかっちゃいないんだからな。代用通信機を持って外に出る。

「それはなんだ」とK・モドキが尋ねた。

「代用の信号発射機だ」

船外に電源ケーブルをひき出し、小型紫外線レーザー発振器に接続した。これは売り物の測定機の発振部。通信機ではないけど、目じるしにはなるだろう。むろん目には見えないが。スイッチを入れて、あとは救助隊がこのビームを感知してくれるよう祈ろう。

「この船、壊れているのか？」Kがいった。

「そう」

「再生すればいい」

できない、とこたえてしまってから、おれは非常にまずい言葉を口にしたらしいことに気づいた。おそるおそるさぐりを入れてみると、彼の理屈はこうだった。

「船はおまえが創ったのだろう、ならば再創造すればよい、ぼくが純金を創ったごとく」

どうやら彼は、おれ自身がこれらすべての道具、機器類、そして船を、独力で創造したのだと信じていたようだった。おれは人間の代表として「人間《おれ》が創出した」といっていたつもりだったのだが。

あたりまえだけど、どんな天才的頭脳の持ち主にしたって、紙もペンもなしではろくな仕事はできない。それに、アイデアを形にするには、たとえば現場監督やセールスマンなどのパートナーが必要だ。だから、人間の創ったものは人間という共同体がこしらえたものなんだが、「おまえが創ったといった」とがんとして受けつけない。

彼とおれとのこの行き違いをナンセンスだと笑ってかたづけるわけにはいかなかった。相手は人間じゃない。翻訳不能の言葉があるように、絶対にわかりあえない領域がたしかにあるんだ。えらいことになったよ、これは。おれは嘘をついていたようにK・モドキには見えてきたらしい。おれがうろたえたからだろう。平気でいられるものか。

「どこへ行くんだ？　まさか——」

「おまえは非創造者だ」

放射線源は背をむけて森へ歩きはじめた。頭がオレンジ色に光っている。

「おおい、話せばわかるよ、人間はひとりでは生きてはいけない。おたくたちのように独立生物ではなく、協調型・社会的生物なんだよ。もどってこい、きてくれ、行くな——」

無駄だ。翻訳機の音声出力が小さすぎて、彼のところまで声がとどかない。なんてこった。おれはむしょうに腹が立った。６６５２４・α・Ⅲ星人のすべてを呪った。

物音に振り返るとコップスがハッチからおりてくる。「大丈夫か」大男に手をかす。

「ばかだな、通信機、生きていたぞ。どうしてマニュアルを見なかったんだ。いや、もういいんだ、怒るなよ、もうすぐ助けがくる」

「間に合うかね」

「どうしたんだ、髪を逆立てて」

「くそ、くそ、くそったれ！　こんな星、ぶち割れてしまえばいいんだ」

まったく、くそったれ、だ。放射線は彼らの排泄物だぞ、きっと。

おれは船内にあった水素ボンベをバルーン製造機につないでスイッチを入れた。色とりどりの風船が舞い上がる。こうすりゃあ、早く見つけてもらえそうじゃないか。話をおれから聞いたコップスはひざまずいて祈りはじめた。


間一髪だった。６６５２４・α・Ⅲ星人たちの攻撃というのは、すさまじいものだった。武器は頭だ。あたま。救助船内で見た、ＴＶレンズのとらえた大爆発の一瞬前の光景は忘れられない。七、八人のＫ・モドキの仲間たちが八方から駆けてくると、お互いの頭をガチン。まさに火が出た。たぶん臨界質量に達したんだろう。Ｋ・モドキはいなかったと思う。頭がわるい、といっていたから。

考えてみれば、ああいわれてみると、たしかにおれはなにも創造していない。人間が生んだものは山ほどある、でもおれが創ったものはなにもない。船やコンピュータやレーザー発振器や本や医薬品や風船製造機や千倍麦やパンはだれが発明した、人間だ、しかしおれじゃない。数えあげれば星の数ほどあるだろう、使って食って利用する、その中に、おれの創造物はひとつもない。ひとつも。

「安心したら力が抜けたかい」とコップス。

おれは、いかに自分が非創造的な人間か、それに気づいて愕然としているところだと、心をうちあけた。

「物だけじゃないよ、知識にしてもさ。おれの力では黄金どころか、せっけん一個、造れやしないんだ。おれはなんにも創れない、なんにもわからない、ばかだ。無知だ。無能だ」

「思いつめるなよ」コップスは同情してくれた。「だれだって、未知の異星人に会うと衝撃を受けるものさ。宇宙精神医学でいう、ダイアショック症だよ。おれなんか初めてマルガンセール星人に会ったとき、ひどかったよ、毎晩悪夢を見た。そのうちに自分の体の形までが奇妙に思えてきてね、手を広げ、指を動かす、その動きに吐き気を覚えたものさ。それと同じなんだ。十日もたてば不安は消えるさ。気をたしかにもて」

「うん」

「自分に価値がないなんて思っちゃいけない、おれはあんたに感謝している。うまく手当してくれたよ。鼻水も止まったし」

「鼻水でなくて髄液だとしたら……早く専門医に診せたほうがいいよ。脳ヘルニアで髄液の流出が妨げられているかもしれない」

「ほう、すごい博識じゃないか」

おれは弱く首を振る。

「博識だって？　とんでもない。カード《ほん》にそう書いてあっただけだ」

落砂

在宅勤務などをしていると運動不足になりがちなので、夕方には家を出て家のすぐ裏の浜を散歩することにしている。

私の家のすぐ裏には二階建の屋根に近い高さにまで達するかという砂丘がおしせまっていて、風の強い日などは一夜にして崩れた砂のために家が埋まりそうになる。普段からスコップで砂をかいているのだが、いよいよ人力では無理となると業者を頼んでブルドーザーで砂をのけなければならない。この辺は雪も積もるのだが砂は雪よりも始末におえない。雪は融けるが砂はいつまでも消えない。

私の家の周囲は、本来ならニセアカシアの防砂林なのだが、どういうわけか市当局がこの地区を民間に売り払ってしまった。それで海岸線付近の防風防砂林の帯がここだけ切れていて、密集した住宅がそのかわりをつとめている。

高さ七、八メートルはあろうかという家の裏の砂丘を、砂を崩しながら越えると波打際まで二百メートルくらいだ。だらだらと下っている砂の斜面に市中から集めてきた燃えないゴミの捨て場がある。波打際に近いところに未舗装の道路が走っていてダンプなんぞが砂煙を上げている。ゴミ捨て場のわきに溜池がある。付近の住宅からの生活排水を地下管を通してここから海に垂れ流しにしている。溜池の水は意外なほど透んでいて、その周りは、他は一面の白い砂地だというのに、ここだけが丈のある青青とした草が茂っている。池からあふれる汚水は扇状に広がって海に向かうのだがその途中で砂に浸み込むか太陽の熱で蒸発してしまって、汚水はその流れの跡だけを砂にしるして、たいがい乾いている。そこは普通の砂の色をしていない。ネズミ色の、無数にひび割れた、板チョコのようなかんじで、踏むとパリパリとした感触がある。

以前はもっと広広とした砂丘地だっただろうが、いまではかろうじてテトラポットを埋めてこれ以上の砂と陸地が失われないようにしてあって、昔の名残りの、風に耐えている砂の盛り上がりがぽつんぽつんと見えていて、それが単調な砂の広がりに変化をあたえていて面白い。潮風と太陽と砂地に負けずに地面にへばりついている浜植物が、縁に茂るニセアカシアの濃い色とは対照的に、白っぽく目立たない色をみせている。

そのなかにはハマボウフウなどもあって、これはみそ汁の具にしたりするとうまい。よく洗わないと砂が口の中でジャリと音を立てたりするが、香りがいい。

浜にはさまざまな物が流れてくる。沖の網をとめるガラス球の浮子《うき》とか、集魚用らしい大きな電球とか、網の切れ端らしいもつれたロープとか、長靴とか、サンダルとか、もちろんそれらは片方だけだが、ビール壜とかスタミナドリンクの空瓶とか、空缶なんかは集めれば戦車ができそうなほども半ば錆びたもの新しいものが散乱し、フィルムシートのままの錠剤とか、サルスベリのようにつるつるに磨きあげられた流木とか、クルミの実とかヤシの実とか、ハングル文字のついたプラ製液体洗剤容器とか、ささくれだった角材とか、ビニールシートの切れ端とか、それからウミドリの死骸とか、カラスの死骸とか、白骨化した犬とか、こないだなんぞはぶくぶくになった豚が打ち上げられていて、子供たちが木の棒でつついて遊んでいた。

それらを見ながらの散歩は飽きなくて、ときには、豚の死骸はごめんだが、ヤシの実などは珍しいから家に持って帰ったりする。

またおかしなものを拾ってくると言って妻は文句を言うが、なに、邪魔になればまた浜に戻してくればよいのだと私は妻をなだめて、はるか南から旅をしてきたヤシの実を磨く。狭い私の家の庭にはきれいなガラスの浮子やら、自動車のリクライニングシートやら、形のいい流木などでいっぱいだ。

なぜ自動車のシートなんぞが浜辺にあるのかわからないが、なにがあっても不思議ではないという気がする。それらは人間の捨てたものというより、海が産んだもののようだ。

たぶん、そうなのだ。海は実に馬鹿げた、滑稽なものを産んだりするので、私はおかしさをこらえきれずに笑ったりする。

それも、私を笑わせた物の一つだった。それは浜辺ではなく、溜池からさほどはなれていないニセアカシアの防砂林の手前におちていた。手袋だった。黒い皮手袋だった。とても形がよく、砂の中から差し出した手の格好をしていた。

私はそれを拾った。その手袋には中味がつまっていた。いやな臭いがしたので放り出した。ずさり、という重い音がした。中味のつまった手袋なんか初めてだった。気づいたとき私は笑っていたが、笑ってはいけない気がした。なにしろその手袋は悲しそうだったので。笑いをひっこめて、波打際へ行って海水で手を洗い、家に帰った。

きょうは面白いものを見つけたと言おうとしたのだが、妻は店で子供の客の相手をしていた。家の一階の一部を店舗にして妻が文房具と玩具と、宅配便とクリーニングの取次の商売をしている。小学校が近いし、少し離れた大学に通う学生の下宿などが多いので、店を開けていれば客の来ない日はなかった。店などやらなくても暮らしてゆけるのだが、妻が好きでやっていることに文句を言うつもりは私にはない。

私が浜を散歩するように妻は子供相手の商売を楽しんでいる。

私たち夫婦には子供が三年前までは、いた。男の子だったが、中学生になったばかりの夏の日に行方不明になった。それ以来妻は少し気がおかしくなった。私が在宅勤務をするようになったのは、いつも妻が見えるところにいたいからだった。息子は波にさらわれたのではないかと思う。こんな家から出て別の土地へ移ろうとしたが、妻は息子が帰ってくるからと言って、反対した。まだ息子は生きていると妻は信じているらしく、ときどき彼女は、きょう息子に会ってきたなどと言う。

「あら、おかえりなさい」と妻が笑顔を向ける。「よく砂をはらって下さいね」

私はいったん店の外に出て、ズボンの裾と素足をはらい、サンダルを片足ずつ脱いで砂をおとした。妻にはさからわないようにしている。

夕方のこの時間はいつも店が忙しい。それで夕食は遅い。店番を代わろうかと言うのだが、あなたはいいから、といつも追いやられる。

砂をはらって、店ではない玄関から家に入ろうとしたのだが、ちょうど一人の子供客がプラスチックモデルの箱を手にとっているのを見て、私は嬉しくなってしまった。その車は私が最近設計したものだった。モデルではなく本物のほうだ。

「あ、それはいい」

店に入って私はその子に言った。子供は、いきなり話しかけられてけげんな顔をしたが、私はかまわず説明してやった。私が、この家の二階にある仕事部屋でそれを設計したのだということを。

「だって」と子供は言った。「ここ、お店でしょう、車なんか造れるわけないよ」

「いや、コンピュータの端末があってね」と私は辛抱強く言った。「それが工場のホストコンピュータにつながっているんだ。いまはそういう時代なんだよ。どこにいても、なんでも造れるんだ。その車のシャーシ構造は、おじさんが設計したんだよ。軽くて強いんだ。その玩具じゃなくて本物のほうだよ」

「ふうん」

子供は疑わしそうな顔をして、その箱を見ている。

「あなた」と妻が言った。「台所のほうでなにか音がしたみたい。猫かもしれないわ。見てきて」

「わかった」

私は素直にうなずく。妻は私に邪魔されたくないのだ。おとなしく店から奥へ入って、茶の間のテレビをつける。ざわめいている。店にやってきた子供たちの声、テレビの刑事物の再放送の音、風向きが変わって潮の音、家の裏の砂が吹きおろされる、さらさらという音。玄関の戸がカラカラと鳴って誰か来た。腰を上げて出てみると人はいなくて、下駄箱の上に回覧板が載っていた。町内会の集まりがあるので出席されたい、という内容だった。砂の害を市のほうでなんとかしてもらおうという議題で、たぶん酒を呑むのだろう。

日が暮れると妻は店を閉める。食事の仕度や買物は店の暇な午前中や午後早くにすませてあって、夕食はごくあっさりとしたものだ。できたての熱い料理は夕食ではなく昼食になる。

「あの子、あのプラモ買ったかい」

「え？　ああ、だめ。さんざん箱をかきまわして帰ってったわ」

「悪いことをしたかな」

「あなたのせいじゃないわ。シチュー、もう一度温めましょうか。電子レンジの調子が少しおかしいみたい。あのタイマー、あてにならないのよ」

「いいよ。ちょうどいい」

「そう。それならいいんだけど」

「回覧板がきてた」

「なんだって？　秋の防犯週間のことかしら」

「町内会の寄合いだよ。あさって午後七時だそうだ。至急回覧だから隣へ持っていった」

「あさっては、じゃあ早く店を閉めて早めに食事にしようかな。帰ってきてから仕度するんじゃ遅くなるでしょう」

「出るよ」

「いいのよ。わたしが出てくるから」

「なんでいつもきみが出ていくんだ？　まるで一家の主人はわたしではないみたいだ」

「万引のこととか、言いたいことが山ほどあるの。面と向かっては言いにくいけれど、ああいう会なら言えるじゃない」

「店の主人はきみだからな」

最近、私は町内の寄合いというものに出たことがない。いつも妻が、なんだかんだという理由をつけて、自分が行くと言った。妻はそういうところに出るのが好きなのだ。私はあえてさからわない。

「そういえば」

と私は、冷えた牛肉を噛みしめながら、浜で見つけたものを思い出した。

「きょう、手袋を見つけた」

「手袋?」

「うん。中味のつまったやつだ」

「中味、ですって?」

「つまり、ちゃんと手の形をしているんだ。手袋って、ぺちゃんこだろう、それがさ、立体的になっていてね」

「子供が砂でもつめたんでしょう。気味が悪いわね」

「砂というより、肉みたいだった」

「食事中にへんな話はよしてよ」

「捜せばもう一方の手袋もあるかもしれないな」

「あなた……まさか本当に、手だったの？」

「違うさ。手じゃない、手袋だよ。ただ、中味がつまっているだけで」

「どこにあったの」

「浜だよ。いや、防砂林のすぐ浜手に出たところで——なぜ？」

「拾ってきたの？」

「まさか。臭いがひどかったからな」

「あなた、わたしをからかってるの？」

「どうして」

「中味のつまった手袋だなんて、言い方がおかしいわ」

「おもしろいだろう？」

「変よ。作り話なんでしょ？」

「嘘だっていうのか？」

「嘘だとは思わないけど」

嘘だとは思わないなら、ではなんだと言うのだ？　ときどき妻はわからないことを言う。

私は、ごちそうさまと言い、妻を見つめた。妻はあわてたように目をそらした。

「行ってみようか」

妻が食べおえるのを待って、私は言った。

「どこへ」

「手袋のところへだよ」

私は茶の間の柱に掛けてある懐中電灯を取った。スイッチを入れて明るく点《つ》くのをたしかめて、表に出た。妻がついてきた。

日はとっぷりと暮れて、月はなく、浜は暗く、しかし海はねっとりとうねる液体として肌に感じられた。足元の砂が夜の湿った潮風で重い。

「どこまで行くのよ」

「たしかこの辺だったんだが」

私は懐中電灯を消し、闇に目を慣らして周囲をうかがった。低い雲が出ていて、地上の光を受けてほんのりと明るく、防砂林が黒い。林は風にさわぎ、もうひとつの海の波音のように聞こえる。私はその闇を歩き、昼間の位置感覚を思い出して、だいたいこの辺だったと、立ち止まり、電灯を点けた。

電灯の光はたよりなく、その円状の光には同心円状のムラがあって、光に筋やら骨があるようで、それを見ていると、照らされた物に目がいかない。この電灯は照明というよりも模様投影器みたいだなと言うと、妻はなんのことかわからないらしく黙っていたが、私がその光の輪を振るうちに、あら、あれじゃない、と声をあげた。

妻の言うとおり、それだった。手袋は昼間のままの格好で転がっていた。電灯に照らされた光の輪の内部だけが昼のようで、少し色あせた日中の時間へ通じている窓のような気がした。

「嘘じゃなかったろう?」

「嘘だなんて言わなかったわ」

「なにが言いたいんだ」

「中味よ、中味」

「海水を含んだ砂だろう。すぐ腐るから臭いんだ」

「やっぱり、からかってたのね」

「中味は砂だろうと言ったのはきみじゃないか。わたしは、手袋の中には手があると思うな。でもこのとおり、手は見えてない。これは手袋だ」

「ちょっと懐中電灯を貸してくださらない?」

「いいよ」

妻はその手袋を懐中電灯で照らし、しげしげとながめた。拾い上げたりはしなかった。

「どう見ても、手だわ」

「いや、手袋だ。どう見ても手袋じゃないか」

妻はそれには答えず、電灯の光をそらした。あちこちを照らし、まるでなにかを捜しているかのようだった。

そして妻は、その〝なにか〟を発見した。手袋からさほど離れていない、ちょうど防砂林のおわる、林と砂の境あたりに、それが砂の上にほんの少しだけ、出ていた。野犬かなにかに掘り出されかけたもののようだった。妻は悲鳴をあげて電灯を放り出して尻もちをついた。私は電灯を取り上げて、それを照らして、見た。

中味のつまっている、カッターシャツの胴部だった。

「あれ、あれ、あれ」と妻は声を震わせた。「死体よ」

「ばかな」と私は言った。「あれは中味のつまったシャツにすぎない」

私は笑って、妻を助け起こした。妻は立ち上がると、砂の上を駆け出した。カラスの鳴き声のような音をのどから出して駆けてゆく妻を私は追った。なにをそんなにおびえるのだ、と私は妻を捕まえて言った。妻は私の腕を振りほどき、私に、正気ではない、と叫んだ。

「なにを言う？　わたしたちが見たのは、手袋とシャツだ」

妻の想像力はたいしたものだ、と私は思った。私たちが見たのは死体ではない。そう言いきかせようとしたが妻は聞かなかった。

「子供が砂をつめて悪戯《いたずら》をしたんだ——きみはそう言ったじゃないか。現物を見たとたん、そうではなくて死体だと言う。おかしいのはきみのほうだ」

砂もよくはらわずに家にとび込んだ妻は、一一〇番した。止める間もなく、妻は、家の裏手の浜に死体があることを警察に告げていた。受話器をおくと、妻は、まるで私こそ死体ではないかというような目で私を見た。

「……電話なんかしなくてもよかったのに」

「どうしてよ。どうして平然としていられるの」

「すまないことをした」私は妻を落ち着かせるために嘘を言った。「あの手袋とシャツに砂をつめたのは、わたしなんだ」

妻は正気ではないというのに、まったく悪いものを見せてしまったと、私は深く後悔した。いたわってやらなくてはならないというのに、とんでもないことをしてしまった。妻の精神状態はこれでより悪化するのではと、私は心配する。妻はとても感じやすい、繊細な神経をもった女なのだ。

夫はますますおかしくなってきた。

北向きの二階の部屋に一日中閉じこもって、仕事をしている。と思い込んでいる。部屋にはコンピュータが一台あって、夫は一心不乱に画面を見つめ、キーをたたいているが、その作業はなにも生まない。夫はそのコンピュータが外部の、夫が所属していると信じている会社とつながっている、というのだけれど、実際には、それはどこにも接続されてはいないのだ。

三年前までは、夫は本当にコンピュータを使う仕事をしていた。毎朝会社に出かけていって、コンピュータとにらめっこしていた。たぶん、夫はコンピュータとのにらめっこに負けてしまったのだと思う。言動がおかしくなり、精神科の治療を受けたが、医師から長期療養の必要ありと診断され、仕事を続けられなくなった。

夫は会社を辞めたのに、辞めたとは思っていない。仕事がすべてのような人だったから、それを奪われるというのは、夫の精神には耐えがたいことで、辞めたことを認めなかったのだ。

会社へ出かけていかないことを別にすれば、夫は普通人とさほど変わらないとわたしは思っていた。家で療養するようになってからは、勤めていたときのような独り言や、何かが追いかけてくるという強迫不安は消えていた。だが夫は、それまでにはなかった空想癖をもつようになった。空想しているだけならよいのだが、自分が空想したものがわたしに感じられないのは、わたしが正気ではないからだと言うようになった。夫は、現実と空想の区別がつかなくなってしまったのだった。

わたしには息子がいる。夫の不安定な精神状態は息子に伝染するかもしれないとわたしはおそれた。夫のそばに息子をおいておくのは危険な気がした。でも夫を病院に入れてしまうなんて、わたしにはできなかった。病院に入院させたら本当に、もう立ち直れず、廃人になってしまうのではないかと思った。夫は優しい人だった。いまも優しい。もうじき良くなるに違いない。それで息子はわたしの実家に預けることにした。夫は息子は死んだと思っている。そうじゃないの、と言っても信じない。息子は私立中学校に通っているのだが、夏休みなどでわたしのもとに帰ってきても夫はその息子を、親戚の子を預かっているという態度をとった。息子も慣れたものでそんな夫に調子を合わせた。そんな二人を見ていると、まるで息子が本当にわたしの子ではないような気がしてきて、おぞましくなる。

そして、あの、手。

その手は、まるで夫の空想がそのまま形になって夫の頭から出てきたように、砂の上に転がっていた。夫はそれを、あくまで手袋だと言いはった。胴体が出てきても、それは中味のつまったシャツだと言った。シャツが少しやぶれて茶色っぽい肌が見えても、夫にはそれが見えないのだ。周囲には死臭がたちこめていた。夫はその臭いも認めようとしなかった。夫にとっては、それらは手袋であり、シャツにすぎないのだ。夫は正気ではなかった。おぞましさに身を震わせるわたしを、夫は笑い、それから不思議そうに、「きみはどうかしている」と言った……。

警察はすぐにやってきた。私服の警官だった。中年のいかにも死体処理など扱い慣れているという冷静さで、微笑さえ浮かべて、「どうしたのです」と言った。

その警官の出現は、夫の異常が移ってわたしまでおかしくなりそうな気分を、現実に引き戻してくれた。わたしはお化け屋敷から出た子供のように安心し、玄関先でけっこうだという刑事を茶の間にあげた。

「死体は見つかりまして？」お茶をいれて、わたしはおそるおそる訊いた。刑事は不安がることはないという和《なご》やかな表情で、いま部下を現場に向かわせているとこたえた。

「コロシでしょうか？」

「コロシ？　ああ、殺人かどうか、ですか。それはなんとも申し上げられませんが」

「落ち着いておられますね。人が死んでいるというのに」

「防風林の中で首を吊って自殺するのは珍しくありませんよ」

「首吊りじゃなかったわ」

「ほう？」

わたしは詳しく説明した。現場へ案内しようと言ったが、そんなわたしを制して、「ではそいつを発見したのは御主人なんですね」と言った。「御主人は、夕方それを見つけて、なぜ夜まで放っておかれたのでしょう？」

「主人は、手袋だと思ったらしくて」

「夜になって、あなたをつれてわざわざ手袋を見に行ったのですか。おかしいとはお思いにならなかったのですか」

「主人は、中味のつまった手袋、と言ったのです」

「中味？　それは妙なことを」

「そうなの」とわたしはうなずいた。「主人は、口外しないでいただきたいのですが、おかしいのです。その、精神のほうが、少し」

「なるほど。で、御主人はいま――」

「上で仕事をしています。仕事ではないのですが、そう思い込んでいるのです。かわいそうに」

「最近はそのような方が多いですなあ。同情いたしますです……それは本物の、奥さん、死体でしたか？」

刑事はわたしから目をそらさず茶を飲みながら、訊いた。その目は微笑んではいなかった。わたしは急に背に寒けを覚えた。和やかだった刑事は火にあぶられた蠟燭のように溶けてしまった。この刑事の正体は鬼なのだ、そんな気がした。

「どうされました」わたしが返事をしないでいると刑事は湯呑みを口元から下げずにそう言った。「本当に死体だったのかと訊いているのですが」

「……わたしが嘘をついているとおっしゃるのですか」

「いやいや、そうではありませんが」

刑事は湯呑みをおいた。和やかな微笑が刑事の口元によみがえったが、そんな笑みは偽なのだ。わたしはそれに騙されていたことに気づいた。

「奥さん、勘違いというのは誰にもありますんで」

「主人のほうが正しいということですか？」

「奥さんは、中味を直接お調べになったわけではないでしょう」

「それを調べるのは警察の仕事でしょう。わたしはなにか責められるようなことをしたというの？」

「いいえ、奥さんのおっしゃるとおり、これは私どもの仕事でして。それでは」刑事は腰をあげた。「どうも御協力ありがとうございました。あまり気になさることはありませんよ。万一、死体だとしても、奥さんにはなんの関係もないと思いますので、もうお邪魔することもないでしょう。気味の悪いことは早くお忘れになって下さい」

刑事は、御主人によろしくと言った。玄関で靴をはいて玄関戸を開け、無言で出ていった。玄関戸が閉まる音は、まるでその刑事の高笑いのようだった。馬鹿にされた気分になり、ふと悲しくなった。刑事はわたしの話を真面目に聞いてなかったと思った。

わたしはサンダルをつっかけて刑事の後を追って夜へとび出していこうとしたが、夫の声にとめられた。

振り向くと、照明をつけていない階段の中ほどの段に夫が腰をおろしていた。玄関の明かりを消せばそこは闇のはずだった。夫はずっとその暗闇の中で、わたしと刑事のやりとりを聞いていたらしかった。

「……あなた」

「心配ないよ」夫は段に腰かけたまま、言った。「気にすることはないんだ。あれは手袋とシャツだったんだ」

「明日になればわかるわ」

わたしは夫に向かって、言った。大人気ないことを言ってしまったとわたしは思った。〝夫は正気ではない〟という言葉を夫に聞かれたかもしれないという、夫に対する引け目があった。そんな自分の軽率さを取りつくろうように、わたしは「明日になればわかる」とくり返した。

「なにがわかるんだ？」

夫はおだやかな口調で言った。夫の優しさは、わたしの、夫にすまないことをしたという気持――あの刑事に夫の異常を口に出してしまったこと――を増幅した。夫の態度にそうした心理的な圧力を感じるということは、夫は異常なのだということを確認する、ということでもあった。わたしは夫の優しさに恐れを抱いた。こんな経験は初めてだった。

「あれが死体だということが」わたしは叫び出しそうなのをこらえた。「わかるわ。警察が調べているんだもの」

「警察が？　調べている？」

夫は立ち上がった。背が伸びて急に大きく変身したかのように見えた。夫は階段をきしませながら、ゆっくりとおりてきて、それからわたしの両肩にそっと手をおいた。わたしを見つめる目は、不安をこらえているような色があった。夫はやはり、正気ではないという言葉を気にかけて、その言葉を否定することを望んでいるのだ。

「ごめんなさい」

わたしはあとずさった。夫はわたしの肩においた手を外されて、しばらく宙に遊ばせていた。その姿は人形かなにかのようで、その手は白くて、作り物のようだった。夫はふっと息を吐いて、両手をぱたりとおとした。

「きみは疲れているんだ。手袋のことで警察なんか来やしないよ」

「刑事の話を聞いたんじゃないの？」

「刑事？　きみはあの男を刑事だと思って——」

夫は言葉を切って、最後まで言わなかった。でもわたしには夫の言いたいことがわかった。夫は、いま出ていった男が刑事ではないと思っているのだ。

「ああ、そうなのか」夫は言い直した。「刑事なんだな。それなら、よかった」

「誰だと思ったの」

「わからなかった」

夫は、わたしが夫の精神がおかしくなっているので医師を呼んだと思ったらしかった。

夫は自分の異常を認めないが、無意識には自分の異常に気づいていて不安になっているに違いないのだ。

「お茶をいれます」

「ああ。まだ栗羊羹《くりようかん》があったな。お隣りからもらったやつ」

「栗羊羹？」

わたしには覚えがなかったが、調子を合わせて、あれはこないだのでおしまいよ、とこたえた。わたしは刑事の湯呑みを下げて、お茶をいれかえた。そんなわたしを、夫は茶の間でくつろぐ男という、わたしの動作を気にとめないというさりげなさをよそおいながら、わたしを観察していた。

「茶柱が立っている」夫は湯呑みを手にして言った。「なにかいいことがあるかもしれないな」

「言っちゃいけないのよ、立ってるって」

あ、そうか、と夫は微笑んで、それから唐突に、明日会社へ行ってくると言った。

「会社ですって？」

わたしの声は、高かった。

夫は、首を傾げて、「どうした？」と訊いた。「変な声を出して？」

夫はやはり、刑事とわたしの会話を聞いていたのだろう。夫は正常でないというわたしの言葉に反発し、自分の存在を確かなものにするために、会社へ行くと言い出したのだ。夫にとって、夫自身はまだ会社の組織の一員だった。それが虚構だと知ったら、夫の全人格は崩壊するかもしれない。わたしはかぶりを振って、だめ、と反対した。

「どうして」

「明日は町内の会合があるし」

「あれはあさって、それも、夜だよ」

「近くに死体が転がっているわ。いやよ、一人でいるなんて」

「昼間から首なし死体が歩き回るとは思わないな。大丈夫だ。あれは手袋なんだし——警察も来ているなら、心配いらないじゃないか。子供みたいなことを言い出すんだなあ」

夫は笑った。わたしは笑えなかった。必死になって夫を引き留める口実を考えたが、思いつかなかった。

翌朝になっても夫は考えを変えなかった。もう忘れていればよいというわたしの祈りを裏切って、いつになく早く起きると、まだ布団にいるわたしにかまわず身仕度をはじめた。

「なぜ、行くの？」

夫を傷つけないようにと思いつつ、そう尋ねずにはいられなかった。

「家にいてもお仕事できるんでしょう？」

「やはり打ち合わせとかは、コンピュータ相手ではできないからね。とくに給料の話は機械には通じない」

　夫は賃上げ交渉に行くつもりらしかった。

「きょうでなくちゃいけないの？」

　わたしはなんとかして夫を止めようと思った。突然わたしは、仮病を使うことを思いついた。

「熱があるみたいなの。お願いだから家にいて。心細いわ」

　夫はネクタイを結ぶ手をとめて、わたしの枕元に膝をつき、わたしの額に手をあてた。

「そんなに高い熱があるとは思えないが……寝ていればよくなるよ。病は気から、だ。医者を呼ぼうか？」

「あなたにいてほしいの」

「もう久しくそんな言葉を聞いてなかったな。どうしたんだい、急に？」

　夫は微笑し、ネクタイを締めた。

「いつもそう思ってるわよ」

　自分でも思いがけず、わたしの目に涙が浮かんだ。夫はどこまでも優しい。その優しさにわたしは疲れきっているのかもしれない。

「どこにも行かないよ」

「ほんとに？　約束する？」

「あたりまえじゃないか」

夫は立ち上がって、うなずいた。

「すぐに帰ってくるから」

「——あなた」

「寝ていたほうがいい」

そう言い、夫は寝室を出ていった。引き留めることはできなかった。わたしは額に腕をのせて目を閉じた。夫は幻の会社へ行って、どんな目にあうだろう。それを想像したわたしは、布団をはねのけて起きると、階段わきの電話の受話器をとった。夫はもう出ていったあとだった。

わたしは夫の勤めていた、いまはもう無関係になった会社の電話番号をダイヤルした。番号は覚えていた。

「はい」と男の声で応答があった。「どちらさまで——あ、奥さんでしたか」

わたしは息をのむ。受話器を耳から放し、見つめた。男の声は昨夜の刑事のものだった。わたしはよほどあわてていたらしい。警察にかけていたのだ……そう思いつつ、しかし一一〇を回した覚えはなかった。一一〇番にかけていたとしても、直接刑事が電話口に出るというのは考えられなかった。わたしは受話器を放り出すようにして電話を切った。あの刑事は刑事などではなかったのかもしれない。では誰なのだろう?

夫と無関係ではない。そうとしか考えられなかった。この電話はなにかスイッチの切り換えで、常にあの刑事、実は刑事ではない男のところにつながるように、夫が細工したに違いない。夫は正常ではないのだ。だけど知的に劣っているというわけではなかった。夫は、夫の幻想、夫が現実と信じている彼の常識に従って、この電話に細工をしたのだ……。

電話機からは夫の異常な気が発散されているようで、二度と手を触れたくなかった。電話に細工をした夫の気持はわたしにはよくわかった。夫は悪意でやっているわけでは決してないのだ。わたしには理解できない、優しい狂気の論理で、わたしによかれと思ってやっている。

電話台から離れた。気分がよくなかった。台所に入って、流しによりかかった。ほんとに熱が出ているようだった。風邪薬を飲んだ。

食卓の上にまだ開かれていない新聞が載っていた。夫がそこにおき、見ずに出ていったのだろう。わたしはそれを広げて、たんねんに殺人事件の記事を捜したが、出ていなかった。きのうのきょうだから、まだ載るはずはないのだと気づいた。あれがただの手袋だなんて、夫はほんとに、しあわせな世界に生きていると思った。

急に眠気がさして、立っていられなくなった。薬のせいだ。わたしは薬を間違ったらしい。わたしが飲んだのは、夫用の、抗鬱剤だった。夫はしばらくその薬を飲んでいなかった。アミトリプチリンか、なにかだ。医師が説明してくれたのだがよく覚えていない。クロルプロマジンかもしれない。いやそれは強力な鎮静剤でたしか注射剤だった……眠い。わたしは寝室に戻り、布団に横になった。

たぶん、とわたしは思った。夫はそんなにひどいことにはならないだろう。会社には夫の精神状態を知っているかつての同僚もいるから、調子をあわせてくれるに違いない。心配いらないのだ。そう思えるのは、薬が効いているからかもしれない。

目を覚ましたとき、枕元の目覚時計の針は四時間も進んでいた。わたしは耳をすました。風と砂の音は聞こえたが夫の気配はなかった。まだ帰ってきていない。不安が膨んだ。

わたしは身仕度して、表に出た。タクシーを拾って夫の会社に向かう。

広い敷地に工場や学校のような建物のある夫のかつての勤め先の、正門わきの守衛舎をのぞくと、制服の老人がなんの用かと訊いた。設計第三課にいる、夫の同僚だった男の名を告げて、会えないだろうかと言った。人の好さそうな老人は守衛室から設計課に電話を入れてくれた。

「外出中だそうで」老人は言った。「どうしますかね、他の人間でも?」

もしかして夫と一緒かもしれなかった。夫は元同僚につれられて精神科医院に行ったのかもしれないとわたしは思った。夫と一緒なのかどうか、わたしは姓を告げて、確かめてくれるように言った。老人は再び受話器を耳にあてた。わたしの勘は正しかった。

夫は元同僚と一緒に社から出たのだ。

「どこへ行ったのでしょう」わたしは気を張りつめて訊いた。返ってきた答えは、わたしの緊張とすれ違うものだった。

「昼食に行ったそうです。一時には戻るでしょう」

「どこだかわからないでしょうか」

親切な老守衛は設計課の人間に訊いてくれた。たぶん近くの大衆食堂だろうと老人は、その店の場所を守衛室の窓から身をのり出すようにして、その道を曲がって西門近くまで行き——と教えてくれた。

たしかに夫はそこにいた。

昼休み時にしてはあまり混んではいなかった。店の若い娘が明るい声で、いらっしゃいませ、と言った。夫はテーブルの対面の男と話しながら焼肉定食かなにかを食べていた。

夫は顔をあげて、わたしを見た。


妻はまるで亡霊のように立っていた。顔は蒼かった。心の不安がその顔の表に出ていた。やはり手袋のことなど話さなければよかったと私は自分の軽率さを悔んだ。妻はすっかり精神の安定を崩してしまっていた。最近少し落ち着いていたというのに。みんな私のせいなのだ。妻はふわりふわりとした足取りで近づいてきた。精神安定剤かなにかを服用したのだろう。それもかなり多量に飲んでいるようだ。私は席を立ち、妻が私の隣の椅子に腰をおろすのに手をかした。妻は差し出した私の腕につかまり、よろけそうになる身を支えて腰かけた。

「あ、奥さん、お久しぶりです」

私の友人の向井が言った。

「ご無沙汰しておりますが、お元気そうですね」

夫の元同僚の向井さんはわたしを見て、微笑んだ。夫はもう食事をとる気はないらしく、お茶を飲んだ。それから、心を整理するために一人になる場所と時間が必要だというように、トイレにいくからと言った。まるで逃げるようだとわたしは思った。夫の後ろ姿が化粧室に消えるのをたしかめて、わたしはふっと息をついた。注文をとりにきた娘にコーヒーを、と言い、ないというのでジュースを頼んだ。それから向井さんに、夫の様子はどうかと訊いた。

「様子、といいますと?」

「つまり……向井さんも主人の病気のことは御存知でしょう。それで会社を辞めたのですもの」

「ああ」向井さんは視線をおとし、うなずいた。「そうでしたね」

「きょう主人は会社に行くと言い出して……主人は辞めたことを忘れているのです。なにか御迷惑をおかけしたのではないかと心配で、出てきたのですが」

「そうでしたか。なるほど。そう言われてみれば少しおかしかったですね。もうすっかり治っていると思ったのですが」

「調子を合わせて下さったようで、どうもすみませんでした。主人は、自分の立場を認めたのでしょうか？　もう会社に行く必要はないということを？」

「古巣に戻って、なつかしいという顔をしてましたよ。妙になれなれしい、というか。入ったばかりの課員に、親しそうな口をきいて――辞めてもやはり気になるかと訊いたら急に真面目な顔をして、実は取材に来たんだと言い出して」

「取材？」

「企業小説を書いていると言ってましたよ。奥さんは御存知でなかったのですか？　脱サラというわけですね。うまくやっているな、と安心したのですが――」

「小説ですって？　あの人が？　いいえ、違うわ。主人は、とっさに――あなたから疎外されて、その場で自分の存在が否定されてしまうのをおそれて、そんなことを考えついたのでしょう」

「そうですか……あれはみんな嘘だったのですね」

「嘘ではないのです。主人が、自分は作家だというのなら、主人にとっては、それは現実なのです。それにしても作家になった、だなんて、ほんとにわたしには想像もつかないことを思いつくものだわ……わたしまでどうかなりそう」

「大変ですね、奥さんも」

「ええ」

わたしは化粧室のほうをうかがった。夫はまだ出てこなかった。ちょっと失礼しますと言って、わたしは夫の様子を見に化粧室にいこうとする。と、ドアが開いて、夫が出てきた。

「気分はどうだ」

夫はハンカチをしまいながら、言った。

「熱は下がったのか？　寝てたほうがいい。さ、帰ろうか」

妻はうなずいた。妻は一人で寝ている不安に耐えられなくなって出てきたのだろう。私は妻の額に手をやった。熱はなかった。私の顔を見て妻は安心したようだった。顔に血の気が戻っていた。妻は化粧をなおすからと言って、トイレに入った。私は席に戻った。

「またぶりかえしそうでね」と私は向井に言った。「わたしの責任なんだ」

「同情するよ」向井は首をたてに振った。「いい奥さんだ。——おまえ、小説を書いていることを奥さんに言ってなかったのか？」

「言ってないんだ。会社員でいるほうが家内によけいな心配をさせずにすむと思ったからだよ」

「まずかったかな。そんなこと知らなかったもので――」

「言ったのか。あまりショックを受けたようではなかったから、大丈夫だろう」

「すっかり良くなったと思ってた……しかし外から見てもわからないものだな。ぜんぜん普通と変わらないのに。――いま書いてる小説は売れそうか？　何冊書いたんだ」

「今度ので五冊目だ」

「水くさいな。教えてくれれば買ったのに。本屋で売ってるか」

「本は八百屋では売ってない。あたりまえじゃないか。もっとも本屋で捜してもわたしの名は見つからないだろうな」

「どうして」

「ペンネームを使ってるからさ」

「ああ、そうか。奥さんにばれてしまったことだし、もう隠す必要もないだろう」

「そうだな……しかし心配だ。手袋がいけなかった」

「手袋？」

私は向井に説明してやった。

「中味の入った手袋か。作家らしい表現だな」

「それがいけなかったんだ」

「おまえ、本当に浜を散歩しているのか？」

「家内は疑っているらしい。わたしが実は浮気しているんじゃないか、女のところに出掛けているのを隠すために、砂をつけて帰ってくるんじゃないか、と。そうではないことを家内に納得させるために、手袋事件を計画したのでは、と。家内は、わたしの幻の浮気相手をちゃんと決めているんだ。同じ町内の喫茶店の女主人だ。町内会の集まりも、その女とわたしを会わせたくないために、自分が出ていくんだ」

その責任は、若かったころの私自身にある。息子が死んだあと、私自身は忘れていた昔の女が、私の子だという男の子をつれて私たち夫婦の前にあらわれた。それで妻は完全におかしくなった。妻はその子を自分の子と思い込むことで、私への怒りと不信と息子を失った悲しみを心の内へ閉じこめてしまったのだ。

「人間の心というのは、とんでもないことを考え出すものだな」

「確かな現実なんてものはない」と私は言った。「現実というのは、許容されている幻想世界のことさ。わたしは妻の幻想を許容しているんだ。そうでないと、家内は生きていけない。狂人扱いしたらますますひどくなるのは目に見えている。ところが手袋事件は、家内には許容しきれなかったんだ。家内は自分の現実を守るために警察を呼んだ。実は警察ではなくて、精神科医院なんだ。家内自身は自分が狂っていることを認めようとしない。狂っているのはわたしだ、と思っているんだ」

「こちらまでおかしくなりそうだ。こんなふうにも考えられるな……おまえが浮気しているのは事実で、奥さんを発狂させようと仕組んだ——いや、すまん、そんなはずはない、怒らんでくれ。おれ自身の幻想というわけだな」

私はうなずいた。私は妻を愛している。向井はとんでもないことを言う。しかし腹を立ててもしかたがない。向井の言うとおり、向井の幻想は彼のものなのであって、私のものではなかった。妻が戻ってきた。すっかり落ち着きを取り戻していた。一安心だと私は思った。

「今度本を見せてくれないか」

と向井さんが言った。わたしは、はっとして夫の顔を見た。そんな本などあるわけがなかった。だが夫は、平然と、いいとも、と言った。夫は、その幻を守るために、さらに気がおかしくなるかもしれなかった。現実にはない、自分が書いた本を、どうやって向井さんに読ませるのだろうと、わたしは心配になった。

「家に何冊かあるから」夫は言った。「あすにでも送るよ」

「……あなたに作家の才能があるとは思わなかったわ」

「すまない、隠していて。なにしろ、自分でも、ものになるかどうか自信がなかったから、心配をかけたくなかったんだ」

「……帰りましょう」

「そうだな」

私は席を立った。いいという向井を制して三人分の代金を払った。私たちはバスで家に帰った。町内会の集まりは明日だったわね、とバスの中で妻が言った。そうだよ、と私はこたえた。わたしが出るわ、と言う妻に、もちろん、私は反対しなかった。

夜、風が強くなった。海鳴りに混って、砂の吹きつける音が聞こえる。風砂は家を削るかのような激しさだった。

「砂、大丈夫かしらね」

「崩れそうだったな。砂をかいてこようか」

「朝でいいわ」

出ていこうとする夫をわたしは止めた。家の裏の砂の山は高くて、いまにも崩れてきそうだったが、一晩くらいはもつだろうと思った。

やはり砂をかいておくのだったと私は、夜が白みはじめた早朝、とびおきた。裏の砂山が崩れて、家を震わせた。一階は砂に埋もれてしまっていた。私は二階へ駆け上がった。どういうわけか窓が少し開いていて、砂が、私の仕事部屋に侵入していた。

ちくしょうめ、と夫は言った。夫はデスクの上の紙をとりあげた。砂が紙から流れ落ちて、白紙になった。

「字が……逃げてゆく」

夫はそう言った。夫は、そう、白紙の上の砂を、自分の書いた文字だと思い込んだらしかった。その字が、紙の表面から、ぱらぱらとこぼれ落ちているのだ。

砂は窓際の書棚にもかかっていた。私は自著本を棚から抜いた。砂がこぼれ落ちた。頁の間から活字が外へこぼれてゆくようだった。

夫はおそらく、向井さんに自分の本を渡すことが不可能になる状況を、その本を白紙にしてしまうことで生んでいるに違いなかった。わたしは階下から箒《ほうき》を持ってきて、文字を、掃き寄せた。よく見ると、砂は本当にその一つぶ一つぶが小さな活字のようだった。夫の狂気はたしかに伝染するのだ。

「捨ててもいいかしら」

妻は、塵取りに集めた砂を、窓の外に捨ててもいいかと私に訊いた。

「せっかく書いたのに、みんな白紙になってしまったわね」

妻には砂と文字の区別がつけられないのだ。

「いいよ。また書けばいいから」

白紙本を振って砂をはらい、私は言った。

それからわたしたちは外に出て、シャベルで砂をかきはじめた。家の裏手は半分砂に埋まっていた。かいてもかいても砂は崩れてきた。さらさら、さらさら、さらさら……。私たちは休まずに砂をかき続ける。

蔦紅葉

わたしの家の外壁は蔦《つた》におおわれている。

風が吹くと大きな家を包む蔦の小葉たちが小さな無数の緑色の手となって家をくすぐり、それで家は身を震わせて笑う。

夕陽に照らされる家がわたしは好きだ。

忍びよる夜の気配は優しい。そのひそやかな甘い暗闇を待つ家はシャンパンゴールドに輝き妖しい。

家には五人の女がいた。

わたしが生まれる前から家にいる婆や。

あとの四人は、わたしの父の妻。わたしの母。その両親の娘であるあなた。それからママの恋人の、わたし。

父は無口な人だ。父はあなたに女子校の様子はどうだ、などと訊く。あなたはお利口な娘だから、ええうまくやっています、などと言う。するとあなたの父はうなずき、それは良いことだと言って、あとは黙ってしまう。あなたは父の退屈によく耐えている。

父の世話は妻がした。

母の世話は婆やが焼いた。

そしてママの相手はわたし。

母は大きな家の二階の一番広い部屋を書斎にして物語を書いた。幼稚園に入る前のわたしはこの母の部屋に忍び込んでよく遊んだ。あなたはそこに入ってはいけないことを知っていた。入っているのを見つけると母は婆やを呼んで、婆やがわたしをつれ出した。それでも懲りずによく入ったものだ。母がいないときに。

その部屋には世界のすべての物があった。

書棚には字しか書いてない本があって、それを本棚から抜き出して床に坐り、絵をながめるようにそれを見ていると不思議に心が躍った。読めもしないくせにとあなたは思ったものだ。でもわたしはそうすることで母に一歩近づけるような気がした。わたしは子供の自分が厭《いや》だった。

クローゼットには母のドレスがたくさん掛かっていた。それをながめては幼いわたしはため息をもらした。ドレスはみんなすらりと長くて美しかった。それなのにクローゼット扉の裏の姿見に映る自分の姿ときたら。頭が大きくてずんぐりむっくりの芋虫のようでいかにも幼く寸詰まりだった。着ている物といえばひらひらの、それも寸詰まりのスカートで、こんなのは偽物だと幼いわたしは思った。本物は母のクローゼットの中にあった。それは永遠に手のとどかない、あこがれ、自分には無縁の、母だけに許された、そんな存在だった。いずれ自分も大きくなればそれが着れるだろうことはわかった。だが月日の経つのはのろく、昨日の自分もきょうの自分も、姿見に映る姿に変化はなく、わたしは悔し涙を流したりした。自分が母のドレスを着れるまでには永遠の時が過ぎなければならないだろう。その時間の重みにわたしは苛立ち、よく婆やの手を焼かせたものだった。

母のドレスを着てみようとしたことはなかったが、化粧台に並んだルージュやカラーパレットはいい遊び道具になった。遊びのつもりではなくて大真面目なのだが、三面鏡に映してみる自分はわれながらなさけなく、不器用な自分の手を呪った。母はこうしたわたしの悪戯でお気に入りの化粧道具が滅茶苦茶にされるのに懲りて、わたしのために子供用リップクリームなどを買ってくれたが、もちろんそんなものはわたしの気には入らなかった。それは色も香りもなかった。それならスティックタイプの糊でもなめていたほうがましだった。

幼稚園や小学校では化粧をしている子供などいなくて、化粧というのは大人の特権なのだ、だからやってはいけないのだというあなたの理屈をわたしは認めて、そうした悪さはしなくなった。それにしても子供のなんと無様なことだろうとわたしはよく思った。化粧もしてなくて、汚なくて、こうるさくて、それの相手にしてる保母も大人のくせにむき出しの顔をしていて、おまけにあの大きな身体で子供たちと一緒に手を上げたり下ろしたり胸に合わせたりお遊戯などというものをやるのは間が抜けている。あなたはおとなしく保母のいうことをきいていたが、わたしはそんな女や周りの子供たちすべて、あなたを含めて、軽蔑していた。わたしはあなたではなく、子供ではなく、母のドレスが大きすぎて着れず器用にルージュを扱うことのできない小人だった。

母の部屋には大きな机が窓際にあった。がっしりとした造りの机の天板は紫がかった赤い一枚板で、厚さは五センチほどもあった。広い机上には銀のインク壺やそろいのペン立てや、ぶ厚い妖精辞典などが載っていた。それから母はそこにわたしのポートレートを置いていた。この部屋の、机の前で、わたしと母は一年に一度、並んで立って写真を撮った。そうして母は、それを前年の写真と入れ替えた。

母はその机で仕事をした。窓にはワインレッドのビロード地のカーテンがあって、母は昼でも、仕事をするときはそれを引いて部屋を暗くし、古いランプの形の白熱灯をつけた。カーテンにはゆったりとしたドレープがあって血の赤と深紅色の縞になった。

机の前の壁の天井近くに鬼面が掛けられていた。カーテンが引かれランプの灯だけになるとその鬼面は下からの明りに照らされて表情に幽鬼の色が宿った。幼いわたしはそれを見るのがこわかった。こっそり忍び込むときもその鬼面には目をやらないようにしていた。つい忘れてそれに目が止まると、あわてて目をそらした。昼間はさほどおそろしくはなかったが、母がいるとき、机上のランプがついているときは、とても目をやることはできなかった。

よくこわくないものだと小学校も高学年になったころわたしは母にそう尋ねたことがあった。

その鬼面は代代この家を守ってきたのだと母は言った。いつから掛かっているのかわからないとも言った。

——あれはね、女なのよ。

二本の角をもち、大きく目を見開き、耳まで裂けた口の、その鬼面が女の顔だとは幼いわたしにはわからなかったものの、女だと聞かされて少し安心した覚えがある。いまでは逆で、あれが男なら滑稽な面として映るだろう。大きくなるに従って、この世はばかばかしく滑稽だとわかってきたように。

たしかにあの鬼面は女だとわたしは思う。男にはあんな顔はない。ゆらめく嫉妬の炎にあぶられた表情はとても悲しい。あの鬼女は慟哭《どうこく》している。だけどその声は男には聞こえないのだ。

父は仕事をしている母の姿を見たことがない。見る気もなくその必要もないという態度だったが、本当のところは見せてもらえなかったのだと思う。仕事をしているときの母は父の妻ではなかった。書斎は母の城であり、母はその主、女王だった。城に二人の王はいらない。

だがわたしは、小学生のころにはそこの小間使いか小さな部下のように、入るのを許されていた。邪魔をしなければという条件はあったものの、おとなしくしていれば母が婆やを呼ぶことはなかった。

わたしは窓のそばで絵本を読んだりした。

母はそんなときカーテンを少し開いてくれて、自分は人工の光の下で物を書いた。紙を走るペンの音が聞こえる。母は紙に青いインクで書いた。タイプライターなど使わなかった。その母の仕事ぶりは、紙という肌に繊細な紋様を彫り込んでゆく刺青師のようだった。ペンという針で彫り上げた作品を、ときおり母はわたしに見せてくれた。その原稿は幼いわたしには読めない字のほうが多かったが、母の文字は美しく、本当に、たんねんに刺された綺麗な妖しい紋様だった。

ペンの音がやむと、母はペンを持ったまま頰杖をして壁の鬼女の面をながめたりしているのだった。わたしは声をかけなかった。声を出すのはそこではいつも母のほうだった。

ペンで紙に紋様を彫る仕事が一段落して音がやむときには、たいてい母は振り向いて言ったものだ。

――お茶にしましょうか。

――はい、ママ。

とわたしは言って、微笑する。仕事がそれでおしまいなら母はカーテンをさっと開いて階下におりて行き、自分で茶をいれたが、そうでないときは、カーテンのつくる偽りの夜の中で、お茶にした。そんなときは婆やがお茶の仕度をし、母は絶対にそんな真似はしなかった。書斎の母はまさしく女王だった。そんな母は美しい。わたしは女王の前でかしこまってカップを取り、その透きとおるように白い中国磁器を愛で、その白さと紅茶の赤の美しさを楽しみ、香りと雰囲気に酔った。母の部屋でのお茶は階下で飲むものとは別物だった。

お茶の時間にわたしは、たぶん父も知らないような話をきくことができた。

――あなたには海賊の血が流れている。

――海賊の？

――古代の海賊。

母は海賊の子孫でわたしもそうだ、というのだった。父はそうではなかった。父は婿養子として、母の父親の美術商をついだ。ずっと昔には船を荒海へ出し中国の陶磁器を運んだという伝統のある家系だから、より大昔には本当に海賊だったかもしれない。

父の代になってその事業は振るわなくなった。時世がそうさせたと父は言ったが、責任は父のそうした時世に乗れない感覚の鈍さにあった。母は愚痴はこぼさなかった。母が仕事を始めたのは家と父を守るためだったが、父は理解しなかった。物語を売るなどというのは雲を売るように頼りないものだった。母はでもちゃんとやった。うまくいくと父は、よい趣味を見つけたものだと言った。趣味ですって——と母はいくぶん悔しそうに言ったものだ。

母が書かなかったら家は破産していたかもしれなかったが、父は、母は自分の楽しみのために働いているのだと言ったのだ。

——ママに感謝しなくちゃいけないのに。

——気に入らないのもわかる気がするけれど。でも他にどうにもできなかったわ。あの人（女王でいるときの母は、父を〝あの人〟と言った）は知らないけれど、わたしは結婚前に本を書いていたの。でも結婚するとなって、やめたわ。両方を続ける才能も体力もありそうになかったから。

——でも才能はあったわけでしょう？

すると母はじっとわたしを見つめて、それはわからないと言った。

苦痛だけを背負って書いているとは思わないが、遊んでいるわけではなかった。でも父に憤《いきどお》りを感じてそれを口にすると母はそんなわたしをなだめて、父にそんなことを言ってはいけないとたしなめた。

——どうして。

——あなたは娘だもの。お父さまとは仲良くしなくちゃだめよ。

そして母は話をそらして、いま書いている物語のあらすじなどをわたしに聞かせるのだった。

——昔昔ある国に若者がいました。若者はあるとき予言者から〝おまえを生んだのはおまえの姉だ〟と聞かされるの。若者はその言葉が理解できなかった。理解できぬ言葉を吐くのは魔法使いか魔物に違いなかったから、若者は剣を抜いてそれを斬り捨ててしまう。

——それで？

——調べてゆくと、若者はその言葉が正しいことを知る。姉は幼いころその国の王女だった。王女は弟が欲しかったのね。そんな王女に魔物が教えるの。〝弟が欲しかったら……〟で、王女はそのとおり、初潮をむかえるとその血を王の飲み物に混ぜる。男は男から生まれると王女は信じていたから。

——性教育はなかったの？

——ふうん、そうね。とにかく王子は王の身体の養分を吸いとって、生まれるの。王はミイラとなって死に、その死体の紙のようになったお腹から赤ん坊が出てくる。

——それから？

——王妃はその赤ん坊を魔物だとして殺そうとする。同時に王位継承の戦いが始まって……若者はその過去をつきとめ自分が王子であり王の資格があると知る。そのとき王国は彼の姉である女王が支配している。彼女はもうあどけない娘ではない。王位を揺さぶる弟の存在に気づく。若者は再び予言される、〝おまえは自らを生んだ者、姉を殺さねば生き延びることはできぬ〟と。彼は、自分の母であり姉であり眷属《けんぞく》である女王から狙われ、彼女を殺すか自らが消し去られるかの選択を迫られることになる……。

母の生む物語はファンタシィだったが、わたしにとってはリアルだった。わたしも母だけの血から生まれたに違いない。母の物語のように。

——ママの生んだ一番の傑作はなに？

そう訊くと母は立ってわたしの手を引き三面鏡の前にいき、わたしを鏡に向け、肩を抱いて言う。

——もちろん、あなたよ。

初めて身体の奥から血を流した日のことをわたしはよく覚えている。家の壁をはう蔦は紅葉もおわって紫黒色の丸い小さな実をつけ、枯れ葉がまるで関節を外された手のように、一葉また一葉と音を立てて落ちていた。

わたしは母の物語の王女のように弟を生むことができる身になったわけだが、そんな真似をしようとはもちろん思わなかった。母はわたしだけのものであればいい。なぜ邪魔な弟なぞを生む必要があるというのか。

そのわたしを母は自分の城に入れてくれて、机の上の木箱をわたしに差し出して、あげる、と言った。

――それであなたの身を穢《けが》そうとするものを祓《はら》うがいい。

母のくれたそのお守りは、木箱に収められた銀のペーパーナイフだった。小さな剣の形をしていてずっしりと重かった。両刃で、柄には双頭のライオンの紋章が入っていて、母の物語に出てくる王子の持つ剣を模したものだった。母の生んだ王子の物語シリーズの成功を祝って出版社が贈呈したその剣は、母の誇りであり宝物だった。それを受け取ったとき母は喜んで父に見せたのだが、美術商の父はそれをちらりと見て、銀のスプーンほどにも価値がないと言った。母は父のその言葉を聞くと、成功記念品なのだと説明した。父は無表情に、ああそうか、よかった、と言っただけだった。子供が作文に五重丸や花丸をもらったほどの、それよりも無感動でそっけない調子だった。母は二度とその剣を父に見せようとはしなかった。その時からずっと、一度もわたしはその剣を見たことはなかったが、欲しくてたまらなかった。ごく幼いころのことだったので、あの剣は幻だったかもしれないと思っていた。

その剣を、わたしは母から手渡されたのだった。その剣は、母の、自分の生んだ物語が決して幻などではなくこの世に確かに存在しているのだという誇りと、それを理解できない者への悲しみを刀身にためて、輝いていた。わたしはその剣を、一日が終わるベッドの上で木箱から出して見つめた。

こうしたことはママとわたしだけの秘め事だった。父は知らなかった。

父と二人きりになることはめったになかった。わたしはそうなるのを避けていたけれど、食事中に電話が鳴って母がその不躾《ぶしつけ》な呼び出しに席をはずした時などは、どうしようもなかった。そんなときは、無口な父が口を開いて、ほんとうにさりげない感じで、昨晩は書斎でなにをしていたのかなどとわたしに訊いた。母の部屋へなんの用があって行くのか聞かせろというわけだった。

なにをしていただろう、ママの部屋で？

真紅のルージュをママにつけてもらった。青いインクで描かれた悲恋の物語のヒロインになった。

初めてママのドレスを着て鏡の前で微笑んだ。ママにかしずいてその長い黒髪を梳《くしけず》りその白いうなじにくちづけた……。

よい娘のあなたは父にそれを告白させられそうになる。でもそんなあなたをわたしがとめる。父は娘のあなたに訊いているのではなくママの恋人のわたしに尋ねているのだ。わたしは、こたえない。女子供の恋の話などに関心があるはずがないではないか。いつも父はそういう態度だ。だからその態度にこたえてわたしも無口になる。お互いさま。

父は無関心をよそおいながらも、ほんとうは妬いている。それを態度に出さないのはママとわたしを見下しているからだ。そのくせ相手にしてもらえないのは気に入らないのだ。子供のようにわがままで、自分が父親だというのを忘れている。だからそんな男の前で娘になる必要はない。

わたしが黙っていると父はため息をつき、ママの仕事の邪魔をしないように、などと言ったりした。こういうときだけ、父はママのやっていることを仕事、などと言うのだ。わたしはもう、喋るまいという気力も失せて、父に対して無関心になる。食事中でなければさっさと部屋にひっこむか、母の部屋へ行き、そのベッドに身をなげ出すところだ。わたしはママだけのものだ。あなたはわたしに殺されて、父の娘はどこにもいなくなる。

母はでも、わたしとは違っていた。母は仕事をしているときでも、父が家に帰ってくると書くのをやめて父の妻になった。なぜそんなにまでしなくてはいけないのかと思うほど、いじましく父の世話をした。

父を着替えさせ、洗濯をし、寝室の掃除をして、ベッドを整え、婆やと一緒に食事の仕度をした。そうした雑用の合い間に仕事をした。それでも父は不機嫌な声を出すことがあった。父の仕事はますますうまくいかなくなっていたが原因はそれだけではなかった。

夜二人が食堂で話していたのを立ち聞きしたことがある。

夜中に仕事をするのはやめろと父は言っていた。母は低い声でなにか言った。わたしが食堂に入ってゆくと父はなにか言いたそうな口を閉ざして席を立ち、出て行った。上で父の寝室のドアが荒荒しく閉まる音が聞こえてきた。わたしは父を心で笑いながら、顔は神妙に、母に言った。

――わたしのせいなの？

――いいえ、あなたのせいじゃなくてよ。

――なにが気に入らないの、お父さまは。わたしにはわからないわ。

すると母は独り言のように言った。

――いつも優しく微笑んでいるなんて、いまのわたしにはできない。

わたしはママの胸に顔をうずめた。

ママはわたしを抱きしめてすすり泣いた。その夜はママと一緒に眠った。母は父と一緒のときは妻だった。そこにわたしが加わると、母は妻であることをふと忘れて、妻でも母でもなく、ついママになり、わたしと話し込むことがあった。そんなときの顔は少女のようにあどけなく無邪気で生き生きと輝いた。

――そこで王子は闇の王に愛剣を持って立ち向かうのだけれど。

――でもその剣を抜くと、剣は呪文で蛇に変えられてしまうんでしょ。

――あら、原稿を読んだのね。

――ごめんなさい、ママ。

――いいのよ。それでね……。

ママはそこで、むっつりとした表情の父に気づいて、はっと妻に戻るのだ。父はわたしとママの会話は異邦の言葉にしか聞こえていない。父に割り込めるはずがなかった。父は仲間はずれにされて黙っているしかない。仲間に入ろうとする努力もせず、だけど自分のわからない言葉の存在は気に入らない。わたしは父の苛立ちを意識しながらママと話していたけれど、ママはほんとうに無邪気にわたしとの会話に没頭してしまい、父のことなど忘れてしまう。ふとわれに返って、父の無言の苛立ちに気づく。それで口を閉ざしてしまう。

娘のあなたは父の気持がよくわかっていた。妻と娘に無視されて面白いわけがなかった。でもそれは父の自業自得だとわたしは思った。無視されるのは、父が女子供の話題をつまらない、くだらないものだと無視するからだった。たった一言でも、感嘆の声をあげれば、母もどんなにか気が安らいだろう。父に同情することなんかない。

あなたは、だけど、父のそんな性格が気の毒だと感じ、それはしだいに父に対する怖れとなっていった。ずっと無視され続けていたら、いつか不満が爆発するだろう、あなたはそれがこわかった。

そんなことができるものかとわたしはたかをくくっていた。

あなたは父の報復をおそれた。そして、あなたの恐れは正しかったのだ。

小心な父は面と向かってわたしやママに怒りをぶつけるようなことはしなかった。そうであれば、わたしは父を尊敬したかもしれないけれど、父は正直な自分を娘や妻にさらけだすことはしなかった。

なんということ。父は母とわたしから、密会の場、母の城、母にとって過去のすべてであるそれ、家を奪おうとした。

父はどこまでも身勝手だった。娘のあなたは、父がそうしようとするのも無理はないと思った。いつかそんなときがくるだろう、それを予想していた。でも。

母の受けた衝撃はたいへんなものだった。

父のやり方は卑劣で、わたしは怒りのために二日間食事をとることができなかった。父は家を手放そうと計ったのだが、直接それを母やわたしには言わなかった。父がそうしようとしているのに母とわたしが気づいたのは、勝手に庭に入ってきて家を検分している男の姿を見たときだった。

わたしは退屈で幼稚でおしあわせな少女たちの園から解放されて家に帰ってきたところで、その男に出会《でく》わした。男は玄関ポーチから少し離れたバラの茂みのそばから家を見上げていたが、わたしに気づくと組んでいた腕をとき、この家の者かと訊いた。わたしがうなずくと、その男はこう言った。

——この家は古い。骨董趣味のある買手を見つけるのはむずかしいから、あれを壊して新地で売るほうがよい値になるだろう。

――なんですって？

わたしにはとっさにその言葉の意味がわからなかった。

――これを売る？

――見積りに来たところです。

わたしの驚きは、それでも、母ほどではなかった。仕事をしていた母は最初信じようとしなかったが、婆やがその男の名刺をもってきて、いかがいたしましょうかと言って、冗談ではないと気づいた。

――入れることはない。玄関前に待たせておきなさい。

――かしこまりました。

母は唇を結んで部屋を出た。その顔は蒼かった。母はその男に、ここを売るつもりはないときっぱりと言った。

――しかし御主人の依頼ですが。

すると母は宣言した。

――この家はわたしのものです。

男はそれで戻っていったが、母はもうその日は仕事ができなかった。父が帰るのを待ち、父の顔を見るや、どういうつもりかと、怒りと悔しさと不安をこめた低い声で詰問した。母が激しているのを見るのは、わたしはもちろん、父も初めてだった。

父は仕事の関係で金がいるから、とか、この家は広すぎるとか、維持費がかかりすぎるとか、ぼそぼそと言い訳をした。

なぜ一言相談してくれないのかと母は言った。たしかに父の行為はだまし討ちに等しかった。母は父が黙って勝手に事を運ぼうとしたことが、がまんならなかったのだ。

――こんな仕打ちを受けなければならない、どんな悪いことをわたしはしました？

母は、部屋に掛かるあの鬼女の表情で言った。父はこたえられなかった。

父は本気で家を手放すつもりではなく、ただ自分にはそれだけの力があることを示そうとしただけなのかもしれなかったが、それならなおのこと、母には耐えがたかったに違いない。

母の受けた心の傷は大きく、信じられないほど深く、そしてもう取り返しがつかなかった。心気症で倒れ、起き上がれなかった。

もともと丈夫ではない母だった。

必死に耐えて肉体を支えてきた気力を断たれた母は、病の精を吸い込んでしまった。

死の使いがやってきた。

父が殺した。

ママは死んだ。

その日は風がなかった。ねっとりとした空気はわたしを不安にさせる。蔦の葉たちはうち沈み、夕陽を浴びてもきらめきはしなかった。金色の光は鈍く、踊ってはいない。静止した光ほど不快なものはない。わたしはその美しさの意味を悟る。

ママは沈黙の世界からの使者にその色を与えられたのだ。この世の美しさではない。ママは死につかまえられて震えている。

――わかっているわ、ママ。

ママは微笑んだ。ママはわたしのその言葉に安心して、わたしの手をとる。わたしはママの手を握りしめる。白く、細く、しなやかだったママの手。冷たい手。

――約束よ、ね、お願いだから。

ママの最期だった。綺麗なママ。大好きなママ。死なないで。

夕陽がママの顔を赤く染める。ママの顔に血の気が戻ったようだった。いまにも目をぱっちりと開けて、なにを泣いているの、お馬鹿さん、と笑いかけてきそうだった。

でも夕陽はあまりにも赤かった。

赤い光は緑の影を生む。

ママは緑の影に取り包まれていってしまう。わたしを残して。

――御臨終です。

白髪に夕陽を受けた老医師が言った。

父はわたしのすぐ後ろに立っていたが、わたしには遥か遠くに感じられた。手を伸ばせば妻に触れられるところ。だけど父は手を出そうとしなかった。静かに、ただ黙って、妻の死を見つめていた。

婆やは……婆やは、そう、部屋の隅の闇に溶け込み、声を殺して泣いていた。口元をおさえた白いハンカチが、それが婆やの全存在であるかのように、暗がりに白く浮きあがり、こまかく震えていた。

――お気の毒です。

老医師が頭を垂れて言う。

お気の毒ですって？

わたしは薄い笑みを浮かべる。老医師はわたしの表情を見て驚いた顔をする。その顔がわたしの心をかき乱す。幾たびも他人の死を見てきたというのになぜ驚きをあらわすことがあるというの。ただ黙って出て行けばいい。ともに悲しんでくれとはいわない。そう、ママはあなたのものではないもの。

一旦この部屋から出て行ったら、医師にはママの顔も思い出せまい。

――みんな出て行って。

わたしは叫ぶ。熱い涙が頰を伝う。

――あなたも、お父さまも、婆やも、みんな出て行って。お母さまはわたしのものよ。わたしだけの、そうよ、わたしのママよ。

——お嬢さま。

婆やはたしなめようとしたが、父はうなずいた。それで婆やは引き下がった。婆やは父を気づかって、わたしの身勝手をたしなめようと、形だけ、そうしたのだ。父がいいというのなら、婆やがわたしの我儘をいさめる理由はなかった。婆やはわたしの味方だった。

静かになった。ママの部屋。独りになると、ママの死が重くわたしの身に落ちてくる。

ベッドのわきにひざまずいて、ママ、と呼んでみる。でもママはこたえない。

ママの顔は白い。もっと白くなろうとしている。わたしは鏡台から化粧用具をひとそろいもってきて、ママの顔に紅をさす。二度と開かれぬ唇に真紅の口紅を。

ママは人形のように艶やかになった。そして人形のように沈黙していた。

わたしはママの髪をまさぐる。顔をよせてママの唇にくちづける。そのさよならのキスのなんと冷たかったことか。

ママは死んだ。

わたしの部屋にも鏡台はある。でもそれは使われずにひっそりと閉ざされている。

わたしはいつもママの部屋で身繕いをした。ママの病が重くなってベッドから起き上がれなくなったときも、わたしはそれをやめようとしなかった。

婆やはやめるように言ったものだ。ご病人に華やかな化粧の匂いは毒になるから、と。

でもママはわたしを見ていたいと言って、わたしを引き止めた。

——あら、その口紅はあなたには合わないわ。

——もっと顔をよく見せてちょうだい……少し肌が荒れているわね。

——あなたもそんなドレスが似合うようになったのねえ。わたしのドレスを着て見せてくれないこと?

ママが死んでしまったなんて信じられない。

こうしてママの鏡台に向かっていると、いまにも鏡に映るベッドの上でママが美しい身を伸ばして、わたしに微笑みかけてくるようだ。

——さあ、いらっしゃい、わたしのかわいい王女さま。

わたしは長い黒髪をママのヘアブラシですく。すばらしく黒くて、しなやかで、綺麗だとママはため息まじりの声でほめてくれた。だけど、ママのほうがずっと美しかった。

ママはいない。主のいない広い机の上のランプの明りは、しんぼう強く待っている。ペンもインクもなにもかも、女王の帰りを待っている。いまにもママが入ってきて、あのペンで紙を彫る音が聞こえてきそう。

それを上から鬼女が見下ろしている。わたしはもうあれを見てもこわくはない。あれは鬼なんかじゃない。ただの女だ。わたしと同じ。

ビロードの重いカーテンが揺れる。わたしはヘアブラシを持つ手をおろし、ふと鏡を見る。鏡の中にママが。

——綺麗な髪ね。

ありがとう、ママ。

——お父さまと仲よくしてる？

ええ、ママ。

——お父さまは寂しがっているんじゃなくて？　ちゃんと相手をしてあげてね。

どうして？　わたしはママにはなれないわ。お父さまはわたしの夫ではないもの。

——あなたは娘じゃないの。

わたしはママのもの。ママが生んだのよ、物語の王女のように。

——お願いだから、娘らしくしていなさい。約束したじゃないの。

ママの言いたいことは、わたしにはよくわかっている。でもママが死んでからというもの、父とのつながりはぷっつりと切れてしまった。父とわたしは、ママを介しての関係だった。ママがいなくなってしまえば、父とわたしを結ぶものはなにもない。ママが死ぬと同時に、父の娘であったあなたも死んだのだ。

——お母さま。

わたしは母に呼びかける。

——なあに？

――お母さまは生きてはいない。お父さまのことを気にかけることはないわ。

――そうね。

母ではない、ママが妖しく笑う。鏡の中で。

わたしは振り返る。ベッドの上にママはいない。主を失ったベッドは悲しそう。使われないベッドはもはやベッドではない。色あせてゆくだろう。わたしにはそれが耐えられない。わたしはヘアブラシを鏡台において、ベッドに腰をおろし、そして身をゆっくりとベッドに沈める。ママはいない。でも鏡の中に、わたしを優しく抱こうと背後に身を横たえているママの姿が見える。

わたしは鏡の中のママと会える。いつでも。ここに来れば。

いつまでもここにはいられない。わたしは身を起こして、おやすみを言う。

――また来るわね、ママ。

ここはママの部屋だ。わたしは自分の部屋に帰り、眠る。

お父さまと仲よくしてね、という母の言葉を忘れてはいない。

母は一人ぼっちになるわたしを案じたのだろう。それとも、この世は母の書いた物語とは違うのだと言いたかったのかもしれない。わたしには父の血が流れているのだと。でも血のつながりがなんだというのだろう。ただそれだけのために父に親しい笑みを向けなければならないというのはわたしには理解できない。

父の娘であり続けようとしたあなたは死んだ。母を愛するように父も愛し、公平な娘でいようとしていたあなたは、もはやどこにもいない。あなたは乾いたミイラとなってわたしにはりついているだけだ。わたしの中の父の血は流れずに乾き、わたしはそんなあなたの屍《しかばね》をまとい、その下で熱くママを愛している。

——おはよう。今日は良い天気だ。

父が言う。それにこたえるあなたはいない。わたしは黙っている。相手をするのは煩《わずら》わしい。だから返事をしない。

ママがその品のいい唇を動かせたころは、黙っているわたしに代わって返事をした。

——そうね、きょうはとてもさわやかね。

そこでわたしも言う。こんな日は一日中気分がいいでしょう、と。その言葉は父に向けたものではない。ママへのもの、父に対しては、わたしの独り言だった。わたしはいつもいつも父に独り言を言い続けてきた。でも、もうそんなことをする必要もない。ママは死んでしまったのだから。

母はそれほどまでに父に気をつかっていたが、父はそんな母を愛していただろうか。母の気のつかいようは痛いほど感じられたが、父はそんな母の想いに無関心だった。気が利かないのではなく気がつかないのだ。そうでなく、知りつつ無関心をよそおうなら、それは母に対する冒瀆だ。そう思うとわたしは苛立ちをこらえることができない。

父は冷たい。この家の広さがその冷たさをいっそうたしかなものにする。無視される者は無限の広がりを持つまばゆい空間にピンに止められるに等しい。母は父にピンで止められてもがいていた。わたしはそんなのはごめんだ。わたしはあなたにその身代わりをさせ、あなたという殻から抜け出して、父とは他人になる。

ママが死んで広い家の中はいっそう静かになった。父の部屋の前は暗い。そのドアの向こうの世界はわたしには無縁だ。そこはわたしにとって開かずの間。ドアに触れたこともない。そのノブが冷たいかどうかもわからない。きっと、ぞっとするほど冷たいに違いない。でもどうでもいいこと。凍るほど冷たくてもちっともかまわない。わたしは決してそれに触れないだろうから。

黒いドアの前を通りすぎようとしたわたしは、そのドアの向こうからもれてくる音を聞く。なんの音？

わたしには信じられない。その声。父のむせび泣く声。父が泣いている。なぜ？ 父は母の名を呼ぶ。わたしは耳をふさいで駈け出す。

やめて、やめて、ママはわたしのもの、あなたのものではないわ。

わたしは自分の部屋に入って声を殺して泣く。ベッドにうつ伏せになって泣く。

——ママ、ママ、行かないで、お父さまのところへなんか行かないで。いつまでもわたしのそばにいてちょうだい……わたしの、ママ。

しのびよる冬の気配を受けて家をはう蔦たちが色を変えはじめている。紅に色づき、それはママの部屋の窓にも揺れている。その部屋の主を呼ぶように。

——おかえりなさいまし、お嬢さま。

婆やはいつになく沈んだ声でわたしを出迎える。ママはどこ、と口に出そうになるのを、わたしはこらえなければならない。

——はい、奥さまはお出かけでございます。お帰りは遅くなるとのことでした……もう戻ってこられないかもしれません……。

そんなこたえは聞きたくないもの。

婆やはママのことはなんでも知っていた。ママの娘時代から、いいえ、ママが生まれたときにはもうこの家にいた。

——わたし、ママの小さいころに似ているかしら。

——はい、お嬢さま。

——ママのほうが綺麗だったでしょうね。

——奥さまはいまでもお美しゅうございます。もちろんお嬢さまも。

——無理しなくていいわよ、婆や。

——わたくしはそんなつもりで申し上げたのではございません。

わかっている。わたしはママと張り合う気はない。婆やと争うつもりもない。婆やはママのことなら、わたしなんかよりずっとよくわかっていた。ママの気分や、くせや、ドレスの好みや、なんでも。気分のいいときは銀のアクセサリーをつけ、金色のときは気が重いのだとか、そんなこまごまとしたことを婆やはよくその頭につめこんでいた。婆やなしではママは生きてゆけなかっただろう。でも婆やは召使いでママは主人だった。心の支えにはならなかった。母は夫の理解と支えを望んだ。だがわたしの父は。

——お茶になさいますか?

——え? いいえ、いらないわ。

——お食事は何時にいたしましょうか。

——いつものように。

——かしこまりました。では七時に。

——お父さまは。

——きょうは早目に帰られるとのことです。あの、奥さま、いいえ、お嬢さま。

——なに。

——いいえ……なんでもございません。失礼いたしました。

七時にわたしは食堂におりてゆく。父はもう席についていた。わたしが腰をおちつけると、父はなにげなく、この家は広い、と言った。わたしは返事をしなかった。昔もいまも家は広い。父がなにを言い出そうとしているのかわたしにはわからなかった。ちらりと婆やのほうを見る。幼いころは婆やも一緒に食事をすればいいのにと思ったこともあったが、いまでは入口にひっそりと立っている姿にはなんの違和感もなかった。それは人格のない人形と同じだった。でも、今夜のそれは、一人の老婆となって不安そうな目をわたしに向けていた。

どうして？

わたしは初めて、なんの疑問も抱かなかった婆やの存在に気をとられた。その女は実際の年齢よりも老けて見えた。そしてなにかにおびえるようにおどおどした目をしていた。わたしはその姿を無視して食事をとることができなくなって、もう下がっていいと婆やに言った。

——あとはわたしがやっておくから。もう休んでちょうだい。

——いいえ、お嬢さま、そういうわけにはまいりません。

——わたしがいいと言っても？

——はい、お嬢さま。奥さまがお許しにはなりません。

——ママが？　ママがどこにいるっていうの？

このお屋敷の、と婆やは手を広げて言った。

——どこにも奥様はおいででございます。

わたしは黙って席を立った。

──もういらない。あとはお願いね。

──はい、お嬢さま。

わたしは食堂を出て階段を上がり、ママの部屋へ向かう。長い廊下にわたしの足音が響く。ママの歩く音はもっと軽やかでリズムをもち、快かった。ママが生きていたころは、廊下の床も、階段も、その手すりも、吹き抜けの天井から下がるシャンデリアも、すべてがママのために、ママを引き立てるために存在していた。ママの一瞬の動作にもそれらは感応して、その主人に向かってひれ伏すのだ。わたしにはそんな力はない。わたしはママがいなくなったいまになって、そのことに気づくのだ。それらはママだけのものだったのだ、と。

ママの部屋の前に立ち、ドアにそっと触れる。ママの温りを感ずる。この家のすべてのものがママの死とともにその価値を失ったとしても、それらに刻まれたママの記憶はこの家が朽ち果てるまで決してなくなりはしない。わたしは婆やの言葉にうなずく。ママはこの家そのものなのだ。

部屋はいつもと変わらない。わたしはママの机の上のランプをつける。明りをともすだけでママの机の上のものには手を触れない。机の上にはママが読みかけていたアンカット装丁の本が載っている。その本は途中までしか頁が切られていない。ママは銀の王子の剣のペーパーナイフをわたしに渡していたから、その本の頁は紫檀《したん》のペーパーナイフで切っていた。わたしはそのナイフを手にとる。美しかった。でもあの銀の剣ほどの切れ味はなかったろう。

わたしは元の位置にナイフを戻して、鏡台のスツールに腰をおろす。

鏡を見つめる。ママが映っている。さあ、いらっしゃいとママが言った。

わたしはベッドに猫のように上がり、ママに身を投げ出す。ママの手が優しくわたしの髪をなでる。その手は白く、とても器用だ。わたしの素肌に触れると、わたしは熱くなる。眠っていた乳房がその動きで揺りおこされる。ママはひそやかにわたしのその紅の先に触れる。風が触れるように。軽く、軽く、そよ風のように。そよ風が泉にさざ波を立てると、わたしはじっとしていられなくなる。するとママは笑って、抱きしめてくれる。わたしはママの乳房に吸いつく。赤ん坊がするように。

――もっと優しく。

ママが言う。わたしは子供のように不器用だ。わたしの指はママのようにしなやかには動かない。わたしは自己嫌悪におちいる。そしてママにくちづける。

ママ、好きよ、もっと愛してちょうだい、綺麗なママ、だれにもわたさない。わたしだけのママ。わたしの恋人。

鏡台から口紅がふわふわの絨毯の上に落ちる。わたしはけだるい身を折ってそれを拾う。

拾って、鏡を見る。ママはもういない。

わたしはママの優しい唇を思い浮かべて、その繊細な動きを真似て自分の唇をなぞってみる。

——もっと優しく、もっと優しくよ。

好きよ、ママ。ママはもういない、今夜は帰っていった。わたしの知らない世界へ。わたしは陶酔の跡を消し、乱れた髪をなおす。

——おやすみなさい、ママ。また来るわね。

わたしはママの部屋を出る。ドアのラッチが、また明日、と言った。

吹き抜けのホールを見下ろすバルコニーに出たとき、下から婆やと父の話す声が聞こえてきた。父の低い声に、婆やは凛然とこたえていた。その異様さがわたしを立ち止まらせた。

——お嬢さまのこともございますし。

——娘が無口なのはこの家のせいだ。若い娘の住むところではない。あまりに陰鬱すぎる。

——このわたくしはどうなります。

——悪いようにはしない。

——わたくしはこのお屋敷を出ては生きてはゆけません。

わたしは耳をそばだてた。父は、こんどこそ本気で婆やとわたしをこの家から追い出そうとしているのだ。

——広すぎる。あの娘にはよくない。話しかけても返事もしない。

——お嬢さまはこのお屋敷を離れたがらないと存じます。

——わたしが、わからせる。亡くなった母親の思い出ばかりに浸っていては、あの娘までおかしくなってしまう。身体に毒なんだ。

——わたくしはここに残りとうございます。奥さまが反対なさるでしょうし。

——奥さま？　この家の主人はわたしだ。なにを言っている。

——わたしの御主人は奥さまでございます。あなたさまではございません。

沈黙がおりた。冷たい沈黙。父が耐えきれず、しぼり出す声で言った。

——ではあなたは残るがいい。だが娘はつれていく。あれはあなたの娘でも主人でもないのだから。

——わたくしからはとてもお嬢さまには申し上げられません。お嬢さまがこのお屋敷と奥さまをどんなに愛しておられるか、おわかりになりませんのか。

——妻は亡くなった。ここにいるのはつらい。娘にはわたしから話す。

いやよ。わたしは叫ぶ。廊下を走った。わたしを呼ぶ声が追いかけてくる。わたしは部屋に入り、鍵をかけた。

ここから出ていくだなんて。そんなこと、できやしない。ママ、わたしを助けて。

朝、わたしはママの鏡台で口紅をつける。真紅の口紅。鏡に顔をよせ、鏡のママにくちづける。鏡面に赤い花が咲いた。

――ママ、きょうもいい天気よ。行ってくるわね。

階下へ降りると朝食が用意されている。

――おはようございます。

――おはよう、婆や。お父さまも、おはよう。

父は無口な人だ。でもわたしはぜんぜんかまわない。

わたしはゆっくりと朝食をとって、立ち上がる。父は無口だ。そしてわたしには無関心だ。ママに対してそうであったように。ママは父の胸の内を見たかったに違いない。かわいそうなママ。夫の心を切り開くことができないまま死んでいった、さみしい女。

わたしは小指でママの口紅のついた唇をなぞってみる。燃える真紅。ママの一番好きだった色。

――お父さまは食が細くなられたわね。

――さようでございますね。

婆やは父の前のスープを下げる。

――いってまいります。

父は無口な人だ。ずっと前からそうだった。なにも変わりはしない。

ママ、お父さまの胸の中にはなんにもなかったわ。ただ、蔦の紅葉が入っていただけ。

表に出ると蔦紅葉が炎のよう。家は炎に包まれ、ママは焼かれて燃えつきる。

――いってらっしゃいませ。

婆やが言う。

「奥さま」

縛霊

十月十五日の朝、中尾部長刑事は家を出る前に湯呑茶碗を割った。おれも歳かなというた。
中尾に妻が素焼きの皿を差し出して厄をはらって出掛けるように言った。
中尾はとくに信心深いわけではなかったが、わりあい縁起をかつぐほうだとは思ってい
た。若いころはそうでもなかったのだが、結婚してから自然とそうなった。仕事の話は家
には持ち込まなかったのだが、中尾の妻は夫が普通のサラリーマンより危ない仕事をして
いると理解していて、厄除けのお守りを持たせた。中尾にはそれを拒む理由はなにもなか
った。刑事といったって他の役人とたいした違いはなく交通量の多い道で車を転がすほう
が危ないのだ、などと口で言うよりも、黙ってそのお守りを身につけるほうが妻を安心さ
せるのだということがわかっていた。
縁起をかつぐようになったのはこのつれあいのせいだろうと中尾は思っていた。不快で

はなかったし、もともと中尾にもそれを受け入れる性質があったのだろうし、長年つれそっているうちにどちらのせいかなどと考えることもなくなっていた。

花嫁修行もそこそこに短大を出てまもなく嫁いでいった中尾の娘は、両親のことを銭形平次夫婦みたいだといってよく笑った。切り火を打って夫を送り出すなどということはしなかったが神棚はあって、娘はそれに手を合わせている母親の姿をよく見ていたらしく、中尾にすれば平次のように立派な刑事だと言われるよりも照れくさい方面での、平次夫婦のようだという娘の両親評だった。

息子のほうは一年浪人したあと今年大学に入り家を出ていって、夫婦二人きりになった。そうなるとまったく娘のいうとおりの毎日が二十年ぶりに戻ってきたかんじだった。無口な夫のかわりに喋っていたような子供たちがいなくなると、妻は急に老けこんだようだった。退職したら二人で温泉でも巡ってみるかと中尾は思っているが、口にするにはいかにもまだ早い。それでもそんなふうに思うのは老けた証拠かもしれなくて、少し寂しい。

そして今朝は、ついうっかりして茶碗を落としてしまった。家ではともかく刑事では、ついうっかりは許されない。

中尾は素焼の皿を受けとるとベランダに出てそれを割った。浪人中の息子はよくこいつを割ってストレスを解消していたなと中尾は思い出し、単なる気安めではなく役に立っていると満足した。

「かたづけておきますから」

「すまんな」

「大丈夫ですよ」

「うむ……行ってくる」

いい天気だった。しかし風は少し冷たかった。春は青、夏は朱で、玄冬というから冬は黒だが、秋は何色だったろう？　中尾は髪に白いものが混じり始めた髪をなでて、嫌でも生きていれば秋がくるものだなと、ため息をついた。秋は白だ。白秋。

だが人生の秋を感傷にふけりながら経験できるのは、平凡だがしあわせなのだと中尾は身にしみて感じている。世の中には白秋どころか青春も味わうことなく、幼なくして実父に殺される息子だっているのだ。

捜査畑一筋に、エリートコースとは無縁の道を生きてきた中尾は、そんな例をいくつも見てきた。被害者が若者だったり子供だったりすると、自分が若い時分には感じられなかった、殺された者たちの無念さがわかるのだ。いや、そういう者たちは無念に思う以前に死んでいるわけだから——せめてそう思うまでは生きていてほしいのに、だからこそ悲劇なのだと中尾は思う。それなのに、青春や朱夏の真っ盛りの人間が自殺したりする。彼らの死の直前は白かったろうか？　いいや、黒かったろう。秋をとおりこしていきなり冬を迎えるのだ。それこそ自然ではない。

人間、平凡なのがいちばんだ。

そんな中尾をまた憂鬱にさせる事件が、その日の正午少し前に捜査一課に入ってきたのだった。

1

その街区は古いままの一画だった。道幅は車一台が通れるかどうかという狭さで、おまけに真っ直ぐではない。築後三十年を超えていると思われる家が密集していた。昔ながらの銭湯がある。

「かわらねえな、この辺は」

通りにとめた警察車からおりて中尾はつぶやいた。

「昔はのどかだったでしょうねえ」

若い鈴木刑事が立ち番の警官に手で合図して、言った。

「昔、この辺の長屋に住んでたことがあるんだ」

「へえ、中尾のおやじさんがね。そのころは、コロシなんかなかったでしょう。いまの世の中は狂ってるからな」

「町内ではなかったな。しかし人間てのは、あんまり変わらんもんだ。年寄りくさいことを言うのがおまえさんのわるいくせだ」

立入禁止の札が下がったロープをぐって小路に入った。パトカーが止まっていたが、何台も入れるようなところではない。見上げれば秋の空だ。ビルが白い。町内を囲む塀のようだ。

外装はさほど古びていない、平家の木造屋が現場だった。不動産屋ふうにいえば、六、六、四・五、庭つきというところだなと、中尾は入って見回した。台所は狭い。風呂もある。庭つきとはいえ小路に面した一・五坪ほどの空間だった。陽当たりはよくない。板塀がある。それをとっぱらっても車一台もおけないだろう。しかし昔はこれで充分だった。風呂つきだから、いまはともかく昔はそれで家賃が少し高くなったろう。貸家だった。いまは空屋で、庭側の六畳間の床下に死体が埋められているという事件だった。

「取り壊してビルでも建てりゃいいのにな」

鑑識班の手で注意深く畳が上げられるのを見守りながら鈴木刑事がつぶやいた。

死体を発見したのは白アリ駆除会社の作業員だった。

「やっこさん仰天したろうが、落ち着いてるころだろう」丸井捜査主任が言った。「中長さん、たのむわ」

「わかりました」

中尾は鈴木刑事をともなって裏に出た。

軒がふれ合いそうな隣家の前に、白アリ駆除会社の派手なマークをつけた小型トラックが道をふさいでいた。例の作業員とその同僚の計三名は隣家で休んでいると制服警官が言った。鈴木はさっそく手帳を出している。

玄関戸は開いていて、玄関先に作業員が腰を下ろしていた。茶が出されていたが手はつけられていないようだった。作業員の三人のうち一人は頭をタオルで冷やしていた。

「とんだことでしたな」

「はあ」

頭にタオルをのせた男が顔を上げた。

「出てたんですよ、手が。あそこからどうやって出たか覚えてませんよ。気がついたら頭がこうで」

驚いて身を引いたとたん、頭を床下に打ちつけた、ということらしい。

「臭いがね、すごかった」別の一人が言った。「腐ってるが、あれは女だろうな」

「あんたは臭いには気づかなかったのか」

「マスクをしてますんで」

「死んでる、死んでる、とこいつが言うんで、おれも入ってみたんですよ」

「一一〇番はどこから」

「うちからですよ」

この家の主婦、初老の太った女が顔を出して言った。

「人が死んでるって、もうあたしもびっくりしてしまって」

「心当たりはありませんか」鈴木刑事が訊いた。「最近おかしな物音がしたとか」

「さあ、ねえ……おとなりさん、九月の初めに引っ越してこられてねえ、でもあわただしくまた越してかれましたが……まさかねえ。若いのに礼儀正しい人たちでしたよ。共働きで、それはもう仲のいいこと……へんだといえば高沢さんの奥さんが――」

「その若夫婦ですね？」と鈴木刑事。

「ええ。どうも薄気味がわるいって話してました。家賃も安いし、幽霊でも出るのかと思ったけどとかなんとか」

「出ても不思議ないですよ」タオルをひっくり返して、作業員が言った。「床下に死体だものな」

「フム。で、高沢夫婦はそろって引っ越したんですな」

「あわただしかったですがねえ……うちの宿六も手伝って……近くのアパートに空きがあったとかで。小野さんは機嫌よくなかったねえ。うちは幽霊屋敷じゃないって、ぶうぶうでしたよ」

「小野さんというのは?」

「大家さんです」

町内の所轄派出所の巡査が鈴木に説明した。

「一人暮らしのお婆さんで、現場の裏の家です」

「おっかない婆さんで」と作業員の一人が言った。「死体があると知らせに行ったら血相をかえてさ、信じないんだ、これが。おれたちが変な噂を立てると思ったらしくて、帰れとどなられるし、とんだ迷惑だ」

「あの婆さんかもしれんなあ」

「かもな、うん。見つからないと思って」

「そりゃないだろう、おれたちが床下にもぐれば――」

「うまくやったと思ったんだろうぜ」

などと作業員たちは勝手に喋り出す。小野という老女はあまりいい印象をもたれていないらしい。

「高沢夫婦の前に入っていたのはどういう人でしたか」鈴木刑事が尋ねた。「えーと、高沢さんは九月初めに借りて、その前はずっと空家で?」

「えーと」―と制服巡査が手元の書類を調べようとするのを、中尾は野次馬を整理してくれないかと言った。

「あとでたのむわ」

「は」敬礼して警官は出ていった。

「その前ねえ。津田さんという、なんでも大学の先生とか……あんましつき合いなかったんですよ。奥さんは絵描きさんとか——きれいなひとでしたよ。なんでも家を建て直すとかで、半年ほどいただけですよ。八月末に越してきましたよ」

「人の出入りはどうでしたかね」

「ひっそりしたもんでした」

「子供は」

「小野さん、子供が嫌いだからねえ」

「どこへ越していきました、その津田夫婦は」

鈴木刑事は鉛筆をなめた。

「さあねえ、小野さんなら知ってるかもだわ」

「ふうん」と鈴木。

「その夫婦の引っ越しも手伝いましたか」と中尾。「夫婦いっしょでしたか。出ていくとき」

「引っ越し屋さんていうの、ああいうのがきてあっというまでしたよ。でも最後にそろって挨拶にはみえたわ」

「そうか……その前に入居していたのは？」

「小野さんのとこの上の息子さん夫婦でしたよ。転勤でね……小野さん、息子さんが結婚したときにああいうふうに家を造り直したのよ。息子さん夫婦と相談して。どっちもそのほうが気楽だって、十五年以上前に改装してね」

「なるほど」と中尾はうなずいた。「すると、お隣とは繋がっているわけですな、床下は」

「そうだった？」鈴木は作業員に訊いた。

「いや」と頭を打った男が首をゆっくりと左右に振った。「床下からは向こうへは行けないよ」

「こちら側の風呂を新しく造ったときに、土台をやり直したらしいんだ」と別の男。「防虫の仕事は両方まとめてということだった」

「仕事がやりにくい構造かい」と中尾。

「いや、反対だよ。こんな基礎は珍しいや。縁の下から入れるんだ。スカスカしてるよ。向こうの基礎は見ていないが、とにかくこっちのはなあ」

「つまり家に上がって、畳を上げて床板をはがしたりはしなかった、と？」と鈴木刑事。

「してないよ。こんな土台の家は初めてだよな。プレハブなみの土台だよ」

「ふむ。風通しがいいわけだ」鈴木刑事が手帳から顔を上げて、「見てみますか」

「どうも」と中尾は頭をちょいと下げた。「またうかがいますんで、よろしく」

「あいよ」と主婦が気さくに答えた。

この気さくさがどこまで続くことやらと中尾は思った。ここには犯人が割り出せるまで何度も来ることになるだろう。何度も何度も同じことを訊きながら、事実を掘り出していく。訊かれるほうはうんざりし、しまいには嫌悪をあらわにする者もいるが、刑事にすればそれが仕事だった。なんとしてでも犯人は挙げなくてはならない。凶悪犯を割り出して全国指名手配し、その後他県で逮捕されたりすると、やはりトンビに油揚をさらわれた気分になる。もう少し早く割り出していればこの手で手錠をかけられたのに、というのは悔しいものだ。

作業員たちの身元を訊き、二人の刑事は現場に戻り、その玄関で家宅捜索作業の立ち会いに呼ばれた大家に事情をきく。

「あたしの家を壊すのかい」

まあまあと丸井主任がなだめた。小野未亡人は夫に死なれて二十年になるという。七十歳に近いが、六十くらいにしかみえなかった。高沢夫婦をけなす言葉がぽんぽんと口から出てきた。

「夜中になると床下からへんな物音がするとか、一度は幽霊が出るとか言ってきたよ」

ほらそこさ、と小野未亡人は縁側をさした。便所のわきだった。

「障子に映る影だよ。いがかりだよ。こっちが女一人だと思って馬鹿にしてるんだ」

「津田さんが出たあと、高沢さんが入るまで、空家だったわけですが、何日から何日までですか」

鑑識作業はすすんでいた。邪魔になるから出ましょうかと鈴木刑事が小野未亡人をうながした。

「とんだ災難ですなあ」

同情するという表情で中尾が言うと、老女はふと弱気な顔になって、裏手にあたる自宅へ二人の刑事を案内した。板張りの外壁の、中尾にはなつかしい古い家だった。渋い茶が出た。腰を落ち着けてもいられないと鈴木刑事はそわそわしていたが、中尾は世間話か老人の愚痴を聞く相手をするという調子で、空家だったのは八月三十一日から九月五日までだったこと、その間貸家の戸締まりは毎日たしかめていて異常はなかったということ、高沢夫婦は九月二十七日に出て行ったこと、を訊き出した。

「息子たちはここをつぶして駐車場にでもというんだけどね。いまさら離れるなんて嫌なこった。高沢夫婦はうちの息子とぐるになってるんだ。幽霊だなんて、ばかばかしい。きっと白アリかなんかだよ」

「なるほど。で、退治して、というわけですな」

「息子たちの世話にはならないよ」

家賃収入と年金で暮らすということだった。貸家にケチがつけられるのはがまんできないだろう。

「人形かなんかだよ、ぜったい」

「津田さんというのは幽霊の話なんかは？」

「しなかったね」

「奥さんのほうは絵描きだとか？」

「いんや、売るほうだよ。なんか、画、画なんとかいう店を改築するまで貸したんだ」

「画廊だな」と鈴木刑事。「なんて店かな」

「奥さんの名前らしいよ。彩子というんだ」

「旦那さんのほうは、どんな？」

「やせた、気の弱そうな人でね、きつそうな奥さんだったから無理ないねえ。大学の先生を辞めるとかいってたわ。転勤して、別れてしまえばいいのにと思ったけど、人様のことだ。……けど、なんだか気の毒でねえ」

「ふうむ」

「おやじさん、そろそろ……」

「ああ、そうだな。マネキンを拝みにいくか」

「あたしゃ、嫌だね」

「そういうわけには――」

と言いかける鈴木刑事を制止して中尾は腰を上げた。

ホトケが小野未亡人の知っている者だったにせよ、死体となると顔が変わるものだ。実父の死体を解剖室で見た息子が、よく似ているが……と言葉をにごしたりする。腐乱していればまったくわからないだろう。中尾は老人によけいな心理負担をかけたくなかった。それでも死体を搬出するときは、立ち会わせるのがいいと中尾は小野未亡人宅を出て、鈴木刑事にそう告げた。

「わかりました。……しかし不気味なかんじだったな」

「まったくだ。どうも気にいらねえ」

「なにがです」

「ホトケの身元がな。マネキンならいいが」

「津田夫婦というのが怪しいですね。だれかを殺して埋めるためにここを借りたんじゃないかな。まさか、嫌がらせで、空家の床下に死体を埋めるやつはいませんよ。マネキンなら高沢夫婦があやしいな」

「探偵小説じゃないんだ。んなこたあ言うもんじゃない」

「すみません」

隣家との境の狭い路地を通って貸家裏の小路へ出た。

床下から出てきたのはマネキンではなかった。女性の腐乱死体だった。着衣はなく、顔は生前の容貌がわからないほどだった。

「特徴といえば髪型くらいかな」鑑識現場主任が言った。「不自然だ。長い髪を上にあげといて切ったようだ。髪型をわからなくしたのかもしれない」

「司法解剖だな、これは」丸井主任が言った。「どのくらい？　死んでから」

「三ヶ月以上でしょう。詳しくはちょっとね。それから、床板には異常はなかった。なんにも」

鑑識の説明では、死体は縁の下から六畳間の床下に運びこまれたらしいというのだ。

ということは、だれかがこの家の床下に忍び入り、ひっそりと何日もかけて穴を掘り、最後に死体をひきずりこんで埋めたとも考えられるわけだった。そんな人間の頭の構造は中尾には理解できなかったが、だからそんなやつらがいるわけがない、とは思わなかった。

腐臭は耐えがたかった。死者の恨みだと中尾は思った。幽霊などは幻だが、この臭気は本物の死者の怨念がこもっていると感じさせる。

鈴木刑事は吐き気をこらえ、蒼い顔色をしていた。自分の顔もたいして違わないだろうと中尾は外に出て新鮮な空気を吸った。

2

ホトケの死後経過時間がはっきりと確定できれば、刑事の仕事ももっとらくになるのだがといつも中尾は思う。

死体は大学の解剖室で、鑑識班と丸井主任が立会い、法医学教室の上川教授の執刀で司法解剖された。中尾と鈴木は法医学教室の、いつも鑑識班がミーティングや打ち上げをする控え室で結果を一刻も早く知るために、待っていた。休む暇もない訊き込みで中尾はくたびれていたが、鈴木刑事のほうはまだ歩き足りないという様子で狭い部屋をいったりきたりと、落ち着かない。

「高沢夫婦はシロでしょうね。死後一ヶ月なら津田夫婦でしょう」

「床下を見たろう。だれでももぐりこめるんだ。床板にも細工の跡はなかった」

「夜中に床下でごそごそやっていれば気づきますよ」

「野犬か野良猫かもしれん。高沢夫婦の幽霊さわぎは案外そんなところだろう。それに、夜でなければ穴が掘れないわけじゃない。高沢、津田とも共働きだ。昼はいない」

「訊き込みでは不審な者がうろうろしてたというのは出てこなかった。ま、見つからないようにやったというのは確かでしょうが……津田から事情聴取を――」

と言いかけて鈴木刑事は口をつぐんだ。丸井主任が入ってきた。無言で煙草をくわえ、火をつける。大量の煙を吐き出して、言った。

「死後、三週間から六週間というところだそうだ」

「それじゃあ困りますよ」と鈴木。

「先生も困ってるさ」と中尾。

丸井主任はうなずいた。

「医師としてはわからんものはわからんというしかないだろう」

「上川教授らしいですな」

「ああ。慎重な人だ。九月中旬に集中豪雨があったろう。現場は床下浸水だったそうだ。その時点で埋められていたのは間違いない。ホトケの手が地面から少し出たのは、土が水で締まったからだろう」

「それで腐敗が早くすすんだのかなあ」

「そう単純じゃないらしいんだな、それが……専門家の意見は尊重せんとな。空家だった数日間にやられたかもしれんということだ」

「身元の手がかりは。ホトケさんの」

「指輪一つない。あるのは身体だけだ。髪がへんな形に切られてる」

「長髪をまとめて上に引き上げ、ちょん切った、というやつですな」

「そうだ。身長は百六十弱、三十から四十歳、首を絞められてる。帯状ではなく縄状の、細い紐、帯締めのようなものだそうだ。埋められる前に死亡したそうだ」

「他殺の線がはっきりしたわけだ」

「まず間違いないとの上川先生の考えだ。首吊りじゃない。索溝は他為のものと思われる」

自殺体を埋めたのではないということだ。

「雨か」中尾はつぶやいた。「それで死体が見つかり、しかし手がかりも流してしまったわけだ」

「戻って捜査本部の開設準備だな……」丸井主任警部は灰皿で煙草をもみ消した。「骨に名前でも入ってりゃいいんだがな。これは身元を割り出すのはやっかいだ。もし自殺でも、死体には自分の墓穴は掘れんからな。埋めたやつは……毎度のことながら、まともじゃないだろう。中長さん、津田をあたってみてくれ。ブン屋さんたちが動く前に。津田の旦那のほうを重点的にだ。女関係だ」

「わかりました」

「ホトケさんを拝ませてやればいいんじゃないかな。津田じゃなくても、あの小野婆さんがわかるかも……」

「コンピュータで顔を復顔するさ。二日もあればできるだろう。その前に挙げられればいいがな」

「直接本人にあたってみますよ。津田に。大学を辞めている」

「いずれ引っ張ってきてじっくり訊くことになるだろう……うまくやってくれ」

「詳しくは捜査会議で報告しますが、津田の上司の教授に会ってきたんです……津田という男は浮気できるようなタマじゃなかったですな」

「ほう。早いな」丸井主任はまた煙草をくわえた。「ごくろうさん。で？」

「津田は三月末で辞めてます。心理学教室の助手でしたが、教授とおりあいがよくなかった。俗っぽいオカルト研究だと教授はけなしたんだな」

「オカルト？」

「ゴーストバスターにでもなるつもりだったようでね。ありゃあ、教授が頭にくるのも無理ない」

「なんだ、それ」

「すいません」鈴木刑事は手帳を出して、めくった。「いわゆる超常心理ですが、津田元助手は、幽霊との交信をテーマにしていたそうです」

「本気でか」

「超常心理学そのものは最先端分野なんだそうですが、アプローチの仕方に問題があるという津田の元上司の教授の話でした。へたすれば物笑いの種ですから、教授が慎重になるのは当然だという印象でした。で、教授は自分の手には負えないというか、はっきりいって邪魔になったんでしょう」

「クビかね」

「そうではないでしょうが、うちには必要ない、助教授のポストはない、他校でも受け入れはしないだろうと、まあ、辞めろと臭わせたらしいです」

「で、津田はいま、どうやって食ってるんだ？」

「奥方の画廊経営でしょう」

「助手生活十年で津田もくたびれたんでしょうよ。三十六ですがね。あたしらからみりゃあ若いが……簡単に辞めるというのは、気力が失せたんでしょう。女をつくる元気があったかどうか調べてみますが。殺しとなれば、もっと気力がいるでしょう。大学に恨みがあったかもしれませんが、いまのところ行方不明になった女子学生も職員も出ていない」

すべての事実は仏さんが握っている。だが死体は口がきけない。

「そんなところですが。行ってきます」

「うむ。いよいよとなったら、津田というその男に被害者の霊を呼び出してもらうかね」

鈴木刑事は苦笑したが、丸井主任は生真面目な表情だった。

中尾は鈴木の肩をたたき、部屋を出た。

「主任は本気なのかな。ぼくはどうも、ずれを感じるんだな。あの主任の感覚はわかりませんよ」

「津田吉雄がクサイといっているのさ。冗談なんかじゃないだろう。おい、そっちじゃない」

警察車のハンドルをとっている鈴木が首を傾げてブレーキを踏む。門を出たところで停まり、ウィンカーを戻す。

「ギャラリー・彩は新山咲でしょう、国道ぞいの」

「津田が以前住んでいた教員アパートへ寄っていこう。近くだ」

「そうか」

死体が出た家に引っ越す前に津田夫婦が入居していたアパートの部屋はすぐにわかった。二人の刑事はその教員アパートの住人にしつこく夫婦について訊いた。

午後四時前、ギャラリー・彩の向いのファミリーレストランで遅い昼食をとった。

「動きはないみたいですね」

広い窓越しにギャラリー・彩を見ながら鈴木刑事が言った。

「動きがわかれば苦労はないさ」

「ぜったい電話がいってますよ、あそこに。教員アパートのおばさんたち、暇そうでしたからね」

おかげで津田夫婦像が浮かび上がったが、事実かどうかはわからない。

「絵なんぞに興味はないから知らないが、こんな郊外で商売になるのかね」

「さあねえ。好きな人なら足を運ぶんじゃないですか。絵のレンタルもやってるみたいだし……彩子という津田の奥さんは、なかなかやり手のようじゃないですか。地元の画家の才能を育ててるようだし。意外だったな——若い画家と浮気してたみたいじゃないですか。それが嘘なら、おばさん連中も罪つくりだな」

「女の勘は鋭いからな。馬鹿にはできんよ。名前までわかっている」

「えーと」鈴木はカツカレーの大盛りの飯をぱくつく手を休めて、「そうだ、岡崎とかいってましたね」

「知ってるか、その名前。画家としてだ」

「ぜんぜん。卵なんでしょう、画家の。彩子は業界では有名な画商の娘だそうじゃないですか。画家を育てる力もあるんでしょう。岡崎というのは男でしょ。死んでたのは女だ。この線はないでしょうね」

中尾は盛そばを口に運び、かぶりを振った。左右に。

「どうして？」

「男と女はどうもつれるかわからん。岡崎に女がいて、食えない絵などやめろとせまったかもしれん。彩子は岡崎を高くかっていた」

「まさか。彩子が岡崎の恋人を？」

「なんでも考えられる。ということはつまり、なんにもわからんということだ。いまのところはな」

「そうですね……」きれいにカレーをたいらげて、「でもなかなかしゃれた画廊だな」

「のれん分けしてもらった店の後ろに住いを建て増したわけだ」

「のれん分けねえ。でもチェーン店らしいな。画廊にそんなのがあるなんてなあ……レンタル業務だけならわかるけど」

「経営手腕があるんだろう。金を工面するのに、勤めていた店から金を出してもらって、本来自分のやりたかった仕事を本格的に始めたんだろう」

「彩子にすれば旦那が大学を放り出されるのはむしろよかったみたいですね」

「かもしれんな」

「旦那がもし転勤になったら、小野の婆さんが言ってたけど、別れたかもしれませんよ。彩子には岡崎がいたでしょう。恋人かどうかは別にしても、この土地を離れる気はなかったでしょう。死体は岡崎の恋人ですかね。彩子が気の弱い津田をまるめ込んで二人で殺した……いや、下手な考え、休むに似たり、ですね」

「下手の考え、だ。行こうか」

車はファミリーレストランにおいて、国道を渡る。ギャラリー・彩の手前で中尾は言った。

「主任はできればすぐにでも津田を引っ張りたい気持ちだろう。常識では津田以外には考えられんからな。だが、きょうは世間話でいい。それしかできん。わかるな?」

「わかりました」

ギャラリー・彩は間口は狭いが、白い洋館風で、一見なんの店かわからない。

「ファンシーショップみたいだな」と鈴木。

中尾は無言でドアを開けた。カランとドアベルが鳴った。奥行きはけっこうある。絵がずらりと掛けられているが、中尾の知らないものばかりだった。もっとも自分が知っているようなものがここにあるとは思ってはいなかったが。奥に休憩コーナーというようなスツールとテーブルがあった。落ち着いた照明の下に、女が立っているのに中尾は気づいた。そのわきのプライベートドアから出てきたのだろうが、静かで、気がつかなかった。

彩子だ。社長というか、ギャラリーのオーナーというわけだ。

「どうも」

つややかで長い髪だった。濃紺のワンピースで、胸元の肌の白さが美しい。ドアが開いて男が出てきた。小柄な男だった。

「どうぞごゆっくり」

という男の顔も白いが、病的な印象だった。

「いえ、どうも。津田さんで」

「はい、そうですが」

「八千代署の中尾と申しますが、少々うかがいたいことがありまして」

「なんでしょう」

「いいお店ですなあ」

「ありがとうございます。こちらへどうぞ」

「どうも。こちらは鈴木と申します」

鈴木が頭を下げる。津田はテーブルにどうぞとうながした。彩子は消えている。津田が出て、入れかわりに引っ込んだらしかった。

「お美しい方ですな」

「は？　ああ、家内です」

スツールの一つに腰をおろした。鈴木刑事が立ったまま手帳を出そうとするのを中尾は目で制した。鈴木も並んで腰をおろす。

「実は」と中尾は津田の目を見つめて、切り出した。「この店へ越してこられる前におられた天神町の貸家から、床下からですが、女の死体が出てきましてね」

「死体？」

津田は眉をひそめる。

「そうなんですよ」

「わたしがやったと？」

「なにか気づかれた点などうかがいたいのです。床下からおかしな物音がしたとかいうことは」

「べつに……わたしが出てからでしょう。関係ないと思いますが」

「それがですね。あそこに住んでらしたときにすでに死体は埋められていたらしいんですよ」

「それじゃあ、わたしが犯人だと言ってるも同然じゃないですか」

「だれなんですか、死体の女は。奥さんも知っておられるのでしょうな」

「冗談じゃない。知りませんね。わたしはだれもあの世に送ったりはしていませんよ」

「あの世ね……あなたは幽霊と話す実験をされていたとか？」

「調べたんですね……もっと詳しく調べてもらいたかったな。頭の硬い連中ばかりで嫌気がさしましてね。幽霊が存在するのは事実ですが、迷信で言われているようなものじゃない。霊はあの世から出てくるんじゃない。現実のエネルギーで生じるものなんだ。生体の記憶や無意識の力が量子に影響を与える……と言っても無駄でしょうね」

彩子がコーヒーを持ってきた。中尾も鈴木刑事も手をつけなかった。津田が一人でコーヒーをすすった。

「奥さんはなにか心当たりはありませんか」

「なんのでしょう？」

「つい一ヶ月と少し前まで住んでいた家の床下に埋められていた女の死体についてです」

「死体ですって?」

白い顔がさらに蒼くなった。ふらりと倒れそうだったが、立っていた。

「だれなんですか?」低い声で彩子が逆に訊いてきた。「女性ですって?」

「はい。身元がね、わからんのですよ。なさけないことに」

「八月中旬ごろ、一週間ほどあの家を空けました。そのときかもしれませんよ、刑事さん」と津田が言った。

鈴木刑事は手帳を出した。

「どこへ行かれました」と中尾。

「家内の実家です。商売の、研修というところです。家内の父親はこの道では名の知られた人でしてね」

鈴木刑事はその住所と、家を空けた日時を書きとった。

「ところで、あの家を借りられた理由はどうしてですか。ここからはけっこう離れてますが」

「大学を辞めたのが急でしたのでね」

「それにしても、この辺にもいくらでもあるでしょう」

「安かったのと、古い感じがね、よかったんで。子供のころを思い出す」

「なるほど。もうあんな家はないでしょうな」

「気分が落ち着く家でしたよ」

「ふむ。幽霊研究のためではなかったんですか。死体つきの貸家というのはまずないでしょう。幽霊の研究はどうされますか」

「研究は……残念でしたが……人間関係がつくづく嫌になりましてね。大学に未練はありません」

「そうですか。いや、お邪魔しました。またわずらわせるかもしれませんが」

「いつでもどうぞ」

中尾は立ち去る前に、ドアの前で足を止めた。

「そういえば、おたくには岡崎進の作品はありませんね」

中尾は津田の目に走った動揺を見逃がさなかった。

「その画家を、ご存知ありませんか。岡崎進です」

「さあ。なにしろわたしはこの商売は新米なもので」

「奥さんはご存知のはずなんですがね」

中尾は奥へ目をやった。彩子はいなかった。

「勉強不足で申し訳ありません。今度おいでのせつは……」

「ゆっくり拝見させてもらいますよ。では」

二人の刑事は表へ出た。無言で車に戻る。

バイクにまたがった不審な男が、車のわきにいた。

「どうも」

ヘルメットバイザを上げて、その男が言った。中尾と顔なじみの新聞記者だった。

「天神町の事件でしょう。あの店が怪しいわけ？　ちょっとだけ、お願いしますよ」

「あのギャラリーに幽霊がいる」中尾は車に乗り込んだ。「そう書いとけ。デスクも喜ぶぞ。社長賞が出るかもしれん」

「幽霊？　ちょっと、もう少し教えて下さいよ、中長さん」

鈴木刑事は車を出した。

「ブン屋さんか。気がつきませんでした。うかつだったな……どっちが刑事かわかりませんね、これでは」

「気にいらねえな。いや、津田だよ。やつは死体がだれか知ってるぞ。こちらが手を出せないのも知っていて腹で笑ってやがる」

「真犯人ですか」

「そこまではわからねえ。参考人で締め上げるのがいい」

「出頭拒否しますよ、あれじゃあ。しかし逮捕状は出ないだろうしな、すぐには。なにしろ決め手が――」

「あわてることはないやね。死体は消えやせん。事実は消えんよ。女が一人、殺されてるんだ。この事実は消せん。だれにも、な」

「はあ。……あの彩子という女、ぞっとするほど美人だったな。だけど、どっかで見たような気がするんですがね」

「おまえさんもか」

「おやじさんも？」

「生気がなかったな――ばれたんだろうな、岡崎との不倫が、亭主の津田に」

「浮気がばれたか。奥方のほうが強いと思ってたけどなあ。女はわからないや」

「男もだ」

そう言うと、中尾は署に戻るまで、ずっと黙ったままだった。

3

十月十八日は日曜日だったが捜査に休みはなかった。

被害者の身元は割り出せないでいた。訊き込みは続けられたが有力な情報は得られなかった。

応援も加わり、十数名の刑事たちに被害者の復顔されたコンピュータグラフィクスの写真、直接画面を印刷した、それが配られたのは土曜日の昼だった。

中尾は背筋にぞくりとしたものを感じた。津田彩子に瓜二つだった。

まるで幽霊だ。

幽霊を見た、などというのはもちろん、ばかげていた。しかし殺されたのが彩子だと仮定すれば、津田には動機がある。不倫の妻に対する怒りだけでなく、もっと、複雑にからみあった、劣等感や恨みなどを想像すれば、動機としては充分だった。もっと単純な動機で殺人を犯す者はいくらでもいた。

彩子とよく似た女を死体の身代りにして、一緒に暮らしているとすれば。

津田を犯人とする空気は濃かったが、決め手を見つけられないでいた捜査本部では、中尾の考えは突破口となるかもしれないと期待した。

「彩子の実家には妹がいました。そっくりでして」

津田の八月中旬の行動の裏をとるためにそこへ足を運んだ中尾は、双生児かと思われる彩子の妹と会ったのだった。

「しかし中長さん」丸井主任は腕組みをして言った。「実家というのは……遠すぎるよ」

「妹はそっくりですが、他人でも似た人間は探せばいるでしょう。津田はそんな女を見つけたので妻殺しを思いついたのかもしれない」

「いちおう妹を洗ってみるか」

「それと、彩子です」

「津田からはもっと詳しく事情聴取しないとな。別件でもなんでも連行して締め上げりゃ、吐くだろう……中長さん、どう思う」

そうできれば、時間はかかってもおとせるだろうと中尾は思ったが、確信はなかった。自分で提案しながら、裏がとれなくては津田にのらりくらりとかわされるだろう。

それに津田以外の犯人説も本部では捨てきれないでいた。八月中旬に不審な男が現場近くにいたという証言が入ってきていた。ズボンに土がついていたというのだ。事件はすでに広く報道されていたから、ガセネタかもしれなかったが、あの家の土台の構造上、津田以外の人間にも犯行は可能だった。

津田をいくら洗っても、女は出てこなかった。殺すほどの関係になった女は浮かばなかった。

彩子のほうにしてもそうだった。岡崎には恋人などいなかった。いるとすれば彩子だった。岡崎のアパートに行っている。津田夫婦が一人の女を殺す動機はまったく出てこなかった。

だが、殺されたのが彩子だとすれば。

「津田もホトケも逃げる心配はないでしょう」

中尾は言った。もう少し調べさせてほしいということだった。主任はうなずいた。日曜は雨だった。

ギャラリー・彩の向いのレストラン駐車場にとめた車で中尾と鈴木刑事はねばり強く、彩子、あるいは彩子の替玉の帰りを待っていた。

「もっと早く張りついてりゃよかったですね……帰ってこないところをみると、やっぱりあの女は彩子じゃなかったのか。気づかれたかな、津田に」

「津田は中にいる」

裏口はあるが、出入りは店の表のわきの路地からしかできない。

「津田に訊いてみますか。揺さぶりをかければ、案外……しかし生きているやつに、あんたは本当はだれなんだと訊くのもへんな気がしますね。かかりつけの医者とか歯医者とかはどこです、と訊くのもね」

「答えなければ白状したも同然だ」

「津田はとぼけやがった」

妻のかかりつけの医者など知らない、妻は外出中だと言った。

岡崎のところかと見当をつけて車を回したが岡崎もアパートにはいなかった。もう一度ギャラリー・彩に引き返して津田に会ったが、まだ彩子は帰っていないと言った。外出する彩子を目撃した者がいたから、間違いなさそうだった。

「……おやじさん、客のようです」

風雨が激しい中、車の窓越しに見えるのは男だった。傘に隠れて顔は見えなかったが、彩子ではないのは確かだった。

「こんな日に酔狂なやつだな。日曜だからかな」

男は中へ入った。

「殺されたのが彩子だとすると、だれですかね、あの女。女房そっくりな愛人というのもへんでしょう」

「ああ」

「岡崎なら本物と替玉の区別はつけられるだろうな。彩子と関係してるらしいから。面通しさせてもわからないほどそっくりでも、抱いてもわからんってことはね。恋人にもわからないほどそっくりな他人がいるとは思えませんよ。……ひどい降りだ」

鈴木刑事に言われると中尾の心も揺らぐ。自分は津田の第一印象に惑わされているのかもしれないと思った。しかし死体の復顔像はあまりにも彩子によく似ていた。違うか、と中尾は言った。

「そうなんですよ。あれを見たときはぞっとしました。コンピュータはおかしいと……しかしね。よくわかるもんだとは思うけど。死後経過時間てやつも素人にはわかりませんよね」

「苦労させられるわな」

「腐り具合でわかるのかな」

「いちばん腐敗が早いのは気管だそうだ。最後が骨というのはわかるが。臓器によって違うんだ。年齢によっても違う。大人の脳より子供の脳みそのほうが腐りやすいそうだ」

「ふうん」

「おい」

中尾は鈴木刑事の肩をつかんで身を乗り出した。

「彩子だ――いつのまに?」

二人の刑事は彩子を見た。その女は路地へと消えた。傘もささずに。長い髪が肩にかかった後ろ姿はたしかに彩子だった。黒っぽいロングドレスかコートだが、雨でよくわからない。風も強いのだが、髪はなびいていなかったし、濡れているようにも見えなかった。

が、彩子だ。

「行きましょう」

そのとき、無線が鳴った。レシーバマイクを中尾はとった。

『中長さんか。身元が割れたぞ。歯のレントゲン写真を見つけた。彩子だ。結婚前に実家近くの歯科医にかかっていてな、六年前のだが、ホトケのものと一致した。結婚後はどうやら歯を大切にしていたらしい。よく見つけたよ——聞いているのか？　やったな、中長さん。応援を向かわせたが——』

「踏み込みます。共犯の女もいっしょだ」

『替玉女房が帰ってきたのか。気持はわかるが、少しの辛抱だ。相手が二人では——』

「客もいます。わかりました。待機します」

「やりましたね」

「お？　鈴木、出せ、追え、あいつは——岡崎じゃないか？」

『どうした？』

「客は岡崎で——なにかあったらしい」

男がギャラリー・彩から傘もささずにとび出してきた。

鈴木刑事はエンジンをかけた。

中尾は、店へ行くと叫び、車を降り、ギャラリーへと走った。

ギャラリー・彩の奥に、中尾は見た。赤い。血だった。津田吉雄が胸にナイフを突き立てられて倒れていた。

床の血をよけて中尾は住居へ通じるドアから内へ入った。入ってすぐにダイニングキッチン。裏口のわきに階段がある。駈け上がった。

だれもいなかった。バス、トイレ、二部屋、押入れ、どこにも。窓をあけて路地を見下ろしたが、人の気配はなかった。女はいなかった。逃げられた。入れ違いに裏口から出ていったに違いない。

中尾は唇をかんで引き返し、店へ通じるドアそばに脱ぎ捨てた靴を持って裏口から出ようとし、そこにチェーン錠が閉じられているのを知った。さきほど見た彩子にそっくりな女は、ここには入らなかったのだ。

チェーンを外して路地に出た。鈴木刑事が男に手錠をかけているところだった。

駆け寄って、女はどこだ、とどなる中尾に、手錠をかけられた男が顔を上げて、笑った。

「女だ？　見たのか。そうさ、あんたが見たのは、彩子の幽霊だよ……あんたも見たんだ。でも、もう出ない。おれがあの世に送ってやったんだ」

4

男は岡崎進だった。

岡崎は彩子殺害事件の捜査本部のある八千代署に連行され、取り調べを受けた。

中尾が尋問し、鈴木刑事が記録した。丸井主任も加わっていた。

岡崎は落ち着きを取り戻しているようだったが、言っていることは支離滅裂で、中尾は岡崎の頭を疑った。

「おまえが、あの世に送ってやったというのは、津田吉雄のことだな」

「彩子もだ。いや、おれは彩子を救ってやったんだ」

「彩子に化けた女は、だれだ」

「彩子なんだ。彼女もそれに気づいてなかったんだ。自分が幽霊だということに。おれは床下から女の死体が出たとテレビで見て、ぞっとした……おれは幽霊と寝てたんだ。会ってたんだ、彩子が死んだあとも」

「それは彩子の偽者なんだ。なんど言ったらわかるんだ」

「それはこっちの台詞だ。なんど言えばいいんだ……あれは彩子の幽霊なんだ。彼女、床下の死体は自分だと気づいたんだ。きのう、おれと会った。シティホテルだ。助けてくれと言った。信じられなかった。幽霊から、床下の死体はどうやら自分らしいと聞かされたんだ」

「自分の言っていることがわかるか？」

「わかるさ。おれだって、最初から信じたわけじゃないんだ。警察が死体を見つけなければ彩子は、幽霊は、ずっといたろうさ。歳もとらずに……いや、これでよかったんだ。彼女は成仏したろう」

中尾は丸井主任を見た。丸井は壁によりかかったまますかに首を左右に振った。中尾はため息をついた。

「津田を殺した動機はなんだ」

「だから、言っているだろう……彩子を殺したのはやつなんだ。殺しておきながら霊をこの世に縛りつけておくのにやつは成功したんだ……正確にはどう言えばいいのかわからんが、やつはおれに言ったよ。自分は呪い殺すのではなく、呪い生かす方法を身につけた、と。彩子からも聞いたよ。津田が、殺されてなお生きているかのようにいまの彩子の姿を生んでいるのだというんだ。死者にはなにもできないんだ。幽霊というのは死者が化けて出ているんじゃない。生きた人間が呼ぶというか、生きた人間が幽霊をこさえるんだ。その力が強い人間はよく霊を見るわけだよ。生きている人間が支配しているんだ。すべてを。幽霊に取り憑かれるやつは、自分の外に出た自分の力で、自分を殺すんだ。幽霊が人間をどうにかするわけじゃない、人間が、幽霊を支配しているんだ。実体化した想いのエネルギーだと津田は言っていたよ」

「おまえは彩子の幽霊を消すために、津田を殺したというのか」

「何度もそう言ったじゃないか」

「ナイフはおまえのか」

「彩子から渡されたんだ。これで津田を殺して、自分を安らかにしてほしいと。きのうだ。ホテルの部屋で」

「おまえは津田のもと借家の床下から死体が出たとき、それが彩子だとすぐにわかったと言ったな。彩子が殺されたことはもっと前から知っていたんじゃないか？」

「いや、わからなかった」

「死体が彩子だとわかったと言ったぞ」

「きのう、わかったんだ。彩子から聞かされた」

「彩子は死んでいるんだ。おまえが会ったのは替玉だ。替玉だとわかっていたはずだ。何回関係した？　それでも替玉だと気がつかないとしたら、おまえはどうかしているんだ。信じてもらえると思っているのか？　あの女はだれだ」

「だから――」

「いいかげんにしろ。彩子を殺したのはおまえじゃないのか？　津田と替玉の三人で共謀して彩子を殺したんだろう？」

「違う。おれは彩子を愛していたんだ。本気だった。しかし津田は離婚に承知しなかった」

「いつの話だ」

「今年の初めだ」

「彩子のほうも離婚する気なんかなかったんだ。違うか」

「津田が大学をクビになってかわいそうだと言ってたが、本心は――」

「おまえの絵の才能に惚れていたんだろう。うまく描けば、ほめて、寝てやる」

「そんな女じゃない」

「――と信じたかったが、現実はそうではなかった」

「違う」

　岡崎は身を振るわせて叫んだ。

「悪いのはあの男なんだ。守ってやれなかった。あいつ、気の弱そうなふりをして、同情をさそっておいて、おれと彩子に復讐したんだ。彩子を、殺しながら生かしておいたんだ。あいつはそういうやつなんだ。悪魔のようなやつだ。ナイフで簡単に殺せるなんて信じられなかったよ。どんなに安心したかわかるか？　いや……起き上がってくるように見えた。あいつの執念が死んでなお残っているような気がした」

「それは矛盾しているだろう。死者はなにもできないという話と」

「そうだ。殺せば、もうなにもできない。津田の幽霊が出るとしたら、おれが望んだからだろう。何度でも殺したいよ。津田が彩子にしたように、苦しめてやりたい。だけど、安心したんだ。あいつが出てくればおれもまた苦しい……おれ自身がやっているわけだからな。もう二度と出ない。安心したよ」

「ナイフは替玉の女のものだな？」

「替玉なんかじゃない」

「わかった、わかった。彩子のものか？」

「ホテルに来る前に買ったと言っていた」

「おまえはその女に、津田を殺してくれと頼まれたわけだ」

「助けてくれと言われたんだ」

「ああ、そうだろう。で、その女はどこへ行った。おまえをわれわれに捕まえさせておいて、一人で逃げた。悔しくはないのか」

「だから、救われたんだよ。この世には二度と出てこない。おれは彩子を救ったんだ。あの悪魔野郎から。そうさ、彩子はおれとは遊びだったかもしれん。しかしきのうはそうじゃなかった。本気だった。本気でおれに救いを求めていたんだ」

岡崎は肩を振るわせて涙を流した。

「気持はわからんでもない。しかし、かばうのはあの女のためにならん。ほんとに愛しているというなら罪の償いをさせてやるのが愛情というものだろう」

岡崎は顔を伏せた。芝居もこのへんでおしまいだろうと中尾は感じた。

「吐いちまったらどうだ。なにかまだ言ってないことがあるだろう」

「聞きたいのか」

うつむいた岡崎がゆっくりと顔を上げた。無表情だった。

「ああ、ぜひ聞かせてもらいたいね」

「信じられなかったさ。あのときのおれの体験といったら……彩子は覚悟していたようだった。シャワーを浴びて戻るまでおれも信じてなかった。彩子は……彩子は鏡に向かって髪を梳《す》いていた……それから化粧をはじめた。口紅をひく前に、キスをしてくれないかと言った。そのときだよ……腐った臭いがして、彩子の顔が……崩れはじめたんだ。彩子は口紅を落として顔を覆った。助けて、という声は人間じゃなかった……裸だった。全身が腐りはじめた……そして髪が上に引き上げられて、すぱっと短くなった……おれはいつ服を着たのか覚えていない。アパートに逃げ帰った。ナイフを持っていたとは思えない。今朝、昼前だが、起きたらナイフは枕元にあったんだ」

鈴木刑事が目を大きく見開いて、中尾を、丸井主任を、見やった。

「髪が短くなった、だって？」

と鈴木刑事が低く、つぶやくように言った。

なにか合理的な説明がつけられるはずだと中尾は思った。報道陣には、死体の髪は散切《ざんぎり》と言ってあった。見せたわけでもないし、長い髪を上に引き上げてすっぱり切られたように、という表現はあえてしていない。だが、どこからかもれた可能性がないわけではない。事実、岡崎は知っていたではないか。

「きょうはこのくらいにしておこう」

丸井主任は煙草に火をつけた。岡崎は黙ったまま係官につれられて取調室を出ていった。

「いつまでもつかな、あの狂言が」

「精神鑑定が必要かもしれませんね」

「ああ」丸井主任は煙を吐き出す。「幽霊だ？　ばかばかしい。しかも幽霊が人間に取り憑くんじゃなく、人間が幽霊に取り憑いたから、それを助けるために——津田を殺した、だと？　なめられたもんだな、中長さん」

「まったくだ……」

しばらくして津田の家を捜索していた班が戻ってきた。寝室から髪の束が発見されたということだった。彩子の髪だろう。

津田が妻を殺したのはそれで立証される。彩子殺しは片がつくが、岡崎はどうなるのか中尾には自信がなかった。

「女を捜さないとな」

刑事部屋で丸井主任がつぶやいた。

「ナイフを買ったところまではわかってますから——行ってきます」

「頼むわ。それと岡崎の行ったシティホテルな、八千代シティホテル」

「わかりました」

鈴木刑事が無言で中尾について部屋を出た。

シティホテルのフロントは、彩子の復顔写真を見て、この女だと言った。そして、その客の忘れ物があると言い、カウンターに袋から出して並べた。口紅やブラシ、ファンデーションなどの化粧品だった。

「この女はいつ出ていった?」

「記憶にございませんが……」

「勘定は」

「たしかおつれ様が——急いでおられたようです。いや、念のためすぐに部屋を見にいかせたのです。万一ということがございますと困りますので」

「部屋にはだれもおらず、あったのはこの口紅などか」

「さようでございます」

「指紋とれますかね」と鈴木。

「やってみるさ」

女がナイフを買った店もわかった。ホテルの近くの雑貨屋だった。レジのチェッカーが女の顔を覚えていた。

「きれいな女《ひと》でしたよ。こんなものどうするのかしらと思って——」

それ以上の足取りはまったくつかめなかった。

「あのときおれがドジを踏まなければな……」

「幽霊か。あれを捕まえられますかね」

「帰ったら……塩と切り火だな」

「え？」

「いや。なんでもない」

雨が降り続いている。

奇生

この男が、というのがKに初めて会ったときに私が感じた印象だった。

私の待つ小部屋に若い刑務官につれられて入ってきたKは、とても故意に二親を殺した男には見えなかった。

ある事件が起こるとほとんど決まり文句のように「まさかあの人がねえ」という言葉がささやかれるものだが、それは噂する人人が犯人についてなにも知らないからだ。知っているのは犯人の外面だけである。そして犯罪とはそうした人間たちとは無縁な内側で発生するものだから、「まさかあの人が」という感想はむしろ当然だろう。

Kの外面について私が知っていることといえば、そうした無責任な噂をする人人、無責任というより、そうした人人にとっては正直な感想なのだろうが、彼らよりも少なかった。なにしろ私はKと初めて顔を合わすのだ。

いまは取り壊されてしまったKとその親が住んでいた家、その隣人たちは、家から出てきたKを見たり、ときに時候の挨拶をかわした。おとなしくて目立たない息子さん、ということだった。近くの書店の店員もKを覚えていたが名を知ったのは事件後のことで、Kがいつもどんな本を買っていったかまでは思い出せなかった。

私が取材したそうした人人のだれもが「あの人が」と言った。「信じられない」と言った。事件そのものが、殺人ということ自体が、信じられないのだ。毎日、新聞やテレビで報道される血生臭い出来事はどこか別次元の話であって、自分の周りで実際に起こるかもしれないなどとは考えたこともない人人の暮らす町だった。二十年ほど前のその町は新興住宅地、もっと以前は一面畑だったという。ローカル鉄道は通っているものの駅はなかったというほどの田舎だ。現在の町並からそれを想像するのはむつかしい。もはや新興地ではなかった。とはいえ何代にもわたる歴史があるわけでもない。都会のように人の出入りが激しいかといえばそうでもない。ちょっと歩いてみればそれがわかる。建て増しをしたと見える家が多い。私が育った町も実はそうで、だからかもしれないが、改装したり増築したに違いないという家がよく目にとまるのだ。この町を形作ったのはKの親にあたる世代で、いまは二代目に引き継がれようとしているのだ。息子に嫁をとるから増築するという図だ。子供が巣立って老夫婦だけという家もある。取材でたずねた老夫婦の家には出来たばかりらしいカーポートがあって、それとなくこのとってつけたようなカーポートについてたずねると、年に一、二度車で帰ってくる息子夫婦、もちろん孫もつれてくるという、そのために造ったものだという。この老夫婦がKについていちばんよく話してくれた。自分らはK一家がここに家を建てて移り住んでくる前にすでにここにいて……当時Kは小学校にあがる前だった——というような話はしかしすべて外から見たKについてだった。Kの家庭内に関することは、その老夫婦の家の真新しいカーポートが物語っているこの夫婦と彼らの息子との関係のようには、はっきりとしたものではなかった。

この二十年間にKの一家の内でなにが起こったのかについては、私は少なくとも事件に関する事柄は、その老夫婦より、詳しいに違いない。私は検察庁へ行き、Kが犯した犯罪記録というべき確定判決書を読んでいた。千頁に近い文書はKの半生記ともいえるものだ。そうした裁判記録とか判決書とか検事調書とか弁護記録とかいうのは、そっけない文章なのだが、下手な小説よりはよほど人間について、とりわけその弱さや脆《もろ》さについての真実が記されている。家の中で、犯人の心の内でなにが生じていたのか。マグマのようにどろどろしていて、うねり、震え、あるとき表へと噴き出し、自らと周囲を破壊するような行動となって現われるのだ。Kの場合はそれは親殺しという形をとった。

普段はまったくおとなしい人間が、突然殺人鬼になる。珍しくもない。人間の心ははかりしれないものだ。判決書にはそのへんが詳しく記されている。Kの場合も同様なのだが、しかし私がそれを読んで感じたのは……いくら読んでもどうもひっかかるのだ。それはたぶん、Kの家庭についていちばんよく知っているKの両親が語った言葉がそこにないからに違いなかった。なるほどKは犯行について語っているし、検事や弁護士もよく調べてはいる。だがKの最も近くにいてその内面を知っていたはずの両親はKに殺された。

殺された二人はなぜ殺されるのか知っていたろうか?

自分の息子に殺されるかもしれないと感じていたとは思えない。Kはときおり狂暴になったと自ら語っているが、実際にそれが表に出たことは、ただ一度の犯行を別にすれば、なかった。K自身がそうだったと言っているものの、現実に、たとえば父親を殴るとか窓ガラスを割るとかしたことはない。Kの家は静かだったのだ。たとえKの心の内がそうでなかったとしても、それを証明できる第三者はいなかった。

Kはまったく無気力に生きていた。高校を卒業したあと、なにもしなかった。大学を受験するという名目で時間をつぶしていた。登校拒否児ではなかったが、社会へ出ていこうとはしなかった。無気力症人間、アパシー人間だろう。やっかいな症状である。生きているのがめんどうだと感じつつ生きている人間だ。なぜ生きているのかわからない。目的がない。ただ生きているから生きている。薬物療法はさほど効果がない。家にこもり、安全なその巣から出ようとしない。散歩すらめんどうがる。社会と接触する気力がないのだ。

私にはわかる。かつての私がそうだった。家でぶらぶらしていたKはまるで私の分身のようだ。いつまでぶらぶらしているつもりだといわれても、自分ではどうにもできないのだ。苛立ち、不安になる。ときには物にあたりたくなる。だが巣を壊そうとは決してしない。犯罪など、とんでもない。警察沙汰となればいやおうなく社会機構と接しなければならない。それはアパシー人間にとって恐怖である。

だがKはそうではなかったのだ。信じられない。Kに会って感じたその第一印象は、Kの家の近所の人人の話も判決書の内容もすべて虚構ではないかと思えるものだった。

まったく、私の前に立ったKは、健康そのものという印象だった。

逮捕された当時テレビカメラが捉えたKの顔は、無気力症そのもので、頬はこけていかにも力がなかった。いまは違う。頬に肉がつき、とりわけその眼が私の注意をひいた。Kは私をまっすぐに見つめ、視線をそらさなかった。どんよりした目つきではなく、かといって挑戦的なものでもなく、私が刑務所で出会ったどんな服役者とも違うのだ。不安でもうちひしがれた様子でもなく、苛立ちも後悔も惨めさも感じていない。自信を感じさせる、眼だ。一瞬ここが刑務所内ではなく、成功したベンチャー企業の社長室かと錯覚させるKの目の表情に、私のほうが目をそらしかけたほどだった。

その錯覚は刑務官の声で消えた。腰かけなさいと刑務官が命じるとKは従順に、机をはさんだ私の向いの椅子に腰をおろした。刑務官も壁際の小机についたが、Kと同じくらいの若い彼はしかしKよりずっとくたびれてみえた。

どっちが囚人かわからんなと私は心でつぶやいた。刑務官とK、そして私とKのどっちが。Kにはまったく囚われ人というびくついたところがなかった。

ため息を聞こえないように小さくもらして、私は口をひらいた。

「元気そうだね」

「はい」

Kは一言そういって、黙った。機械的な返事だ。うなだれるでもなく、過去やいまの暮らしを思って窓の外に目をやるでもなく、あいかわらず私を見ている。私をさぐっている様子ではない。人なつっこい目で、唇には微笑みがうかんでいる。これはなんなのだと私はとまどった。

「いろいろと大変でしょう」

「ええ、まあ」

あまり大変さを感じさせないこたえが返ってくる。そして、黙る。ものおじしているわけではなさそうだった。落ち着いている。その様子はまるで自分の部屋に友人を迎えたかのようだった。しかし自分から喋る気配はなく、私がいったい何者なのかと訊こうともしない。

こいつはやはりアパシーだと私は思った。

無気力症の人間は自分のことを積極的に語ろうとはしない。語るべきことがそもそもないのだ。毎日毎日同じなのだから。外界と接触するのがいやで巣にこもっているから、情動を激しく変化させる刺激を受けない。まともな人間なら退屈で死にそうな日日。退屈さはアパシー人間も感じてはいる。だがその退屈から抜け出そうという力が、ない。それで退屈の上に退屈が重ねられてゆく。

ここでのKの暮らしぶりは、両親と一緒に生きていたころの生活と同じではないかと私は思う。舞台装置が変わっただけだ。K自身は変わらない。変わらないとしたら、どうしてKは両親を殺したのか。私にはそれがわからない。無気力な人間に殺人などという爆発的な力を要する行動がとれるはずがない。

「人はそれぞれみな違うんだ」

私はつぶやいた。Kは黙ったままだった。

「十年以上前だが」と私は続けた。「私は自分のような人間はいない、おれは最悪の役立たずだと思っていたよ。大学にはほとんど顔を出さず、二年で退学した。スチューデントアパシーだよ。似たような人間はいくらでもいる。しかしなんの慰めにもならなかった。他人は自分よりましだと思った。私は色弱なんだ。理科系に進むのでなければなんの問題もないと医者に言われたが、不公平だと思った。自分の魂の半分を食われたように感じた。そのうちに健康診断を受けるのがこわくなった。もともと内気なのが、もっとひどくなった。自分はどこにも就職できないと思ったが、そう思いつつ実は働く気がなかったんだ。

なぜあくせくと働かなくちゃいけないんだ？　みんな、なにが楽しみで働いているんだろうと感じた——子供のころからそうだったんだ。子供のころからというより、子供だからそう感じるんだ。遊ぶのが楽しかったものだ。大人は会社に行かなくちゃならなくて、かわいそうだと思っていた。好き勝手をして生きていたいという子供のまま時間がすぎてしまったということなんだ。いまはそんな人間が増えていて、珍しくもない。登校拒否どころか出勤拒否だ。しかし当人にとっては自分の問題だ。深刻だよ。遊びほうけているわけにはいかない、仕事はしたくない、遊ぶ気にもなれず、結果としてなにもせずに時間だけが経っていく。自分は社会にとってお荷物だと感じつつ、どうする気にもなれないんだ」

——おまえもそうだったろう。

そう言うかわりに私は言葉を切ってKを見た。Kは返事をしなかった。だが唇の端の笑みは消えていた。不快だ、という表情に変わっていて、それは私の告白への反応だろう。おもしろおかしい話ではない。話している私自身も苦しい。だれにも言いたくないことを喋っているのだ。理解できない人間ならどうということのない内容だろうが、それを不快に感じるとすればその人間にも覚えがあるのだ。Kはたしかに私の過去を理解したに違いない。

十年前の自分を見ている気がした。

Kはふてくされたようにわずかに唇をまげたが、あいかわらず私から視線をはずそうとはせず、しかしほんの少し顔を傾けたので全体の雰囲気がさきほどとはがらりと変化していた。

こいつは私をさげすんでいる。

「世間の荒波の間に出て行く勇気はないくせに、世間というものをばかにしているんだ。他人をみれば、なにをそうあくせくと働き、なにが楽しくて生きているんだろうと思った。家の中ではでかいことを言う。そのうちひとかどの人間になってやる、と。それにはまず行動するしかないわけだが、プライドばかり高くて、それを傷つけられるのが嫌で、なにもしない。鼻もちならない人間だ。それを自分自身で自覚しているものだから、もはやどうしようもない」

「どうしようもない人間か。まったくだ」

Kは初めて私から目をそらすと、独り言のように言った。長い間をつくらずに私は話を続けた。

「きみのことじゃない。私自身のだよ。昔のことだが。よく似ているかい、きみと？　似ている人間がいて、安心するか？　それではきみのプライドが許さないかもしれないな。この世には二人として同じ人間はいない。しかしとびきりユニークな者もまた、いないものだ。必ず似たようなタイプに分類できるんだ。ほんのひと握りの天才でさえ、天才というカテゴリーに入れられるのだからな。きみは過去の私と似ている。だけど同じタイプではないだろう——きみ自身はどう思う」

「コネがいるんでしょうね」

「コネ？」

「取材なんでしょう。よくここに来れたなと思って」

まったく話がとんでいる。勝手なものだ。他人の都合などどうでもいいのだ。

「そう、人脈は財産だからね。こういう仕事をするようになって、世界が広がったよ」

「どういう仕事？」

「物書きさ。フィクションとノンフィクションの中間というかんじのやつを書いてる。きみもやってみないか。自分のことについて書いたらいい」

「なぜ」

「なぜ？」

Kはまた私を見つめた。せせら笑うような表情で。口を閉じて。黙る。

「世に出たいとは思わないのかい。自分を表現し、認められたい、とは？　私はいつも思っていたよ。どうせだめだと思いつつ、そのうちにと思いながら、手段がわからなかったんだ。無気力なまま、三、四年があっというまにすぎたよ。私はきみと同じように両親と一緒だったが、いつか、そのうち、という言葉ではごまかしきれなくなった。世間体もあるからとにかく働くなり大学へ行くなり、アルバイトでもなんでもいいから、ぶらぶらしているなという。苦痛だった。できるならやっているんだが、理解されない。生きていてもしかたがないと思う。人生への執着なんかないんだ。しかし自殺なんて、できるわけがない。死ぬのも面倒くさいんだ。働かない子供には食わせないということを親に本気でやられたら飢死していたかもしれないし、それで治ったかもしれない――しかし現代病といわれている無気力症というのは、病気じゃないんだな。無気力症が原因で自殺するやつはいない。絶対にそんな例はないよ。あるとすれば、無気力症で鬱病になって、その回復期に自殺する、というものだ。私も鬱病になりそうだったが、怠《なま》ける口実がみつかって、発症せずにすんだのだと思うよ。作家になる、というのが口実だ。格好だけでも修業中の真似をしなくてはならなかった」

「運がよかったんだ」

「そのとおりだ。書きちらかしたものを母親が清書して雑誌の新人賞募集というやつに送ったんだ。やめてくれと言ったんだが。死ぬほどいやだった。だが一次予選で自分の名が出ているのを見て世界が変わった。活字になった自分の名には魔力のようなものがある。結局それはおっこちたんだけど、その後は、無為に生きていた時間さえ修業をしていたんだと思い込めるくらいだった」

「ぼくを書くんですか」

「きみという人間を知りたいんだ」

「自分を書いたらいい」

「初めて活字になったものは、そうだったよ。世の中には自分とはぜんぜん違う、想像もできないタイプの人間がいると気づいたのはつい最近のことなんだ。多くの人にそれを知らせたいと思うようになってね。つき合う人の数もふえた。いまならコンピュータネットワークもある。もし十年前にそれがあったら、私は別の道を見つけていたかもしれない。無気力ではないが無行動人間とでもいうべき人間になっていたかもしれない。いまはそういうタイプの人間が出現している。テクノロジーが人を変えてゆくんだ。新人種といっていい。社会機構はマシンで、人は歯車、個性は必要ない、いくらでも交換がきく。そのように感じさせる社会に無気力な人間が出てくるのは当然だろう。ソーシャルマシンに組込まれた部品が大人だ、このマシンは人間という部品なしでも動いてゆくに違いない——現実はそうではないんだが、テクノロジーがそのように錯覚させる——子供のうちからそのような錯覚に慣らされて育つと、錯覚世界が現実になる。自分には価値がないという悪夢のような現実だ。それが幻だということは、恋愛でもすればすぐにわかるんだが、臆病になっているから、できない。家にこもる。典型的な無気力症の症状だ。私自身は、そうだった。きみは？」

「結婚しているんですか」

「ああ。人並みにね。独立して二年目だった。家を出ようと決心したときのことはよく覚えているよ」

それは私にとっては強烈な体験だった。結婚よりも、だ。自分は一生を分かちあえる女とはめぐり合えないだろうとあきらめていたところに現在の妻が現われたときよりも、ずっと強く印象に残っている。私が本当に無気力症から脱したのはたぶんそのときだった。

「一人暮しをすると両親に宣言したんだ。そのとき親はなんて言ったと思う？　あれほど独立しろ、家を出ていけ、自分で稼ぐがいいと言っていた親が、そうあわてて出ていくことはないと、ひきとめたんだ。いい歳をしている息子にだよ。一人暮しをさせるのに不安を感じたからじゃない。一人息子を手放したくなかったんだ。私にとっては天地が逆さになるほどのショックだった。頼りにしてきた親が、実はぜんぜん頼りにはならなくて、頼られているのは自分のほうなのだといきなり思い知らされたんだ。自分が無気力症に悩まされてきたのはまさにこの親のせいだと思った。過保護と不干渉の両極端な二親で、中間というものがなかった。私は本気で憎んだ。敵は社会ではなく、この家、この二人、最も身近にいる人間なのだと思った。憎んだ」

だが殺したりはしなかった。憎しみは独立を容易にしただけだ。私の場合は。

「気の毒に」

Kはそう言った。そして視線をそらした。

「だれが。私が？　それとも親のほうか」

Kは刑務官のほうへ目をやった。それっきりこたえようとしなかった。私は待った。一、二分だ。私には長い時間だった。が、Kは口を開く気配をみせなかった。長い沈黙だ。私のほうが耐えられなくなった。

「憎むというのはエネルギーを必要とするし、エネルギーを生むものでもあるんだ。無気力な人間にはできない。せいぜい苛立つくらいだ。私はそのとき自分は無気力世界から脱け出しているのだと悟ったよ。そしたら、できの悪い息子に憎まれている親というものが、かわいそうになった」

――おまえはどうなんだ？

Kは返事をしなかった。だが目をきょろきょろさせはじめた。もうすぐKは自らについて語りはじめるだろうと私は期待した。裁判記録にはない、犯行時の心境を。それは私が目を通した資料とは異る、それを否定するような内容に違いないと私は信じた。

「親というのは哀しいものだと思う」

私はほとんど独り言のように言った。

「私には娘がいる。まだ赤ん坊だが」

私の娘は無気力症にはなるまい。無気力症になるのは、たとえば肝臓の異常で鬱症状になる肉体的な原因によるものを別にすれば、男に多く現われる症状なのだ。女は男よりもテクノロジーの変化というものに順応しやすいものかもしれない。女は強い。弱味があるとすれば瞬発的な筋力だけだ。それも機械力でおぎなえるようになった現在、男の強さなど幻想にすぎず、それで無気力な男たちが増える。減ることはないだろう。男が女性化しないかぎりは。それでも世界を変化させ、変化させられていくのは、自分は強いという幻想を抱いた男たちだと私は思っている。男性的な人間と言いかえてもいい。進化や変化がよい方向かどうかはまた別の話だが、無気力な人間ばかりになって共倒れになるよりはましだ。弱い種は淘汰される。無気力症は社会の進化にとって必要ないものであり、それは古いタイプの男だけの症状とすれば、未来は女性と同数の男性を必要としないということだろう。私の無気力症が治ったのは私が女性化したのだといえるかもしれない。

いまの私は親を恨んではいない。無気力の人間のままだったら自分は本気で憎むことをしなかっただろうと気づいたからだ。いつまでそうしているつもりだ、どうやって生きていくんだなどとうるさく言う親をうとましいと思いこそすれ、しかし怠惰《たいだ》な毎日を続けてゆくには親は絶対に必要だと計算しているのが無気力人間の心の内なのだ。だからKがかつての私と同じくアパシー状態だとすれば、親を殺すことなどできるはずがなかった。

アパシーがなんらかの精神的な病によって生じたものならば攻撃性が表に出る場合もあるだろう。が、それは自分自身に向けられるものだ。彼をそのようにするのは、たいがいが身近な人間、家族、とくに子供の場合は親だった。心を正常にするには、憎むべきは自分ではなく親なのだという事実を悟ることが必要だ。「うちの息子はよく言うことをきく子で」という母親に育てられた大人は、だれが味方でだれが敵であるかを判断する能力が身についていない。憎むべきだという正直な心をおさえ込んでしまう。相手が親ならとくにそうだ。親を憎むなんて悪い子なのだから、憎しみは自覚されず、内にこもり、安全弁がないから張りつめていき、心を病むようになる。脅威は感じているのに敵の正体がわからないでは、人間はまともではいられない。カウンセリングを続けて、敵は親なのだと自覚すると安全弁が開く。憎しみを感じる。そして治る。

Kは治ったのだろうか？　親を憎悪したのだろうか。治る方向への憎しみならば同時に正直な自分の姿を知り、本当の自分を取り戻した安堵を覚えるはずだ。攻撃性は消える。まともになった人間に殺人などやれるはずがない。しかし無気力な人間にもできない。それはたしかにそうなのだ。Kは無気力症ではなかった。だとすれば、いったいなんなのだ？　親を殺す直前までのKはどうみても無気力人間だった。突然変化したのか。それとも新しい種類の亜無気力人間なのか。私の前に得体の知れぬ人間がいる。

私の話は参考になっただろうかと私はKに言った。

鉄格子のはまった窓からの外光がKの顔の片側を浮かび上がらせている。

「役に立てばいいんだが。きみはやがてここを出てゆくわけだし」

「……出てゆく」

「そうさ。きみは模範囚だし、恩赦もあるかもしれないよ」

Kのまぶたがぴくりと動いた。外光に照らされた頬のあたりがまるで蛍光灯の下のように生気のない色になっている。不安な表情だった。なにを恐れているのだ？　将来のことか。

「大丈夫だ。きみは集団生活にうまくなじんでいるし。出ればつらいこともあるだろうが。つらい気持はわかるが、ここに来る前よりも出たときのほうがよりいい、そういう人間になるのが罪を償うということじゃないか？」

いやだというようにKは頭を振った。

Kは出所することをおびえているのだと私は思った。Kは所内ではおとなしくて、言われたことはきちんとやり、規則どおりに生き、いわば優等生だった。しかし自主性がみられないと、校長のように所長は言っていた。

いうなりになっていれば安心して生きてゆける。無気力人間にはいい環境だ。

わかりかけてきたと私は感じた。が、その感じを考えにまとめるより先に、Kが言った。

「ぼくは興奮すると吃音《きつおん》が出ることがあるんです」

「知っている」

Kは喋りはじめる。わきおこる不安を喋ることで中和させようとでもいうように。

「子供のころはそれでいじめられたりしたらしいね」

「ええ。子供というのは残忍ですからね」

「しかし親を殺したりはしない」

私は直截《ちょくせつ》に言った。だがKは動揺しなかった。平然とこう言った。

「いや、子供ならばこそやれるのだと思います」

「きみは大人だ。違うのか」

「みんな、そう言う」

「常識というやつだね。常識としてはきみは大人で、大人は人を殺したりはしない。常識だけで判断するなら、この世に犯罪など存在しない」

Kの顔はより血の気が薄くなったようだった。日が傾いたせいかもしれないが、いや、Kは緊張しているのだ。

「ぼくはまったく子供だった。ぼくの吃音を嘲《あざけ》る級友に仕返しをしたことがあるんです。校庭に手でぶらさがる式のシーソーがありましたが、自分のほうが下がったときに、いきなり手を放したんです。高く上がっているほうの級友はおちて足首を骨折しました。いい気分だった。ぼくには残忍なところがあるんです。もちろん、わざとやったなんて言いません。とんでもないことをしてしまったという顔で、泣いてみせたくらいだ。興奮していたから、言葉に詰まりながら謝りましたよ。たしか小学校二年のときだ。それ以後、ぶらさがり式シーソーは危険だというので撤去された。母はぼくが怪我を負わせた子の家に謝りにいきました。そうだ、ぼくも、入院中のそいつのところへ見舞いに行ったっけ。笑いをこらえるのに一苦労だった。謝りにいく母がぼくには理解できませんでした。あいつは骨を折って当然だったんです。からかわれるぼくの痛みに比べれば、首の骨を折ってもいいくらいだ。ぼくは母を憎みました」

「子供のときだね」

「そう。でもずっと変わらなかった。母はぜったい味方でいるべきなのに、悪いのはぼくのほうだと叱ったんです。いじめられたんだからいいんだと言うと、母はぼくを、他人を見るように、見るんです。故意にやったとは打ち明けなかったけど、母にはわかったんでしょう。ぼくを、悪魔かなにかのように嫌ったんだ」

「ほんとうに毛嫌いするといったふうだったのかな？　それがずっと大きくなるまで同じだったとは思えないんだが」

「そんなことをする子はうちの子じゃないと言われました」

「それは――」

「わかってますよ。でも子供は真に受けるものです」

「そのとき心に傷を負ったというわけか」

「そうです。母はぼくをうとましく思っていた」

「きみ自身はどう感じていたんだ、母親にそうされて」

「不安で、悲しかった。母はぼくを嫌うというか、畏《おそ》れているようだった。当然だろうと思いましたよ、実際ぼくは残忍な子供だったから。それでも、味方になってくれない母親は――恨みました。憎かった」

「不安と悲しみを感じたのは母上のほうで、きみを畏れても嫌ってもいなかった、とは思わないか」

「どういうことか、わかりませんが」

「つまり、きみの母親に対する感じは、母ではなく、自分自身についての感じではないかということだ。きみは母を憎んだのではなくて、自分自身を憎んだんじゃないのか」

「どちらでも同じでしょう。みんな嫌いだった」

「嫌われてるなら、そこから出ればいい」

「子供になにができますか。嫌われようと憎まれようと畏れられようと、しがみついているしかない。捨てられないようにするしか生きていけないのが子供でしょう」

「それはわかるが、子供はいつまでも子供でいるわけじゃない。自立して自分のほうから親を捨てるようになるんだ」

「だからぼくもそうしたんです」

「捨てるというのは破壊するのとは違う。自立している人間は、ただ憎いというだけで他人を傷つけたりはしない」

「まともじゃなかったんです。ぼくはずっと子供のままだったと言ったでしょう」

　フム、と私は一息ついた。

　Kはゆっくりと喋った。慎重に言葉を選んで話している。言葉には心の昂ぶりは現われなかったが、Kは興奮しているようだった。静かな、昂ぶりだ。

「父上はどうだったの」

「家ではなにもしない人だった。遊び相手にもなってくれなかったです。情が薄いというのとは違うようだった。父にはぼくなど見えていないようでした。そうだ、たった一度だけスキーに行ったことがあります。ぼくは初めてで、父に教えてもらおうと思ったけど、父のほうはいかにも面倒くさいというふうだった。一人で勝手に楽しんでいましたよ、息子に邪魔されるのはごめんだというかんじで。スキーがうまかったわけじゃないんです、趣味なんかない人だった。いや、将棋が趣味らしきものだったかもしれません。これもスキーと同じく、教えてくれというと、覚えてから相手になってやろうと言った。こんなのは父親じゃないと子供心に思ったものです。他の家の子が、父子でキャッチボールなんかしているとうらやましかったな。ぼくの父はちょっとおかしいんだと思いましたよ。毎日きまった時間に役所へ行き、きまった時間に帰ってくる。役人でした。まるでロボットのような人だ。きまりきったことしかしない。なにが面白くて生きているんだろうと思ったものです」

おそらく何気なく言ったのだろう、しかし私はその、なにが面白くて生きているんだろう、という言葉を聞き逃がさなかった。

「なにが面白くて生きているんだろう、そう思った？」

「ええ」

「無気力人間はみなそう感じている。私もそうだった」

「ぼくはあなたじゃない。ぼくは無気力な人間なんかじゃないです」

「そうかな。私にはそう思えるがな。ほんとによく似ている。私は色弱がきっかけで、きみは吃音症で無気力になった。原因はそれではなく、育った環境がそのような人間を作り出すんだ。ソーシャルマシンに、ロボット的人間だ。無気力症の人間はロボットにはなりたくないと思っている。ソーシャルマシンに組み込まれるのを嫌う。しかし社会の外では生きられないわけで、どうしようもなく家にこもる。心の内にこもるんだ。働くのはロボット的人間にやらせておけばいい、自分はロボットではないと自惚《うぬぼ》れる。実際にはロボットにもなれない欠陥人間なのに。現在では、いまの社会では、欠陥人間といわれてもしかたがない。未来ではどうかは知らないが。本当にロボットだけが働き、人間はみな無気力になるかもしれないね。セックスもばかばかしくなり――」

「滅びればいいんです、みんな。さっぱりするでしょう」

「女は無気力症にはならない。ニンフォマニアは男の無気力と対称関係にある症状なのかもしれない。それでバランスをとるんだ。人間は滅びないだろう。滅びるのは社会機構のほうじゃないかな」

「あなたはぼくを無気力人間にしたいようですね」

「そうではない、違うというの？　私はきめつけようとしているわけじゃないよ、だが——」

「ぼくは無気力な人間じゃなかった。ぼくは父と母に仕返しをしてやったんだ。吃音をからかい、いじめた級友にしてやったように」

「ずっと小学生のころから、犯行時まで、いつか殺してやると心に決めていたというのか。そんな気力はきみにはない」

　だが結果としては、実行したわけだ。

「小さいころはね、ただ困らせてやろうとしていただけでしたよ」

「それは反抗期というやつさ。きみの無気力症が現われたのは高校卒業の前後だ。子供のころのきみは正常だったんだ」

「大学へ行くといって、受験もしなかった。親がおろおろするのは小気味よかった。ぼくは残忍な子供のままの心でそれを楽しんだんです」

「受験して白紙で答案を出すことだってできた。きみはそうしなかった。調書によれば、体調を崩して行けなかった、という。いや、きみは、行けなかったのではなく、行かなかったんだ。行きたくなかったんだ。どこにも。ずっと殺意を抱いてきたというなら、二十歳になる前にもやれたろう。私ならそうする。きみは二十一でやった。どうしてなんだろう？　きみは、きみを守ってくれるいちばん大切な人間をこの世から消してしまったんだ。そのとき、どう感じた？　犯行直前きみはなにを思っていたろう？　殺意があったのだろうか？　私にはそこがわからない」

「ぼくはだめな人間だった」

Kの声は低かった。怒っているかのように。自分に苛立っているのか。怒りはこの私に向けられているような気がする。

「とんでもないことをしたと思いました。かわいそうだった。過去のことはみんな――自分はばかだったと悔みました」

「きみは、巣と親鳥をなくした自分がかわいそうに思ったんだね」

「いいえ、かわいそうだなんてこれっぽっちも思わなかった。いい気味だと笑いましたよ。でも死刑にはなりたくなかったですから。泣いてみせましたよ、刑事の前でも、検事にも、判事にも」

「判決書を読んだよ。子供のころ友だちを骨折させたというのも載っていた。きみが話してくれたことはみんな載っている」

「それではわざわざここに来たかいがないですね。ぼくには付け加えるような事柄はないですよ」

「そうかな？　きみは必死で自分は残忍な殺人鬼であったと、過去の小さな例をもち出し、それを拡大して語ったんだ。本心を隠すためじゃないかと私は思うんだが。私にはきみの無気力な生き方、その苦しみがわかるんだ。きみに両親が殺せるはずがない。しかし殺した。想像もつかないなにかが起こったんだ。Ｋ、私が知りたいのは、その、なにか、なんだよ」

「放っといてください」

Ｋは肩をおとし、うなだれた。

私はうなずいて、謝ったが、Ｋは私を見なかった。

「そうだね。悪かった」

私がいなくなるのをじっと待っているようだった。机にかくれて見えないが、Ｋの両膝におかれた両手は固く握りしめられているに違いなかった。

「Ｋ、これは私の想像なんだが——もし私がきみだったら、あのような状況はどうやって生じるだろうかと、考えたんだ。誤解しないでくれよ、想像であって推理なんかじゃないんだから」

Ｋは顔を少し上げて私を上目づかいで見た。私は微笑を返してやった。

「無気力な私には親は殺せない。生きるために必要だからだ。私にできることはといえば、殺したように見せかけることだけだ。事故だったんだ。殺意などないのだから、事故としかいいようがない」

違う。Kは叫んだ。それまで退屈そうに私たちのやりとりを聞いていた刑務官が、生き返ったような表情で私を見つめた。

そう、これが事故だったとすれば、すべて説明がつく。書類を読んだだけならばそんな考えは思いつきもしなかったろう。だが――。

「ばかげている。普通の人間ならそう思うだろうね。信じられないと思うよ。自分で刑務所に入りたがるやつはまずいないからな」

しかしKならそうしたとしても不思議ではない。Kに会い、話をして、私はそう確信した。Kは得体の知れない人間などではないのだ。かつての私がKの立場に立たされたなら、同じことをやったかもしれない。いや、私にはやはりできないだろう。私はKではない。それに、十年前といまとでは社会そのものが変化している。無気力症もまた変化していくのも当然だろう。

Kはより深刻化した新無気力症に冒されたのかもしれない。

「刑務所に入りたがる者はいるだろうが――そこから出たがらないという人間がいるとすれば、人生をあきらめた者だろう。なにが面白くて生きているんだろう、だよ。人生への執着はないが、生きるのをやめたいとは思わない人間にとっては、刑務所はいいところなのかもしれない。家にこもっているのとたいして違わないのだから」

刑務官がうわずった声で、「だからKは親を殺したというのですか」と言った。

「いや」と私は頭を振った。「事故だったんだ。故意にやったんじゃない」

「しかし事故だなんて。母親のほうはたしか首を紐で絞められて、父親は庭先でシャベルで頭をめった打ちにされていたのですよ。このどこが、事故になるんですか」

「外からは平穏に見える家でも、一歩内に入ればさまざまな問題を抱えているものだ」

「それはわかりますが」

若い刑務官はそれでもいぶかしむ色をみせた。

「無気力症の息子をもった家は大変なんだ。親は。苛立ちや不安が渦巻いている。しかし息子はなにもしようとしない。行動に出るとしたら親のほうだ。なんとなさけない息子をもったことだろうと――」

「無理心中ですか。するとKは正当防衛で？」

「そうじゃないと思う。それとも、そうだったのかね？　両親そろってきみを殺そうとしたのだろうか？」

Kはこたえない。うつむいたままで、表情はわからなかった。身動きしなかった。

「では、事故とは、どういうんですか」

「息子とはまったく関係のないところでもちあがった事件だったんだ。と思う。親子ではなく、夫婦の間の。夫が妻のささいな愚痴でかっとなり、絞め殺した……」

父親が母親を殺したのを目撃した息子は恐怖する。衝撃を受ける。その息子が無気力症だったとすれば、私だったら、そのショックは安全な巣が崩壊したのを知らされたことによるものだ。

父親はどうするか。とんでもないことをしでかしたと後悔するに違いない。計画的な殺人なら息子に見つかるようなやり方はしない。

父と息子は、妻であり母親である女をはさんで茫然と立ちつくす。

われに返った息子は母親を助けようと、倒れた母親の首に触れる。それを見た父が言う、自首すると。

母親は死んでいる。脈もない。そして父は自首するという。自分はとり残されてしまう。財産などない家だ。働くロボットがいなくなったら生きていけないと息子は考える。そして、先ほど猫の死骸を埋めるために使ったシャベルを思い出す。

父親が家からいなくなれば自分の生は危うくなる。しかし自分が父親を殺せば、社会機構がめんどうを見てくれるだろう。息子はそう考える。

そこで息子は、気が動転している父を庭にさそい出す。うまくやるためには包丁などではだめだ。見られたら意図を悟られてしまう。それで後ろから、いきなりシャベルで殴りつけた。父は意識を失う直前、息子は母のかたきをとったのだと思ったかもしれない。それなら無気力な人間ではなくなったのだと感じたかもしれない。

異様な気配をとらえた隣家の老人が、父をシャベルで殴り殺している息子を目撃する。そして息子は捕まる。息子は、死刑にならないように、刑事の前で泣いてみせる……。

「殺したことにはかわりない」

私の想像話のあと、長い沈黙をやぶって刑務官が言った。

「しかし普通の、いわゆる殺意によるものじゃないだろう。自動的にやっているんだ。ロボットのように」

「利益を守るために行動するならば……」

そう言ったのはKだった。曲がっていた背を伸ばしたKは、私と最初に顔を合わせたときのような薄笑いともみえる笑みを浮かべていた。

「自動的だろうと条件反射行動であろうと、殺意は殺意だ。そうでしょう」

「フム。そう言うところをみると、私の想像はぜんぜん的外れだったようだね」

小部屋に笑い声が響いた。ぎょっとするほど大きなそれは刑務官のものだった。私の落胆ぶりがおかしかったのではなく、ほっとしたのだろう。

ほっとしたのはKも同様らしかった。Kも笑った。大きくはないが声をあげて笑ったのだ。

演技かもしれなかった。Kが殺人を犯したのは事実だが、その瞬間Kがなにを思ったのかは、K自身にしかわからない。想像はできてもそれはそれだけのことだ。

「猫の死骸、と言いましたね。あれもぼくが殺したんです。資料でご存知でしょうが、石をぶつけて殺したんだ。あなたはぼくの弁護を担当した人より優秀ですよ。偶然投げた石が猫に当たったんだとあなたは言うでしょう。いや、故意にやったんです。遊びですよ」

「遊びで親を殺したのか」

「それではいけないんですか」

「猫と親とは違うだろう」

「似たようなものだ」

「きみは無気力症なんかじゃない」私の声は高くなった。「そんな立派なものじゃない。きみは、単なる怠け者だ」

「怠け者に人が殺せるんですか」

理屈に合わないではないか、さあ説明してみろというようにKは身を乗り出した。私は嫌悪を覚えて身体を引き、椅子の背にもたれた。

「きみは、ここから出ていかなければならないんだぞ」

この言葉は、妖怪につきつけた護符のような効果があった。Kはぎくりと身体を緊張させ、そろそろと姿勢を正した。

「怠け者だから殺したんだ。きみは刑務所に入りたかったんだ。それは、無気力症人間が家にこもるのと同じ理由ではないか――」

あとはうまく言葉にならなかった。Kは、私が想像したよりもずっと単純な動機で両親を殺したのだ。

「きみは、きみは……」私は必死に言葉を探した。「きみは、ロボットになりたかったんだ」

ロボット。ほとんど無意識について出た言葉だったが、Kはまさにそうなのだと私は納得している。

無気力人間から見た周囲の人間はロボットだった。Kはそのロボットのほうに魅力を感じたのだ。そうに違いない。

一度だけ殺人というリスクを犯せば、あとはロボットになれるのだ。たまたま近くにいた人間が両親だった。なぜ殺したのかと問われれば動機を説明することができる。動機なき殺人では、あとがわずらわしい。警察で「なぜ殺した」と問われれば、答える。指紋をとるといわれれば指を出す。言われたとおりにやれば、なんの責任も負わずにすむ。判断したり選択したりする労力がいらない。入力されたプログラムどおりに動いていればいい。見たところは無気力症に似ているが、違う。社会に背を向けてとじこもるのではなく、社会機構を利用して、怠けるのだ。

「無気力症と怠け者とは違うんだ。きみは同じだと思ったのか。それで自分は無気力症ではないと。私にそうだと言われるのがいやだったんだろう。きみもある時期までは無気力症だったと思うよ。それが治るかわりに突然変異を起こしたのかもな。ウィルスが突然変異を起こすように無気力症も変異するんだ。奇型も生まれるだろうし。うまくいけばそれが生き残り、原型は滅びる。——死刑になっていれば消滅したろう」

「ぼくはうまく適応していると思います」

それは、自分は死刑になるようなドジはふまないという宣言に聞こえた。

「この内ではな。出ればどうだ？　いつまでもいるわけにはいかないんだ」

いったいだれのせいでこんな人間が出現したのだろうかと思いながら、私は腰を上げた。親のせいか。家庭環境か。社会機構そのものか。世界状勢か。生物界の流れのためか。こいつは死ななければ治らないだろうと私は思った。刑務所のある社会機構か、Kのどっちかが死なないかぎり、Kは当然、生き続けるわけだ。

「私が判事なら、きみは死刑だ」

私はドアの前で振り返って言ってやった。

「法律を無視してですか」

Kは無表情にそう言った。

「よくそうぬけぬけと言えるな」

ドアを開くために視線を移す直前、Kは、にっと笑った。親を殺してはならないという法律はない、とでもいうように。

「また会おう。出所するのを待っているよ」

「いつでも、どうぞ。ぼくは、ここにいますよ」

「おまえを、なんとしてでも、そこから引きずり出してやる」

「できますかね」

背後でKが言った。嘲笑《あざわら》う調子で。

私がその小部屋を後にしてちょうど三六五日目、Kは同房の受刑者を殺した。

忙殺

おれは忙しい。とにかく忙しい。フリーのルポライターといえば聞こえがいいが、頭に三文がつくのが正直なところ。

いつでも書く。どこでも書く。書けるときに書く。電車に揺られながら、歩きながら、寝ながら、女を抱きながら、テレビを見ながら、あることないこと、金になるもの、なんでも書く。速く書く。書きとばす。

注文があればもちろん書く。なければどの雑誌がどんな企画を立ててるかを探り、書く。自分でネタを拾って、売り込む。どぎつい雑誌が主だから、どぎつく書く。

情報源を維持してゆくには金がいる。一本の仕事の稿料はたかがしれてる。量をこなさないと情報を買う金が出ない。だからどんどん書く。書くには情報がいる。情報は高い。だからせっせと書かねばならず、つまり、これが忙しいということだ。

最近分裂的になってることは自分の文章を読めばよくわかる。しかしやめるわけにはいかない。

なにもかも忘れて街をはなれ、どこか広い空の下で昼寝をしてみたい。だが休めば見捨てられる。待ち構えているのはさまざまなつけだ。その恐怖を振り切って休む勇気も力もおれにはない。だから、せっせと、書き続ける。


「蒸発した連中の気持がわかるよ」

紅子はきゃらきゃらと笑った。こういう笑い方さえしなければいい女なんだが。

「だってモンチャン、奥さんも子供もいないじゃないの。年寄りじみちゃって、いやーだ」

「女房子供だけがしがらみじゃないさ」

なんだか、前にも同じ文句をいった覚えがあるような、ないような。

「あたしはどう」

「勝手にひとの煙草をとるな」

「ケチ」

「こちとら酒も煙草も自前なんだぞ」

「あらママが、ね、ちょっと待っててくれる？　すぐもどってくるから」

「どうせおれはケチな客さ。どこへでもいっちまえ、いっそこの世ごと消えてしまえ」

きょうのおれはどうかしてる。女に愛想をつかされるなんて。こんなことが積み重なるとだれからも相手にされなくなる。身の破滅だ。ひょっとしたらおれは自滅を無意識のうちに実行しているのではなかろうか。

紅子は席をはなれた。かわりの女は初めて見る顔の、礼儀正しい、上品な、やわらかな物腰で、あたりさわりなく、人をそらさぬ話し方をする、ようするに、紅子ほどの面白味のないホステスだった。おれは気が滅入った。

滅入ったところへ男がとび込んできた。つと足を出したら野郎がぶちあたったんだ。

「くそ酔っぱらいめ」とおれはどなられた。「なんの恨みがあるんだ」

かなり悪酔いしてる。知っているやつだった。学生時代からの悪友だ。

「景気よさそうだな、井村」

「しげしげと……ながめれば、太郎か、くそう、短い足しやがって……商売敵め、恨んでもネタはやらん……だけどおまえはいいよなあ、フリーだ」井村は腰をおちつけた。「――いいんだ、あいつらとのんでもうまくない。今夜はおれが奢るよ、どんどん、のもう」

「社用族は優雅でいいな。なにがあった」

奢るったって、やつの金じゃない。いい気なものだが、むろん口には出さない。おれはさほどに馬鹿じゃない。つもりだ。

「これだよ、これ、これ、この女」

井村は胸ポケットから一葉の写真をテーブルに投げた。床に落ちたそれを面白ない子が拾い上げて、あら、といった。「姫恵子じゃない」

おれは受け取った。大きなスカーフとサングラスに隠された顔は、たしかに肉体派女優の姫恵子に似ていた。背景は学校のような建物で、そこから出てくるところを隠し撮ったものらしい。

察しよく井村が説明した。「病院だよ」

「産婦人科か?」頭の中で記事が自動的に組まれる――しかし売れないだろうと思う。

「これが清純派のだれかならいいんだがな。姫恵子じゃ意外性がない」

「下の話じゃない、上だ。頭だよ、精神科さ。中里精神衛生病院だ」

「それなら、いけそうだが、でもなあ」

「ノイローゼぎみだったが、精神病じゃない。問題は、院長と、彼女の、仲だ」

「中里……中里、どこかで聞いたような。新聞だったかな、きょうの夕刊だったかに……そうだ、滔滔《とうとう》会の教祖が入れられた、その病院が、たしか中里病院だ」

「ああ、あれ」と面白ない子。「新興宗教の。あの教祖、精神異常だったのね」

「知らんなあ」と井村。

「氏家なんとかという名前だった……氏家、氏家数奇」

「スウキだ？　どんな字を書くんだ」

「数奇な運命、の数奇」

「カズヨリ、とでも読むんだろう」

「いや、スウキ、だ。間違いない」

「わかりました、わかりましたよ、一文字太郎くん、ご立派」

氏家数奇だ、間違いない、しかしおれ、どうしてこんな名前を知っているんだろう。夕刊見た覚えはないぞ……テレビかなんかのニュースかな。

「関係ないね」井村は首と手を振った。グラスを持っていたから水割りがシャワーになった。

「そんな男のことなんか、三文記事にもならん。姫恵子だ、姫恵子。中里の、この院長というのが、わりと若くて、いい男でな、女房もちなんだが、これがどうも異常じゃないかと、つまり入院する女患者と、ナニ、だよ。社会の敵だ。うちは堅い雑誌だぞ、おまえとは、発想が、違う。社会のォ、悪はァ、たたく」

「たたけよ。埃に気をつけてな」

「……やめろ、だとさ。外部から、圧力が、かけられたらしい」

「だれだ」

「知るもんか。中里病院か、姫恵子の真奈プロか、なんだかわからん。とにかく、やめろといわれた」

「信じられんな。おれのような浮草ならともかく、天下の英新社を黙らせることが、そんなやつらにできるとは考えられん」

「だから、のむ」

「たかだかそれしきのことで、おまえはお幸せだぜ。おれを見ろ」

「きたねえ顔だな」

これは、ひょっとするとものになるかもしれない、おれは思った。どんな方向に発展するかはやってみなければわからないが、掘る価値はあるとおれは判断した。


しかし一時間ほどかけて聞き出した真実は、井村の幼さだけだった。外から圧力をかけられて企画がつぶされた、だなんてとんでもない。井村は姫恵子の例の写真をどこからか手に入れ、また、中里院長がプレイボーイだという噂も仕入れた。ただそれだけだ。おれなら中里に犠牲にされた女を捜し出してしゃべらせる。しゃべらなければでっちあげる。井村は行動していない。自分でつかんだせっかくのネタを生かすこつがわかっていないのだ。あれを聴いてこい、これを取材しろ、といわれたことだけをやっていては出世はおぼつかない。部外者のおれにだってわかる。井村にもわかっていた。で、例の写真だ。しかし編集長なり企画会議なりを動かすには裏づけのある説得力が必要だ。

「なぜやらん。それじゃあポシャルのはあたりまえじゃないか。何年これで飯食ってるんだ」

「どうせ、だめなんだよ。上からの——」

「やめろ、やめろ、いつまでも下にいろ」

「おれはガセをつかまされた、くそう、だれかおれを妬《ねた》んでるんだ……はめられた」

呆れてものもいえん。慰める気にもなれない。もっとも、そんな気などとっくにない。他のことならともかく、立場は違うとはいえ商売敵に、ネタの生かし方、を教える馬鹿がどこにいる？　こいつはおれがもらった。


やりかけの仕事を徹夜であげたおれは目を血走らせながら中里精神衛生病院へ出かけた。

「眠れないのです」とおれはいった。半分は本当だった。職業は隠さなかった。

近ごろ多いですよ、と若い医者がうなずいた。「薬はのんでますか、睡眠薬は」

「あまり効きませんね」最近のおれは風邪薬ものんだことがないのだが。

「素人療法は危険ですよ。量はどうですか、多くをのまないと満足できない、というようなことはありませんか」

なんだか心配になるほどいろいろなことを訊かれた。それから血圧を測られ、聴打診され、目をのぞかれ、舌を出さされ、足を組まされ、膝をたたかれて、足がポンと上がった。

これでは中里の行状を聞き出す気力も消えそう。おれは直截《ちょくせつ》切り出した。

「院長先生に診てもらいたいのですが」

「紹介状はお持ちですか」

「そこをなんとかお願いします」

「大丈夫ですよ、一文字さん。精密検査の必要もないです。少しお仕事の量を減らすことですね。忙しすぎるのが原因でしょう」

この先生はおれの意図を見抜いていない。院長のスキャンダル、ひいては病院全体の信用問題に対する警戒的態度は見せなかった。口調が役人的そっけなさに変わったのは、おれに軽く見られたのがおもしろくないからだ。おれは、彼が身構えてくれたら、と思ったのだが、だめだった。これでは、スキャンダルなど存在しないのか、あるいはこの医師にかぎって知らないのか、見当もつかない。
二、三あたりを入れてみたが手ごたえはなかった。おれはあきらめて初診室を出た。院内案内図で院長室を探した。見かけより大きな病院だ。昔は田園風景の広がる閑静な地だったのだろうが、いまは団地や細切れ新興住宅が集まっている。地価もどんどん上がってるだろうから、この広い病院の敷地の潜在価値はおれの金銭感覚では計れまい。
だれにも見とがめられずに、あの角を曲れば、という所で職員らしい男に呼び止められた。どこへ行くのか、と男は立ちふさがった。

「丈夫製薬のプロパーの一文字と申しますが、院長先生にぜひ――」

「ジョーブ製薬？　聞かんなあ。医局か薬局で事足りるだろう」

「は、あの、新薬について御説明いたしたく」薬ものんだことのないおれに、どんな説明ができるというんだ。冷汗が出てくる。「新米でして、その」

うさんくさそうな目で見られたおれは焦った。軟派の世界なら絶対の自信があったが、こんな場所はなにせ初めてだ。

「名刺を」

「は？」

「名刺なしで商売してんの？」

絶体絶命。おれは息をつめて――どうすべきか、進むか、退くか――退かざるを得まい、しかしどうやれば格好がつくか……名刺を忘れたことにしようか、不自然だな――いっそ狂った真似をしてやろうか。

「一文字じゃないか」

「あ、先生、御苦労さまです」と男。

悪い相手が院長室から出てきた。意外な男だった。弁護士の笹木が硬い表情でおれを見た。悪徳野郎だ。ということは、中里病院にはやはりなにかある。

「これはお知り合いでしたか。どうも失敬しました」男は頭を下げて足早に去った。

一難が去って、笹木がまた難関だ。

「モンキーが、今度はなにを嗅ぎまわってる」

「忙しすぎてね、頭を診てもらいに。とうとう狂ったらしい」

「そのようだな。病人はおとなしくしてろ。大木は揺すらんほうがいい。上からでかい実が落ちてきて怪我をしてもしらんぞ」

「揺すりはしない。上ってみるだけだ」

「猿も木から落ちる。どうしてだかわかるか、一文字」笹木は煙草に火をつけた。「上る木を間違えるからだ。ここにはおまえに料理できる材料はなにもない」

笹木と肩を並べて、おれも病院を出る。笹木がいるのでは中里院長に会うのは無理だった。下手すると強制入院させられかねない。おれは笹木の、法を使って人間を自動処理機械に放り込むその手際のよさを、知っていた。反対に、社会的に死にかけた者を再生することだってできる。法とは自動機械であり、操る人間によってどうにでも動く――笹木はそれを教えてくれた恩師だ。なにを隠そう、おれはやつに助けられた経験がある。悪い女にひっかかって、金を払わねば告訴すると脅されたとき、逆に相手から金を取ってくれたのは笹木だ。いつぞやは、暴力団の恨みを買い、袋だたきになりそうなところで笹木の名を出したら、手の平を返したように待遇がよくなった――腹に風穴が開くところを、ぶん殴られるだけですんだんだ。

「おまえはどこも悪くない」外に出たところで笹木に釘を刺された。「健康そのものだ。病は気から、さ。休養が一番だ」

「そうだな……映画でも見て気晴しするかな、姫恵子とか」

笹木は眉ひとつ動かさなかった。どうやら色恋沙汰とは関係なさそうだ。笹木が関わっているとなると、不正経理か、それとも病院の移転問題かなにか——大きな金が動いている、あるいは動く可能性がある、らしく思われた。笹木のいうとおり、おれの出る幕ではないのかもしれない。

「そういえば」おれはふと思い出した。「氏家数奇という教祖がここに入院しているんだ。先生はその関係でここに?」

「教祖? 知らんな」笹木はいい捨て、でかい車に乗り込んだ。

おれは愛車のゼロハンをまたいだ。愛車は軽やかに走った。


ゴシップ記事以上のなにかが動いているようだ。しかし具体的なものはなにもつかめなかった。姫恵子の側をつついてみようか。だけど真奈プロダクションへ行って、「最近、姫恵子、精神病院通いだって?」などと訊いても無駄だ。それで名を売ろうとするのでもなければ。さほど落ち目とも思えないし。まず彼女のスケジュールを調べ、暇な時間をマークし、追跡する。時間と忍耐力がたっぷり必要だ。

少少気力が衰えてきたのを感じたおれは真奈プロへは行かず紅子のマンションへ向った。

「おはよう」エプロン姿の紅子は玄関ドアをすぐに開けてくれたが、「こんなに早く、なあに」と首をかしげた。十一時すぎだ。

この時間にこの部屋から出たことはあるが、入ったことはない。

「そうだ、ついにその気になったのね」

「どんな気？」

「バカ」

「彼氏にぶん殴られたくない」

「そんな男いないわ。知ってるくせに」

素直に信じられないのは仕事のせいだ。彼女の仕事じゃなく、おれ自身の。疑うことが商売だから。

「頼みがあるんだ」

「お金ならだめよ」

「どうして金だと思うんだ。——玄関先ではなんだから、上がっていい？」

「だめ」

女心はわからない。おれはため息をついた。

「実はね、精神病院に入院してもらいたいんだよ」

「ああ、かわいそうにモンチャン……いつ頭をうったの？　ゆうべもおかしいとは思ったけど、やっぱり」

おれは手短に説明した。

「中里の噂が本当かどうか、たしかめてもらいたいんだ」

「噂どおり狙われたらどうなるのよ、わたしは。恋人を危機に陥れて、ひどいじゃないの、見損ったわ、出てってよ」

「おれにはきみしかいない」面の皮の厚さにわれながら感心する。厚いついでにもうひと押し。

「これをものにすればでかいスポンサーがつくかもしれない、頼むよ、これはチャンスなんだ、おれを男にしてくれ」

「なによ、いい年して」

「もちろん無料《ただ》で、とはいわない」

「あたりまえよ」

「じゃあ、やってくれるか」しかし、いやな予感がする。

「わたしね、ダイヤが欲しいの。大きな。ティファニーでとはいわないけど、質流れじゃだめよ、蘭子がねえ、すごくきれいなダイヤをね、みせびらかすの、わたし、くやしくって」

「相手をよく見てからいえよ、紅子。おれは腹も出ていなければ成金の親父もいない。ダイヤだ？　ティファニー？　なんだ、それ、何語だ？　通じないな。食うのにせいいっぱいだってのに、冗談はやめろ」

「わたしを食べてもいいわよ」

「日当は店の日給分プラスアルファ、成功したら色をつける――なに、なんていった？」

「とにかくダイヤの指輪を買って。それでなきゃいや」

「わかった、わかったよ、まったく、どうしてダイヤなんてのがこの世にあるんだろう」

「結婚すれば共有財産になるじゃない、損にはならないわよ」

「妻のものは妻のものであって――とにかく、それとこれとは別会計で頼むよ」

ただでさえ忙しいのに、悩みがまた追加。寝不足の頭は回らない。ついでに首も回らなくなりそうだ。

おれは情報をもらい、紅子はダイヤを取る、ただしダイヤにはなんの意味も持たせず、いっさいの付帯条件をつけない――という交渉は決裂した。うまくいくはずがなかったんだ。入院してくれ、というのはあまりにも破廉恥《はれんち》な頼みだし、危険すぎた。職員として病院にもぐり込むにしても、そうつごうよく雇ってはもらえまい。しかしおれはどうしても中里の身上を知りたい。

「わかったよ、やめた。本職に頼むよ。リサーチ社だ、興信所、探偵屋。ダイヤ一個分も出せば張り切ってやるさ」だれが興信所なんぞに頼むものか。探偵の報告書を記事にしてなんになる。

「さようなら」

「待って」紅子はうつむいた。「待ってよ。話があるの……あの医師《せんせい》のことなら知ってるわよ、少しなら」

「なに？」

「よくお店にくるわ。モンチャンも見たことがあると思うけど」

おれは頭にきた。「なんで、それを早くいわないんだよ、まるで、おれは、猿回しの猿じゃないか」

「あまり役には立たないと思うけど」

「なんでもいい、教えてくれ、頼むよ。まずなかに入れてくれ」

よくよく考えてみると、いや、よく考えなくてもわかるんだが、ゴシップ記事ひとつものにするのに高級ダイヤでは元が取れない。おれはいったいなにをしようとしているんだろう。泥沼に足を取られた気分だ。

おれにとってこれは賭だ。姫恵子はもはやつけ足しにすぎない。笹木と出合ったことでおれの考えは変った。運がよければ病院経営の不正をあばく記事が書けるだろう。姫恵子と中里との情事が真実ならば、なお一般受けする。その記事を中里自身に買わせることだってできる。ダイヤモンドの一個や二個、〇・五カラットや一カラットなんか、安いものさ――

紅子のいれてくれたコーヒーをのみながら、自分のやろうとしていることにこんな理由をこじつけていた。自分の本心が見えてこない、なにをしようとしているのかわからない、なんだかわからないがやらねばならない、だれかに追い立てられているようなこの焦りは、なんだろう。

「夕刊、ある？」

「まだ朝よ、バッカねえ」

「きのうのだよ。新興宗教の教祖が捕まったというの、知らないか」

さあといいながらも紅子は席を立ち、夕刊を見てくれた。「……これか。ほら、この小さな記事よ。なんとか会の――トウトウ会か――の教祖、氏家カズキ――スウキ？ ふうん、でもこれがどうかしたの」

「中里病院へ入れられたんだ」

「そう。よく知ってるのねえ。――ええ、書いてないわよ。顔写真もない十行記事だもの」

「たしかに中里病院だと思うんだが……どうしておれ、知っているんだろう。まるでなにかに憑かれたようだ」

「疲れているのよ。少し休んでいく？」

「いや、忙しいから。じゃあ今夜――店の名前、なんだっけ」

「ほんとに、大丈夫？　からかってるの？　それとも忘れるほどたくさんなじみの店をもってるの？　ブルーリヴァ、栄通り滝ビル三階。またいらしてね、待ってるわ。ダイヤを忘れないでね」

紅子を抱きよせる。最近、物忘れがひどい。ダイヤモンド？　なんだ、それ。

女の攻め方――自分の書く軽薄な記事をベッドのなかで思い浮べている。紅子のポイントはどこだったろう、しかしどうしてこんなに気をつかわなくちゃいけないのかな、紅子、愛してるよ、きみはとてもいい……なぜこんな言葉をささやかなくてはいけないような気になるのかな。実際、おれはそれを口にしている……そうだ、親指の足だ、じゃなかった足の親指だ、紅子の悦びのポイントは。まったく色気がない。

なんだか得体の知れぬ、この義務感はなんだろう。ちっとも楽しくない。まるでプログラムを処理してゆくような味気なさ。オーガズム曲線のとおりに高まって、落ちる、ただそれだけのことでしかない――としか思えないのは、やっぱり仕事のせいかな。とすると一種の職業病だ。

める。

紅子を抱きしめたまま眠りたかったが、そうもいかない。冷たいシャワーで身をひきしめる。

「電話を借りるよ」

「忙しいひとね」ベッドのなかで紅子はいった。「もっと余韻を楽しんだらどう」

「そんなに優雅な身分じゃない。不満なら他の男を探せ」手帳に井村の名を捜す。英新社の、週刊リアルタイムス編集一課——「井村さんを。わたし？　真奈プロの者です」

「あなたにいてほしいの。いつもそばにいてほしいのよ」

「おれの身がもたないよ——いや、こちらの話、井村か、あの写真、どこで手に入れた」

「いやらしいわね、そんな意味じゃないわよ」

「どんな意味だ？　いまの声をあげてたのはどこのどなた？——いや、こっちの話、ほら、姫恵子の、昨夜、思い出せよ、おれ？　一文字太郎だ」

セックスの問題ではない、まったく、いやらしい記事ばっかり書いてるから、いやらしいことしか考えられないのだろうと紅子がいった。

「だまれ、どうしてセックスがいやらしいって？——いや、すまん、思い出してくれたか、なに？　わからん？　どういう意味だよ、おい、待て、こら、くそう、くたばれ——いや、紅子じゃないよ」受話器を置く。「この忙しいのにおまえなんかにかまってはおれん、とさ、井村のやつ。忙しいのはお互いさまだってのに、あいつ、何様だと思ってるんだ、ろくな仕事もできんくせに」

「出ていって」

「え?」

「出ていって。独りになりたいの」

おれは黙って部屋を出る。


アパートはわびしい。鬚を剃りながら留守番電話の録音を聞く。取材の仕事が一件、連載の打ち切りの件、テレビ局の知り合いからちょっとしたネタがひとつ、待っているわというバーの女の声が二種類——つけがたまってるんだ。脅迫めいた文句が一件、もちろん無視。原稿の催促が一件——なんだ、そんなの知らんぞ、嘘だろう? 忘れていたわけじゃない、そんな仕事の約束など覚えがない、が、捨てる手はない。

アパートを出、すぐ先の喫茶店でスパゲッティを食いながら飛び入りの仕事をこなす。同じような内容を、同じようなパターンで、書く、どんどん書く。書きとばす。

途中で真奈プロの友人に電話、姫恵子のスケジュールを調べてくれるよう頼む。「どうしてそんなに時間がかかるんだ、事務所の壁に張ってあるだろう——うん、すまん、頼むよ、三時ごろ、よろしく」

四時前、おれはアパートのベッドにぶったおれる。ネオンが輝く時間まで眠ろうと目を閉じたとき、電話が鳴った。

「これは録音です……だれだよ。ああ、あんたか」いわゆる風紀係の警官のひとりにおれはわたりをつけていた。「なに、滔滔会？　知ってる、新興宗教団体だろう、集団自殺教だとかいう。うん、氏家数奇、そうだよ」おれはベッドからはね起きた。「うん、しかし色っぽい話が専門だってのに、なんで氏家数奇なんか——中里病院？」やっぱりな。「院長がか？　そうか、恩にきるよ。——そんなには出せん。今回はあんたが動いたわけじゃないぜ、よく考えてくれ」情報料を値切るとろくなことはないが、一方、いいなりになるのもまたまずい。この辺の駆け引きが難しい。「お互い、綱を渡って生きているんじゃないか、仲よくやろうぜ。うん。じゃあ」


寝る暇もあらばこそ、おれは愛車のゼロハンで出かける。愛車は軽やかに走った。

街なかは夕暮れ、混みようがひどい。愛車は軽やかに走った。

信号で止められて見上げるビルの形が、ふと、むしょうになつかしい、夢で見たような、この瞬間を前にも経験したような——既視感を覚えた。いつだったろう。思い出せない。

そんな暇はない、思い出すべきはあの新興宗教団体滔滔会。退廃的、厭世《えんせい》ムードをもった、なんとも異様な、黒魔術を思わせるグループだときく。一人でも多くの信者を集め、最後には集団で自殺する、それが目的だともいわれるが、はっきりとはわからない。信仰の自由が保障されているんだから、なんでもすりゃあいいさ、迷惑をかけなければ。だが、自殺教だという噂が立つと、これは異常ではないか、というので話題になった。おれとは無縁の出来事だ。しかし滔滔会に親、兄弟、子をとられた者たちにとっては他人事ではすまされない。噂が本当なら大変だ、なんとかしてくれと警察へ訴えた。警察としても迷惑な話だったろう、会の実体がつかめないから、ぶっつぶす根拠がない。暴力団ではないのだ。そうこうしているうちに、教祖は狂っている、と訴える側はいい出した。訴え側の代表である弁護士は、知事に対して、教祖・氏家数奇を精神障害の疑いがあるとして医療保護を申請した。形の上では、警察署長が精神衛生センターに通報した。結果、精神衛生鑑定医が出むいたが、そこで氏家数奇は自殺を図ったので、医師はただちに緊急入院の措置をとった。それがきのうのこと、入院先は中里精神衛生病院、というわけだ。

ところが滔滔会にも顧問の弁護士がいて、不当な拘束は許せないと、警察、知事に対して抗議した。自殺しようとした、などというのは警察、鑑定医師、鑑定吏らのでっちあげだ、公権乱用だと、署にどなり込んだらしい。だいたい中里病院というのがおかしい、と弁護士はいった。なにを根拠にそう主張したのかはわからない。それを訊こうと思い、こうして出てきたようなわけだ。

「中里は色男だ。一度告訴されかかった前歴がある」風紀係の男は電話でいった、「結局示談になり、表沙汰にはならなかった」

「では、噂はほんとなのかな」

「噂？　だれも知らんはずだが、さすが早耳だな。おれはそれを思い出したのさ。そうとも、その教祖、氏家数奇は——女だ」

「女？」

「おもしろくなりそうだと思ってな。とにかく中里ならずとも手を出したくなる——」

「美人か」

「ぞっとする。妖しい、とはあの女のことだろうな。年齢不詳。見た目にも、二十とも四十とも……しかし、とにかく、ぞっとする妖しさだ。口ではいえん。これだけでも記事になりそうだ。怪しい会に妖しい女、どうしてだれもルポせんのかな」

「……髪の、長い女だろう」

「そうだ。——知ってるのか？」

「いや……なんとなくそんな気がしたんだ」

おれは……わけのわからぬ恐怖を覚えた。

滔滔会の顧問である八島法律事務所は栄通り友井ビルだと聞かされたが、そのビルがどこだかわからない。縁がないとなると、普段見慣れているはずのビルも実は目に入っていないのだ。銀行、証券取引所・商工会議所ビル、それらお堅い建物に囲まれるような友井ビルはいかにも小さい。そこへ入る入口がまたわからない。結局、銀行の裏口用かと思われるような小路がビル入口に通ずる通路だった。

事務所も小さかった。しみったれた感じだ。笹木が構える事務所とは比べものにならない。とても同業とは思えない。そして八島という男も。

「依頼者の秘密はいえない。あんたもジャーナリストのはしくれならわかりそうなものだ」

「ネタの提供者の名は決して明かさない。ぼくもジャーナリストの気概はもってますよ」

「マスコミは無用だ。あんたは信用できん」

「信用できるならマスコミを利用してやろう、そう思っているのではありませんか？　当節、マスコミの力は強大だ」おれはまくしたてた。「マスコミは大衆の声ですからね。大衆自身がそう信じこむと、これはもう本物の世論になっちまう。自分で考えるのが面倒だ、という人間がふえたせいでしょうかね、皆忙しいんで、続続と起こる事件の真相など、じっくり考えて自分の意見を組み立ててる暇がない。既製の判断か、思いつきの相づちで処理してしまう」意味など通らなくてもいい。立て板に水のごとくしゃべるのが、こつなのである。「たまに大勢に逆らう考えを口にする者がいれば、あいつはおかしい、といわれるか、そんな声は無視される。それが真実をいい当てているとしても。これを利用しない手はないでしょうが。わたしはあなたの味方ですよ」

「ブン屋、トップ屋、ルポ屋、記者、どんな名がつこうとかまわんが、とにかくあんたらを会に近づけない、それがわたしの仕事なんだ。帰っていただく」

「いつまでもつかな」

おれはもったいをつけて煙草をくわえ、卓上ライターで火をつけた。おれはずっと立っていた。笹木のところでは、こんな大きな顔はしていられない。部屋には机が三脚、書類戸棚、ソファとテーブル、知的な目をした若い女がひとり。ウィンクしてもにこりともせず、かといって軽蔑したふうの態度も見せない。反応がないというのは恐ろしい。完全無視されるほどにきらわれたのかな。この女も弁護士先生かしらん。

「会がなくなりゃ、仕事もくそもないぜ」

「本性が出たようだな」

「とんでもない。協力しよう、といっているんですよ、先生。中里はまともじゃない、そいつを知ってるんだ」

「そう。しかし証拠がない。手が出せん」

「たしかに」

「抜け道はいくらでもある。門外漢には頭のことはわからん。医者の思うがままだ。いくらでも重くできる。重ければ金が取れる。患者に支払い能力がなければ県と国が支弁する法《きまり》だから取り損う心配は絶対にない。良心を売れば金になるんだ」

「まさか」つい、口がすべった。

「まさか？　あんた、それをいいたいんじゃなかったのか」

新しいネタが手に入った。「本当ならひどい話だ」

「そういう疑いのある病院へ、くそう……あと二十時間だな。緊急入院は四十八時間が限度なんだ。本人または関係者の同意なしに継続入院させるには二人以上の医師の鑑定の一致が必要だ。措置入院の必要あり、というやつだ」

「中里が鑑定するのか」

「病院の場合、その管理者、つまり院長が診ることになってる。鑑定医というのは厚生大臣の名の下に登録されてる——忙しいんだ、帰ってくれ、相手をしている暇はない。これは重大な人権問題だ。三流トップ屋には用はない」

「きょうはこれで」女がショルダーバッグを手に、いった。「時間ですので」

「ああ、お疲れさん」ドアが閉じた。「まったく近ごろの——仕事をなんだと思ってるんだろう」

「必要になったら呼んで下さい。きっとお役に立ちますよ。今夜はブルーリヴァ、滝ビル三階にいますから。二、三ブロック先の」

「フン」

「中里がよく来るバーですがね。それじゃ」

おれは女の後を追って外へ出た。八島がなにかいったが聞く気はなかった。彼とはブルーリヴァでまた会えるだろう。ゼロハンではまさか、飛ばさないか、などといって女の子を誘うこともできないから、愛車は置きざりにして女を追った。

「きれいな髪ですね」

「そんないい方、きらいです」

「別に魂胆があるわけじゃありませんよ」

「見えすいてるわ」

「じゃあ話は早い」

「話はないわ」

「どんな話です」

「不幸を拾って肥る不良記者」

「だれが不幸なんですか」

女は立ち止まった。混雑をぬうように赤い車が近づいてきて止まった。ドアが開き、女が乗り、閉まり、排気ガスだけが残った。ばかにしやがって。時間を食い逃げされた気分だ。

人の波をかきわけて愛車のところまでもどるが、ふと思いついて電話ボックスを探す。

新聞社にダイヤル。「――そう、福寺くんを」

「一文字先輩。どうも、久しぶりです」福寺はおれの後輩。「すっかり御無沙汰で――いまどうされてますか」

「書いても書かなくてもいいような記事を書いてる。この時間は忙しいだろうから用件だけいうよ、実は、滔滔会の教祖のことを訊きたいんだが。そう、きのうの夕刊」

「このごろじゃあ、あの程度の事件は――ええ、もっとすごい事件《やま》ばかりなんで。ぼくはおもしろいと思ったんですがね」

「福《フク》が取ったのか」

「はい。奇妙な会ですよ。現代人は忙しさによって滅亡する、というのです。あ、ちょっと待って下さい。――どうも」

「じゃまをしてすまん。ぜひ会いたいんだが」

「七時半から自主研修に出席しなくちゃいけないので――三十分ほどで手があきますが。明日となるとまたどうなるか」

「忙しいところ、すまない。場所は」

「いまどちらですか――はい、じゃあ火星では。え、デスクですか、いまは佐藤さんが。はい、どうも」

三十分を利用して宝石店へ行く。

「同じ値なら小さい石のほうがよろしいかと存じます。もちろん当店には粗悪な石はおいてございませんが」

「目移りがするな」目移りなどするものか。問題は値段だ。おれは予算より少し低い数字をいう。

「まかせるよ」

「御婚約用でございましょうか」

「ウーム、まあ、そんなところかなあ」

「おめでとうございます。でしたらこれなどいかがで。少少御予算を超えますが」

「虫眼鏡をサービスするかい」

「は？」

「冗談だよ。うん、それでいい。小さいけど、しかたがない」

「いえ、これはなかなかよいお買物と存じます。肉眼で見える傷もなく、色もカットも極上で。――ネームはどのように。指輪の大きさは」

紅子には、傷だらけでも大きい方が喜ばれそうな気もしたが、もし事情が変わって手放すはめになった場合、買いたたかれるのではばからしい、とも思う。

「刻名は〝紅子へ〟……いや」待てよ、それよりは、「〝愛をこめて〟でいい。うん、名はいらない」

手付を払って、出る。まったく忙しい。

「忙殺される？」喫茶火星は混んでいた。「忙しいという意味じゃないか。国語力がなっちょらんな」

「あいかわらずのようで、嬉しいですよ、先輩。社ではお世話になりっぱなしで」

「先輩、はやめてくれよ、年寄りくさくていけない」

「先輩は先輩ですよ」

「忙殺される、か。殺は忙の強調語だ。忙しさに殺されるという意味じゃない。現代人が忙しいのはたしかだけど——なかにはそれで死ぬのもいるだろうが、それを忙殺された、とはいわん。言葉が違う」

「ぼくも謀殺、計画的に殺される、の誤りだろうと訊き返したのです。ええ、氏家数奇に会ったんですよ。かなり前ですが……そう、それもあると彼女いいましたよ。いい女だったな……近よりがたいというか、触れるのが恐ろしいような。——忙しさに殺されるのは、計画されたものだ、というのです。忙殺が、忙しさに殺される、という意味でも間違いではない、現代はそういう時代だといってました」

「現代人は忙殺される、か。おれなんかもう何度も死んでるってことだな」

「しかし先輩がまたどうして滔滔会を。ルポですか」

自分でも一瞬、なにをやっているのだろうと思い、それから姫恵子の件を思い出した。

「そうでしたか。中里病院がね。それがほんとなら問題だな」

「それより、忙殺について教えてくれないか、氏家数奇のことを。いや、福が書くつもりならもちろん横取りはせん」

「ぼくなりに一応整理してみたのですが——ばかげてますよ。SFにもなりゃしない」

「現実はSFよりも奇なり、だよ。貧弱な空想力を嘆いた友人の言だ」

「まあね、それはいえるかもしれない。でも逆が真とはかぎらないでしょう、ばかげてるのがすなわち事実というわけじゃない」

「おれが知りたいのは、福、彼女が、氏家数奇が精神異常かどうか、入院保護が必要なほどひどいのかどうか、なんだ」

「それはなんとも……専門家でないと」

「やっぱりそういう結論になるか」

「でも正直いえば、ここだけの話にしてもらえるなら——変わってるけど狂ってるようには見えませんでしたね、ぼくには」

火星の照明は淡いピンクだ。壁のパネルは火星ユートピア平原のパノラマ風景。パネル裏の光の効果で砂嵐が動いているように見える。おれは急に息ぐるしさを感じた。なんて殺風景なんだろう。おれはこんなところでなにをやっているのか。

頭を振る。

もし福寺の目が正しいとすると、氏家数奇は不当に拘束されているわけだ。一時的に保護が必要なふるまいをして緊急入院させられたにしても、精神病や神経症でないのなら、継続入院は違法拘束といえる。

「緊急入院の理由はなんだったんだ。理由というか、鑑定結果はどうだった」

「自殺のおそれがある、ということでした。くわしいことは公表されません。鑑定書の内容までは……でも氏家数奇個人はともかく、滔滔会は感応精神病者の集まりだろうとのことでした。つまり氏家数奇の異常幻想が精神的伝染で信者に乗り移っている、と。ぼくも初めて聞いた言葉でしたが、要するに集団ヒステリー現象でしょう。この場合、感応者である氏家数奇を隔離して感応反応関係を断ち切れば、他の者、被感応者は正常になるだろうという話でした。おそらく氏家数奇自身は、分裂症と診断されたと思います」

「だれが正常で、どいつが異常かといえば、すなわち医者に異常だといわれた者が異常なんだ」

「それは少し荒っぽい表現ですね」

「いや、真理だよ。おれたちには氏家数奇がまともかどうかわからん。福もさっきそういったろう。それとも、氏家は正常だといいはれるか？——そうとも、だからこそ不正を働く医師は許せん」

「先輩の目でたしかめたらいかがですか」

「氏家数奇に会ってか？　そうだな、やってみるか。手はいくらでもある。中里に弱味があれば。――なにか食うか？　とにかく出よう。このコーヒーはなんだか……火星の砂をブレンドしてあるみたいだ」

福寺に会ったおれは、社を喧嘩退社していらい足が遠のいていた割烹・天旬を思い出した。その天旬のおかみがおれを覚えていてくれて、奥の、営業用ではない間に案内してくれた。こんなもてなしを受けるほど親しくはなかったのだが、おかみはさかんにおれの身の上を気の毒がった。なんだかおれは社会の落後者、落ちこぼれのような気がしてきた。

「水割りでもやるか、福」

「いえ先輩、ぼくはゼミがありますので」

「そうだったな。おかみさん、おれもすぐ食事にしてくれ。長居はできないんだ」

「まあ、そうきらわなくても。でも忙しそうでなによりだわ。狭い部屋で申し訳ないわねえ、今度はゆっくりといらして下さいな」

そういえば、ゆったりと飯を食う機会が最近ない。「忙殺、か」

「氏家数奇に感応されましたか」

「どういってるんだ、教祖様は」

福寺は紙袋から資料らしい書類を取り出して、よこした。おかみは出ていった。

「科学部の友人に手伝ってもらってまとめたものです。これは教義というよりは理論だろうな。ぼくには氏家数奇のいう言葉はぜんぜんわからなかった。録音テープを基にして、友人が編集してくれたものです。科学的だけど科学ではないそうです。立証不能だ、と」

「一口でいうと、どんな内容なんだ」

「よく理解できないので、一言でといわれても……つまり、忙しさが減少しないという仮説を熱力学の第二法則、閉じた系のエントロピーは増大する、という法則に結びつけ、こじつけた、といったところでしょう」

「こじつけか。似非《えせ》宗教にはよくあるな」

「でも、これを間違いだと否定するには、第二法則自体が不完全であるか、あるいは法則の適用のしかたを誤っているか、のいずれかであることを証明しなくてはならない。いや、これは友人の受け売りでして」

「文明が熱的死するかもしれない、という説はよくあるし、珍しくもないよ」

「ここに書いてあるのは、まあ、その意味ではわりとまともですけどね」福寺はひとりうなずいた。「続きがあるんですよ。というより氏家数奇の話はここから始まるのです」

「それは書いてないのか」

「小説だと断っても新聞には載せられないと思います。笑わないで下さいよ、先輩。彼女の話によれば、その理論は、内閣調査室が将来の社会動向をデルファイ法で予測しているうちに得られた法則だ、というのです。デルファイ法というのは、いろいろなバリエーションがありますが、ようするに一種の討論形式による未来予測といってもいいでしょう、アンケートを使ったりもします」

「知ってる。しかしそんな調査は知らんな。総理府統計局の調査ならおなじみだけど。内閣調査室、なんてきくとスパイ映画を連想する」

「調査は大規模なものでしたが、真の主宰者である調査室は表には出なかったし、むろんその意図も結果も公表されなかった。氏家数奇の話によるとその予測結果の一つが、ここにも書いてある、『忙しさの度合は絶対に小さくならない』というものでした」

「しかし、おかしいじゃないか。氏家数奇はどうしてそんな調査を知っているんだ」

「確認は取れなかったのですが、彼女、そのときの調査スタッフの一員だったそうです。想像をたくましくすれば、今回の緊急入院は彼女の口を封じるために調査室が陰で糸を引いているのかもしれない」

「そんな手間はかけないだろう、真実なら。氏家はとっくに殺されてるよ」

ばかばかしい、といいたかったが、話してくれと頼んだ手前、笑うわけにもいかない。

「世の中コンピュータ時代だ。機械化時代だ。どうして暇にならないんだ？」

「それを知るには忙しさとはなにか、を理解しなくちゃいけない——とここにも書いてあります。ええ、いろいろ前段を省きますと、ここです。「忙しさの静的絶対量は、仕事の処理能力容量と処理すべき仕事の量の差であらわせる」それから、「忙しさの度合（動的）は、仕事の処理能力容量の増分と処理すべき仕事の量の増分の差で測れる」そして、これです。「処理能力容量の増分は、そのために社会システムに吐出される要処理量の増分より大きくはならない」」

「おまえ、なにをいってるか、わかるか？」

「はあ……たとえば、コンピュータを導入して仕事の処理能力を上げても、そのコンピュータが処理する以上の新たな処理すべき仕事が、コンピュータを導入したことで、増える、ということです。反対に、稼動中のコンピュータを止めたらどうかというと、増分は負になるものの、その値のわりには要処理量の絶対量はさほど減らない。この法則によると、とにかくどう転んでも忙しさは小さくならず、社会システム内の忙しさの度合はその要素が動けば動いただけ大きくなるというのです」

「お経を聞いてるようだよ。さっぱりわからん」

「ここに図と数式があるでしょう——このコンピュータを、機械あるいは労働人口としても同じです。人間が増えても減っても、忙しさの度合はつねに増加する……。これがこじつけくさいと感じるのは、処理能力容量と要処理量とを同じ次元で考えがちだからです。

本来これは同じ単位では測れないでしょう。たとえばコストで統一するとこうなります——コンピュータを稼動させる金《ランニング・コスト》は、その結果得られる利益より大きい」

「……それならだれもコンピュータは買わん」

「コストで比べるからおかしくなるのです。コンピュータを使う側から見れば金では計れない利益というものも考えますし、また、社会システム全体から見れば、そのコンピュータが存在することによる要コストといえば、その機械を保守するための部品の製造費とか、完成部品の管理料とか、点検費とか、サービスマンの出張費とか、数え上げればきりがない。そしてそれらの因子がどれと、どのように、どの程度関わってくるのか、となるともうお手上げです。非現実的になる。ですからこの増分云云の法則は検証することがまず不可能です。もともと予測ですから」

「それをエントロピー云云と結びつけて、単なる予測でなく、一見たしかな法則にこじつけたのが、この書類だと？」

「そうですよ、先輩……疲れますね」

天麩羅《てんぷら》に刺身という妙な組み合わせが飯台に並んだ。どちらも好きだが、なかでも青紫《あおじ》蘇《そ》の天麩羅とイカ刺は好物だ。しかし近ごろはうまいやつにめぐり会えない。探す暇がないからだ。どうせ冷凍イカだと思うと食べてみようという気にもなれない。が、これはうまかった。一杯やりたい気分。

「おれには納得できないな。しょせん紙の上の空想にすぎないと思う。ゆっくり食えよ」

福寺は時計を見た。「しかし忙しいのは事実ですよ。……この仕事の量というやつを情報量におきかえることもできます。情報理論では、情報を負のエントロピーで測れるといっています。これが情報量で、単位はビット。すると熱力の第二法則はこういいかえられるでしょう、閉じた系の情報量はつねに減少する。情報量が減るというのはどういう現象かというと、物事があいまいにしかわからなくなる状態です。情報というのは加工されると含まれる情報量は小さくなりがちです。たとえば、ある事件を語り伝えるとき、伝わる情報量は小さくなりがち、つまり、あいまいになり易いでしょう。情報量を保っておくには努力が必要です。エントロピーを小さくしておくにはエネルギーがいる、といいかえられます。努力しなければならないとなれば、忙しいでしょう」

「情報化時代か……少しでもたしかな情報を追って東へ西へ、大変だ」

「情報処理手段は増えましたが、そのためにより多くの要処理量が山積みされる、という法則です」

「詭弁くさいな。と思いたいね」

「言葉の意味があいまいですし、錯誤もあるようだから、氏家数奇もよくわかっていないんじゃないかな。理論を自分のものにしていない、という感じをうけますね」

福寺はしばらく黙黙と食べた。あいかわらずの早食いだ。こいつは出世するだろう、ふとおれは取り残される焦りを覚えた。

「それでも、忙しさが減らないとすると、いずれ仕事の量が処理能力を上回って、放置されれば——社会システムは自己崩壊するわけです。しかも、それを防ごうとシステムの管理・維持の強化を試みることは、かえってシステムの崩壊を早めるだけ、という法則です。忙しさから逃がれるには、各人が現システムを維持するのを放棄するしかなく、それはようするにシステムの崩壊を意味します。これは別社会です。しかしいずれその新社会もシステム化されればまた忙しさが生じ、崩壊する——歴史はくり返す、か」——福寺はため息をついた。「こうして別社会に脱皮できるうちはいいですけどね。そのうちに人間の力では再システム化が不能になるときがくるかもしれない。それが現人類文明の終わりですよ。文明というのは人工システムのことですからね。案外、今のシステムが壊れるときが、即、文明の終焉かもしれない。すると人間は原始人のように自然界システムに完璧にくりこまれる。それとも自然そのものもすでになく、全滅するとか」

「現システムを修整することはできるだろう」

「そう。で、ますます忙しくなる。悪魔的な法則でしょう」

「ムムムムム……一言でいうと、知らぬが仏だな」

「妙なたとえですね。まとめるとこうなります——「忙しさの度合は小さくならない」その結果、「忙しさの絶対量はつねに増大する」のであり、「忙しさの絶対量を減らすには現システムを放棄する」しかなく、「新システムにおいても〈忙しさの度合は小さくならない〉法則は普遍である」から「いずれそのシステムも壊れるであろう」というわけです。――もう食べないのですか、先輩らしくないですよ」

「腹が……頭がいっぱいだ」

「エントロピーをつめ込みすぎたってわけですか。でもいい傾向ですよ、可能性を秘めているわけで。有効エネルギーを注ぎ込めば軽くなります。かわりに忙しくなるけど」

「しかし――いまの講義はこの書類の内容なんだろう、ということはここにはない氏家数奇の話はまだほとんど聞いてないわけか。くそう、なんだってこんなことに関わったんだろう、この忙しいのに――いや、すまん、おれがひっぱり出しておきながら。もとはといえば、この写真だ」

「姫恵子か……セクシーだけど……美人だけど、美しさとは無縁な気がするな」

「わからないな。氏家数奇はどんな女なんだ。美しいのか？」

「美しいというのか……感動しました。美というのは、そう、恐怖に似ていると思います」

「話してもらえるか、滔滔会のことを。いや、またの機会でもいいんだが」

「いえ、こんどは何時《いつ》とお約束できませんので……いままでの話は仮説ですから机上の空論として無視できます。しかし氏家数奇が続けて語ったのは、まるで雲をつかむような。

「……先輩も聞き流して下さい」

時間がないからかいつまんで話す、と福寺はいった。しゃべり出すと止まらない男だ。興味のない話を聞かされるほうはたまらないが、いまのおれにはありがたかった。たとえ福寺が、自分の鬱憤《うっぷん》をはらしたいがために、たまたまおれを話し相手に選んだにすぎないのだとしても。もしそうなら、おれは信頼されているか、まったく見くびられているかのどちらかだ。いずれにせよ、こちらの知りたい事柄を自発的に教えてくれる人間など、黙ってぐちを聞いてくれる友人と同じくらいに貴重な存在だ。

「滔滔会は自殺教などといわれましたが、その実体はもっとブラックな、悪魔的、呪術的な、邪教ですよ」

おひつからおかわりをもって、福寺は続けた。よかったらと進めた海老天を素直にとり、とにかくよく食べた。

「彼らの信ずる神はL《エル》と呼ばれ、氏家数奇はこのLと交信できるためにカリスマ的に崇《あが》められたのです。信者たちは——どういう人間が信者になるかというと、人を殺したい、と思っている者が入会する、殺意をもっていることが入会の条件となります。氏家数奇は、信者が憎む相手を呪術で殺す。そのかわり信者は社会とのつながりを断って氏家数奇とLに命をあずけるのです」

「おどろおどろしくなってきたな……ほんとに呪い殺された者がいるのか」

「わかりません。氏家数奇自身は、すでに千人以上殺したといってましたが。もちろん犯罪の臭いはどこにもありません。一日中祭壇の前で頭を垂れている者になにができると思います？　軽犯罪にもならんでしょう」

しかし、とおれは思った。「実際に信者がいるわけだろう。彼らが氏家数奇を見捨てていないという事実は不気味だな。どのくらいいるんだ。信者の人数は」

「それもまた、よくわかりません。彼女はこの街だけでなく全国を回っていますし……おそらく予想よりずっと多いでしょう。教会はここだけですがね。氏家数奇の目的は、忙しさの度合を増すことなく――忙しさの度合を減らすのは不可能ですから、増すことなくというのが最善なわけです――社会システムを小さくすることにあるらしいのです。信者は入会すると身辺の整理をさせられる。借金があるなら全額返し、なにかごたごたがあればそれを解決し、仕事も学校もやめ、遺書めいたものを書かされる」

「それで自殺教といわれたんだな」

「氏家数奇がやろうとしているのは、理想的にはこういうことです――ある者が死んでも周囲の者がなんの影響もうけないこと。無関心であるうちに人口が減ること。忙しさの度合を一定に保ちつつ人口を減らすこと。さらには忙しさの絶対量を減らすこと、つまり、人間が気づかないうちに現システムを崩壊させ、自動的に別システムに組み替えてしまうこと、です」

「彼女はこういうのですよ、信者になる者は異常性向、ないし、犯罪性向をもっている、これらは社会システムでお荷物になりこそすれ、貢献度は小さい。つまり不良因子だ、と」

「なんだ、そりゃあ」お茶が熱い。おかみが持ってきてくれたんだ。おかみは気を利かせて、すぐに出ていった。「えらく信者をばかにした話じゃないか」

「それで、不良因子が死ぬにしても社会の忙しさに影響を与えるから、それをできるだけ小さくする、できれば死んでもだれも気づかないくらいにしたい。これが身辺整理ですよ。理想的には家族ごと、親戚ごと、一族ごと全部消滅させたい。そうすれば遺産相続の争いや、失踪願いや、そんな社会を煩《わずら》わせる諸諸の事件を少なくできる。そして彼らが社会にさほど貢献していないのなら、その人間が消えたために生じる不利益も小さいでしょう。こうして万端ととのったところで、氏家数奇は信者の願いをかなえてやる。呪われた者は予告どおり死ぬ。その後、その信者は自ら死ぬ、あるいは氏家数奇に殺される……いやだな、寒くなってきた。誤解しないで下さいよ、先輩、氏家数奇の話なんですから。彼女がこういったのです」

「まさに邪教だな。まともじゃない」

「会ってみればわかると思いますけど、氏家数奇は冷徹な女ですよ。分裂的熱っぽさ、とりとめのなさは感じられなかったし、鬱的無表情というのでもなかった。たとえていうと、そうだな、医者がモルモットを指して、ほらこいつが不良因子だ、というのを聞いているかんじでしたね。超越的というか、非現実的というのか……しかし妙にリアルなんですよ」

「分裂的表現だな……しかしこう評判になっては、社会を騒がせては失敗だろうな」

「それはどうかな。騒いでいるのはごく一部でしかない。世の中、忙しいから……先輩にしてもいままで知らなかったわけだし」

「記事にしたら」

「先輩なら書きますか」

「……いずれにせよ氏家数奇を入院させたのは正解だと思う」

「中里のスキャンダルはどうします」

「それとこれとは別だ」

「もしかすると、氏家数奇は入院していようがどこにいようが、呪術を実現できるのかもしれませんよ」福寺は湯のみを両手で包んだ。「ある朝起きたら街の半数の人間が消えていて、しかもぼくらはそれに気づかない、そんな日がくるかもしれない」

「中里病院を紹介してやろうか。中里はしらんが、病院自体はきれいだ」

「やっぱり、感応されたのかな」

「やめてくれ、気味がわるい」

福寺は笑った。「じゃあ先輩、きょうはごちそうになりました。時間ですから」

「すまなかったな。なにかおれにできることがあれば、いつでも力になるよ——あ、ちょっと待ってくれ、八島という男を知らないか。弁護士なんだが」

「いえ。だれですか」襖《ふすま》の前で福寺は振り返った。「——滔滔会の？　ぼくがインタビューしたときはいなかったな。氏家数奇はそんなもの必要ないと思いますよ。その男も信者か、でなけりゃ、会のうまい汁を吸っているんでしょう」

「どうして、会を守る者を必要としない、といいきれるんだ」

福寺は少しためらった。そして真剣な顔つきでいった。「彼女、じゃま者は呪い殺せるといっている。ぼくも警告をうけました。公《おおやけ》にしたら死ぬぞ、と。むろん信じたくは……でも今回の騒ぎの最中に告発側の関係者が四人事故死しています。二件は自殺ですが……ぶっそうな世の中だから呪わなくても人は死ぬでしょうが」

「……わかったよ。口外はしない。福、ゼミなどやめて少し遊んだらどうだ」

そうもいかないと福寺はいい、出ていった。

おれはなんともわりきれない重い気分で畳に身をなげ出し、しばらくぼんやりしていた。

事故死、か。滔滔会の規模は大きいという。そのわりに知られていないのは、実際には小さな存在にすぎないからか、それとも――まさか。

「おれは疲れてる」

他人の声のようだった。

ブルーリヴァに顔を出す前に、おれはいったん愛車でアパートにもどった。もどる道道なにか肝心なことを聞きもらしているような気がしてならなかった。

信号の赤で止められるといらいらした。止められて、それでどれだけ時間を損するだろう、気にするなと自分にいい聞かせても、落ちつけない。こんなに悠長に待ってはいられない、忙しいのだ……しかし忙しさでどうして人間が滅亡しなくちゃいけないのだろう。

氏家数奇は、忙しさに殺される、といった。

福寺はしかし、忙しさが社会システムを壊すという仮説があるといっただけで、人間が忙しさに殺されるという具体的な理由の説明をしたわけではない。そうだ、それを聞いてない。

忙しくなって、どうしようもなくなった社会は、たとえば行政処理用にコンピュータを導入し、国民総背番号制を実施しようとするかもしれない。それが実現するまでは、なるほど反対意見やら国会でのごたごたやらで、なお忙しくなるかもしれない。このとき暴力的にシステムが破壊されるという可能性はある。あるいはすんなりと国民は認めるかもしれない。スウェーデンあたりではやっているんじゃなかったかな。もし、コンピュータを導入してなお忙しさから逃がれられないのだとしたら、スウェーデン社会はコンピュータ導入前とぜんぜん変化がないってことだ。暇になったのだとすれば、それはもはや旧システムとは違うのだ。コンピュータ行政を実施し、かつ暇になったのなら、その時点でスウェーデン人は旧システムを放棄した、といえる。これは単なる行政改革などではなく、新政治・経済体制の誕生であり、極言すれば新イデオロギーといってもいい。

　過激に別システムに移行するか、それともすんなり実現するか、いずれにしてもシステム変革の動因は忙しさにある、ようするに福寺はこういったのだ。忙しさから逃がれるためには修整ではなく変革が必要なのだ、と。ならば変革すればいい。修整という言葉を変革といい替えただけだ。それがどうした、単なる言葉の遊びではないか、それともおれが誤解しているのだろうか。それで人間が死ぬ、というのはおかしいではないか。そりゃあ、戦争なら死ぬだろうが、氏家数奇は戦争が起こるとはいっていない。忙しさに殺されるとはどういう意味だろう。戦争が起こるのかな。

　忙しさという言葉を感覚的に理解しているからわからないのかもしれない。忙しさの絶対量とか、度合とか、おれにはしかしさっぱりわからなかった。おれの考えている忙しさと氏家数奇のいう忙しさとは違うのかもしれない。あの書類を読めばそのへんがはっきりするのだろうが福寺が持っていってしまったし、どうせおれには理解できないだろう、なにしろ、とにかく、そんな暇はないのだ。

なにがなにやらさっぱりわからない。だが考えごとをしていてもアパートに帰りつけるから不思議。

留守中また電話が二件。メモし、着替えて、電車に揺られ、夜の街へ出る。

おれの頭のなかは、システムとか、忙しさとか、度合とか、不良因子とか、氏家数奇とかでごちゃまぜになっていて、中里とか姫恵子とか笹木とか八島とかはすみに追いやられていた。しかしそれでも紅子は忘れてはいない。ダイヤモンドの値段をどうして忘れられるものか。


「ねえモンチャン」と紅子。

「ウーム」とおれ。

「さっきから生返事ばかりね。どうしたの」

「ウーム」

「アイウエオがカキクケコしてるわよ」

「ウーム」

「だめだ、こりゃ」

「うるさいな、忙しいんだ、静かにしてくれ」

「忙しいようには見えないけど」

「忙しさがシステムの絶対量の度合になって不良因子を呪い殺す、だから忙しいのだ」

「なにをいってるのよ」

「おれにもわからん」

「気はたしかなの」

「自信ない。中里院長は来たか？」

「ただで診てもらうつもり？」

「だれが？　そうじゃないよ、院長の女関係を知りたい。まったくもう、ダイヤ、やらんぞ」

「あら、くれるの？　わっ、ちょうだい」

「やるかどうか決めてない。話を聞いてからだ。というより、その話がものになったらだ」

「ばっかばかしい、欲しいとも思わないわ。骨のために尾をふる犬じゃないわよ、わたしは」

「信用しているんだ。他の女には訊けない。頼りにしているんだよ。骨とダイヤモンドをいっしょにしてもらいたくないな。こちらの身が骨になりそうなんだぞ、ダイヤに食われて」

「ほんとに、買ったのね？」

「大きくはない」

「本気にするとは思わなかったわ。たいしたことは知らないの。それとなく訊いてまわってはみたけど。噂話程度よ。ものにはならないわ。——そのダイヤ、だれにあげるつもりなの」

「欲しい、といえよ、紅子」

「もらって欲しい、といいなさいよ。なら受け取ってあげるわ」

紅子は他のボックスへ移り、おれは体よくカウンターに追い立てられた。

半ペラとペンを出したおれは、水割りをやりながら、中里のことをそれとなくバーテンに訊いたりしながら、煙草を吸いながら、八島が来ないかと横目をつかいながら、書く。少少暗いけど、書く。だれにどんな目で見られようとかまわず、書く。時を惜しんで、書く。せっせと、書き続ける。


中里も八島もやって来ない。

おれは明日、中里と直談判し、氏家数奇に会うつもりでいた。そのとき彼がどう反応するか、興味ぶかい。記事になるかもしれないし、ならないかもしれない。やってみなくてはわからない。が、切り札なしでのり込む手はない。切り札とまではゆかなくとも、つまり証拠などはなくとも、ただ、自分の印象というか確信が必要で、自己信念が揺らげばもはや相手のペースにはまってしまい、とてもスキャンダルをすっぱ抜くなんてできっこない。おれはだからその前に中里の評判などを少しでも多く知り、一目だけでも見ておきたかったんだが、来ないのではしかたがない。

八島の動きをつかめないのも痛い。その動きがおれにとって有利なのか不利なのか、それによっては方法を変えなくちゃならないのだが。もし明日やつが感情的に中里のところへどなり込むとなると、それだけでもおもしろい記事になりそうだ。勝負は決まってる。八島は笹木にひどい目にあわされるだろう。信用も失うかもしれない。しかし子供の喧嘩じゃあるまいし、そんな展開にはなるまい。八島は筋を通し、氏家数奇の身柄をひきとりたいと主張するだろう。中里はどうするだろう、知事命令だから、と断るだろうか。まだ危険な状態だから、というだろうか。すると八島は、四十八時間たったら、ひきとる権利がある、という。他の病院で診てもらうというかもしれない。その必要はない、と中里。精神鑑定の結果はどこでも同じだろう、という。さあ、ここまでくれば、八島は中里と本格的に対立する。筋を通して話し、それが通用しないとなれば相手側がおかしいのだ。そこで八島がどうでるか——表沙汰にして争うか、たとえば違法拘束救済申請を出すとか。それとも……それともこんな筋書きなどナンセンスかな。おれは精神衛生法も精神衛生臨床学も知らない。八島が正しく、中里が良心的でないときめつける論拠をもっているわけではないのだ。

いずれにせよおれは氏家数奇に会いたかった。なぜ会いたいのかは、正直なところ、自分自身にもよくわからない。会わねばならないという義務感のようなものがある。氏家数奇に呼びよせられているような感覚だ。中里や八島はもはや脇役だった。しかしどうして氏家数奇を主役にしなくてはならないのか、それがわからない。いまやその気味わるさから逃がれるために、八島がどう動くか、とか、中里の女関係は、とか、姫恵子のスケジュールは、とかを考えているようなものなのだ——という事実におれはいま気がついた——ような気がした……おれは狂いつつあるのではなかろうか。自分のやっていることがわからないなんて。そのくせ忙しい。わからなければぼんやりとしていればよいものを。

紅子はひどく酔った。おれと紅子の関係を知ってるママが、紅子をよろしくたのむ、といった。

「冗談じゃないよ、ママ、おれは忙しい。酔っぱらいなんかタクシーに乗せてやりゃあ、勝手に帰るよ。帰巣本能は人間にもあるんだ。酔うとわかるよ」

「あなたがはっきりしないからよ、太郎くん、紅子がかわいそうじゃない」

「かわいそうなのはおれだ。太郎くん？　モンチャン？　まるで犬か猿だな」

「イーさんって顔じゃないもの。ね、なんでもいいから送ってあげて。危なっかしくて見てられないわ。あんな娘じゃないのよ。なにがあったの」

「夜はまだ序の口だよ」

「あれじゃ仕事になんないわ」

「クビにしたらいい」

「太郎くん、責任もつ？」

「わかったよ」おれはため息をついた。「今夜だけ、責任もつよ」

「明日はさわやかな顔で出られるように、お願いね」

「そこまでは――」

「だから男はずるい」

「どうして、おれがなにをしたっていうんだ」

「なんにもしないからいけないのよ」

議論は無駄だ。疲れるだけだ。

外につれ出した紅子はむっつりしていた。かと思うと突然きゃらきゃらと笑った。こういう笑い方さえしなければいい女なんだが。

タクシーを降り、マンションに入り、部屋の前までつれてきて、さようなら。

「開かないわよォ」

「バッグの中だろ、鍵は」

「どーこよ」

「どこ？　手に持ってるじゃないか」酔っぱらうとおれもこんなふうになるのかな。「こら、立ったまま寝るな」

「……気持がわるい」

「ちょっと待て、がまんしろ」

どうしてこういろんな物が入っているんだろう——鍵。ドアを開けて、入り、間に合わない。紅子はキッチンの床に胃の中味をぶちまける。きれい好きのおれの性分が、このまま帰るのを許さない。おれはこの女のなんなのだろう。ぐったりとソファで目を閉じている紅子を、ドレスをはぎ、ベッドに放り込む。

どうして床にはいつくばり、息をつめ、掃除をしなくちゃいけないんだろう。まるでだれかに命令されているようだ。せっせとやる。

錠をかけ、鍵をドアポケットに投げ入れて、おれはネオン街へもどった。収穫はなかった。酔った。


八時に起きた。少少頭が痛い。朝風呂に入った。まだ寝ていると思ったが、紅子に電話をかけてみた。出た。思ったより元気な声だった。朝食をいっしょにどうかと紅子はいった。「こっちへこない？」中里の噂を聞きたかったから承知した。

紅子のいれるカフェ・オ・レはうまかったけど、いまのおれはブラックか、熱い味噌汁がのみたかった。

中里は妻と別居中だ、紅子はゆっくりと話した。「でも、医師としてはやりてだわ」

「どうしてわかる」

「だって、いろんなところに名前を出しているわよ。学会の理事とか、こんど開かれる精神なんとかシンポジウムの実行委員とか、審議会のメンバーとか、とにかく忙しそう」

「それは経済的手腕の証明かもしれない……まだ若いんだろう」

「もう年よ。でも、そうね、年のわりには社会的な実力はあるみたい」

「離婚話があるのか」

「うまくいってないらしいわ。噂だけど。あの人たちのクラスになると、その交渉も弁護士どうしの話し合いになるらしいわね」

「弁護士か。――すると笹木はその件で来ていたのかな。なんだかややこしくなってきたな」

「話はこんなところだわ。役に立った？」

「中里を見てどう思う。印象だよ。好きなタイプか、それとも――」

「遊びのうまい男よ。相手をするのに楽でいいわ。話題も豊かだし」

「豊かねえ……気に入らんな」

「あらモンチャン、嫉《や》いてるの」

「うん」とおれ。「少し」

紅子はきゃらきゃらと笑った。こういう笑い方さえしなければいい女なんだが。

「大丈夫よ、いちいち本気にしてたら身がいくつあっても足りないわ。……そう、あの男、お調子屋なところがある。真剣味がないのよ」

「真剣に酒をのむやつがいるものか」

「モンチャンは悲壮なかんじじゃない、いつも」

「そいつはどうも、これからはせいぜい笑顔でやるよ」

「顔じゃなくて、雰囲気なのよ。あの男は苦労しらずというかんじだわ。先代の院長は偉かったそうよ」

「二代目か。別の苦労があるだろうな。どう、姫恵子と関係ありそう?」

「そんなの、わからないわよ」

「そりゃあ、わからないだろうさ。これから調べるんだから。つまり、やりそうな顔をしてるか?　女の直感で、どうだ」

「うん、十分考えられる。なにしろ弁舌さわやかでね、うまいの」

「おれもうまくなりたいよ」

「モンチャンが笑いながら水割りのんだら漫画よ。わたしの前では漫画にならないで」

「おれはいつも漫画だよ。——他に話は」

「ゆうべは……ごめんなさい」

「忙しかったから、たいした責任はとれなかった」

「なんの？　責任？」

「ママにいわれたんだよ、おれがはっきりしないからだと」

「それで、どんな責任をとってくれるの」

「女に一度だまされているから、責任、なんていわれると弱いんだ。なにか、慰謝料払わなくてはいけないような仕打をしたかな」

「弁護士に訊いてちょうだい」

「だれ？」

「嘘よ。恋はお金にならないわ」

「盲目になる。暇になるまで待ってくれないか。今朝はその話をしたかったんだろう」

「約束はできないわよ」

「恩にきる。じゃあ」

早早に解放されて助かった。別れるだの、いっしょになろうだのという話はおもしろいが、当人にとっては煩わしい。醒めていればなおさらだ。たぶん、紅子も醒めたのではなかろうかとふと思い、少少惜しい気がした。が、それは贅沢というものだ。感傷は時間を食う。忙しい人間にそんな余裕はない。


笹木法律事務所関係の者です、というと簡単に院長室に入れた。

中里は予想していたよりはずっと品のいい男だった。病院の管理者であり、また経営のトップをも兼ねている中里は忙しそうだった。

きょう会う予定はなかったと思ったが、と中里はデスク上のメモを取り上げ、おれを見た。おれは名刺を出した。もちろん、おれ自身の、本物の、名刺を。

「どういうつもりです。弁護士を騙《かた》ったりして？」

「弁護士だとは一言もいってません。そちらが勝手に想像しただけでしょう。笹木先生とは知り合いですが」

「ではまたの機会にして下さい。事務長に用件をいってもらえば——」

「氏家数奇の弁護士の八島という男にお会いになりましたか。八島は氏家数奇をどうしてもつれ出す気ですよ。場合によっては不当拘束救済申請を出すでしょう」

「いつでも、どうぞ。彼女に関する資料はそろえてありますし、求められればいつでも提出できる用意があります。あたりまえですが、処置記録は完備しています。不当な退院要求に対抗できないのでは、患者にもわたしどもにとっても不幸ですので」

「氏家数奇は、ではどうしても？」

「仮退院させるわけにもいきません。きわめて強い精神的伝染源と思われます。退院は自他ともに好ましくありません」

「院長先生が診察されたのですか」

「措置入院の要否は院長のわたしが診て決めます——失礼ですが、忙しいので、お話は事務長のほうに」

「姫恵子も院長先生が診られたわけですか。本名は岩渕征子というんですが」

「それと氏家数奇とどんな関係が」中里はせきばらいをした。「——あるのです」

「氏家数奇に会いたいのです」

「いけません」

「でしょうから、先生と姫恵子の関係を知って、それをネタに強請《ゆす》っているわけです」

「まるでピエロだ。哀しいですね」

「まったく。ねえ、先生、八島は病院のスキャンダルをあばこうとしています。もちろん、ないと先生はおっしゃるでしょうし、公的不正は法律問題がからんでくるから、そう簡単に八島の思うようにはいかないでしょう。笹木先生もついておられることですし。でもぼくのつかんでるネタは法律とも笹木先生とも関係ない。道義的な問題です。院長先生とぼくとの取引です。この情報は奥さんに渡すことだってできる。先生には不利ですよ。奥さん側の弁護士は泣いて喜ぶでしょうね」

「きみには関係ない」口調ががらりと変わった。「わたしだけの問題だ」

「では姫恵子との関係は否定なさらないわけですね」

「恐喝か」

「脅されているとお感じのようで。つまり姫恵子との情事を認められるわけですね。姫恵子は患者ではありませんか。それとも恋愛療法でもう治ったのかな」

「彼女は患者ではない。カルテもない。調べればわかる」

「ぼくは事実を書くまでです。姫恵子はぼくもよく知ってる。気だてのいい娘だ。口も軽い。これまでもよくネタを提供してくれましたよ」

「笹木くんと相談したほうがよさそうだ」

「先生がその気なら、ぼくはこのネタを最大限に利用するまでだ。奥さんに売り、八島にも売る。八島は先生の個人的スキャンダルを病院全体の責任問題であるかのように吹聴するかもしれません。それがまた記事になる。先生は法的責任でなく道義的責任をとらされるでしょうし、奥さんへの多額の慰謝料を覚悟しなくてはならないでしょう」

「きみは精神的に不安定だ。見ていてわかる」

押さえつけられ、麻薬を打たれ、気づいたら鉄格子の中、呼べど叫べどだれもこない——などと想像しておれは慄然とした。中里はそんなつもりでいったのではないと思う、とするとおれが精神的に不安定なのは本当だという理屈になる。「先生もね。精神健康診断を受けられたほうがよろしいのでは。ぼくはさっき受けてきましたよ。猟銃を買おうと思いましてね。問題ないそうです」むろん、口から出まかせ。「原先生だったかな、きのうも診てもらったけど、全然どこも悪くないと追い出されましたよ。診断書は友人あてに送っときました」

「なんのつもりだ。わからんな」

「ぼくは手のうちを見せている。どうです、氏家数奇に会わせていただけませんか」

「きみは滔滔会の」口調がくだけた。「なにかね。信者かい」

「いえ。忙しさの理論に興味をもちましてね。少少わからない部分があるもので。ただそれだけですよ。ルポする気はない」

「なんのことやらわからんが」中里は煙草に火をつけ、深く吸った。「で、会ったあとどうする。きみのもってるネタとやらはどうなる。一方的にわたしが不利ではないかね」

「あなたはもともと不利なのです。ぼくの出方しだいではもっと不利になっていたかもしれない、とお考え下さい。ぼくはあなたの不利益になる行動をとるつもりはない。氏家数奇に会わせてもらえれば、ですが」

「信用しろというのか」

「会わせてもらえるなら、この録音テープを差し上げます。特ダネのテープです」おれはポケットからマイクロ・レコーダを取り出した。「姫恵子との情事をお認めになった証拠のテープです」

「……わたしは認めなかったよ」

「自信ありますか?」

「よこせ」

「テープはまだ回っていますよ。注意してしゃべることですね」

おれは焦らなかった。なにせこれが商売なのだ。

中里は焦った。無視すれば不利益になるかもしれぬ、かといって、うまくいっても利益には結びつかぬ余計な問題がわり込んできたのだから当然だろう。

だめでもともと、とおれは思っていた。

下手すれば大損害だ、と中里は表情にあらわしていた。

「このテープはぼくの切り札ですよ」オフレコにしていった。「氏家数奇に会うための。正規の手続きを知らないものでね、ぼくのやり方でお願いにあがったわけです。氏家数奇に会う気がなければとっくに姫恵子の件は記事にしていますよ。彼女とは別れたほうがいいでしょうね」

「しかしそれほどまでして」中里は平静をとりもどした。「なぜあの女に会いたいのかね。少し偏執病的だよ、きみは」

「まるで……呼ばれているようだ。とにかく会わせてもらいたい。でなければこのテープは持って帰る」

「よろしい」中里は短くなった煙草を灰皿に押しつけた。どうやらおれの熱意の異常さに興味を覚えたらしかった。「つごうのいい日を知らせよう」

「いまだ、いますぐに。すぐでなければ取引はしない」語気の荒さにわれながらおどろく。

「すぐだ」

「きみは？　やはり狂信者か？」

おれは深呼吸して心を落ち着けた。

「氏家数奇と会ったあとでこのテープを渡す。おれは……事実を知りたいだけだ」

中里院長自らが案内に立った。おれの目的を知りたいらしかった。中里は医師の目でおれを見ていた。

隔離病棟は明るく清潔だった。看護士が中里に呼ばれ、つれ立った。窓の格子がなければ普通の病院と変わらない。その格子にしてもデザイン的にうまく処理されていたから圧迫感も閉鎖的な暗さもない。中里は歩きながら氏家数奇の記録をめくった。

「氏家数奇――本名、年齢、過去、すべて不詳。保護人は八島達夫、氏家数奇の財産管理者……親兄弟もわかっていない。警察署長の通報により精神鑑定、鑑定医は山中正之、結果は措置入院の必要を認む、入院期間は最低三か月。狂暴性なし、性的倒錯なし、言語障害なし……ただ、現実把握能力に欠けるところがある、論理の飛躍があり、云云、というわけだ」

「食事も薬もとらないので弱ります」看護士がいった。「どうしたもんでしょう、院長先生」

「担当は」

「木村先生ですが、きょうはお休みで」

「休み？　聞いてないな。なぜ報告しない。困るな、この忙しいときに」

ここです、と看護士。どうやら中里は氏家数奇を直接診てはいないようだった。おれはしかし黙っていた。

部屋は個室だった。普通の病室だ。自殺防止のための拘束室というようなものではなかった。それでも、花瓶とか余分の家具とかいうものはなく、ごく簡素だ。

氏家数奇はベッドの上で正座していた。窓の外を見ているようだった。いかにも外をじっと見つめているような後ろ姿だった。その髪は長く、黒く、つややかで、手入れのよさを感じさせた。惨めな印象はどこにもなかった。

「いい天気です」と中里。「よかったら少しお話し相手になってもらえませんか」

「どうぞこちらへ」氏家数奇は姿勢をくずさずにいって、そして、そして――こう続けた、

「一文字さん」

「どうして!?」

「きみとこの患者《ひと》とはどういう関係なんだ」

『注意して聴きなさい、一文字さん。この現実は現実ではありません。よく覚えておきなさい』

おれはめまいを感じた。寝不足だからだろう。壁によりかかった。視野が狭い。頭が痛い。

氏家数奇がゆっくりと振り返った。長い黒髪が流れ、横顔の白さがとてもきれいだ。顔がこちらを向く——氏家数奇はたしかに美しい女だった。しかし妖しいとは思わなかった。どことなく、中性的な感じがした。

『未来の記憶です。ラプラスのしわざです。彼は未来を予想するために設計されたコンピュータでした。でもいまは違います。彼は自意識を持つ新しい生命体です……彼の生きている時間はわたしたちの固有時間とは異なります。異次元といってもよいでしょう……ラプラスはすべての人間の意識を把握できます。わたしは彼と話せます。わたしはオペレータでした。頭のなかに彼と直結できるインターフェイスが入っています……マイクロ・プロセッサ……ピコプロセッサです……』

声は遠く、よく聞こえなかった。視界はますます狭くなり、やがて完全に閉ざされた。

だが氏家数奇の声だけは消えなかった。

『ここにもどってこなければ、あなたの意識は時間の歪《ひず》みによって消されます。ここ、とは中里病院のわたしです。ラプラスは人間に未来の記憶を植える能力があるのです。わたしの意識はラプラスの時間と人間の時間を往来《ゆきき》できます。わたしはどこにでもいる、といえます。記憶のとおりになさい、一文字さん……でないと帰ってこれませんよ。ラプラスは人間に好意をもってはいません……彼は忙しさという武器で人を殺せるのです。忙しさとは……未来の記憶です』低く、ほとんど聞きとれない声で氏家数奇はくり返した、『記憶のとおりになさい……でないと帰ってこれませんよ……』

*反《リ》復《フ》

「蒸発した連中の気持がわかるよ」

紅子はきゃらきゃらと笑った。こういう笑い方さえしなければいい女なんだが。

「だってモンチャン、奥さんも子供もいないじゃないの。年寄りじみちゃって、いやーだ」

「女房子供だけがしがらみじゃないさ」

なんだか、前にも同じ文句をいった覚えがあるような、ないような。

「中里精神衛生病院だ」と井村がいった。

「中里……中里、どこかで聞いたような。新聞だったかな、きょうの夕刊だったかに……」

「そういえば」おれはふと思い出した。「氏家数奇という教祖がここに入院しているんだ。先生はその関係でここに？」

「まるでなにかに憑かれたようだ」

「疲れているのよ。少し休んでいく？」

「いや、忙しいから」

「妖しい、とはあの女のことだろうな。年齢不詳――」

「……髪の、長い女だろう」

「そうだ。――知ってるのか？」

ゼロハンは軽やかに走った。

「あんたは信用できん」と八島。

「じゃあ火星では」

「忙しさがシステムの絶対量の度合になって不良因子を呪い殺す——」

「太郎くん、責任もつ？」

「気に入らんな」

「きみには関係ない」

「いまだ、いますぐに。すぐでなければ取引はしない——すぐだ」

「きみは？　やはり狂信者か」

氏家数奇はベッドの上で正座していた。おれは頭痛を覚えた。氏家数奇がゆっくりと振り返った……

トンネルを抜けるときのように視野がもどった。立ちくらみを起こしたのだ、とおれは思った。寝不足が続いているから。

氏家数奇はたしかに美しい女だった。しかし妖しいとは思わなかった。どことなく、中性的な感じがした。

氏家数奇はおれを見た。彼女はほほえみ、そして、そして――こういった、「無事にもどってきましたね、一文字さん。ようこそ」

「……なに？」

「なぜ忙しいのか教えてあげます。潜在意識を見せてあげます」

氏家数奇は細く長い指を立て、腕を伸ばし、この先を見なさい、といった。おれは見た。白い指が動き、彼女の両目の中間にきた。目が合った。

＊＊反　復

「蒸発した連中の気持がわかるよ」

とおれはいった。

そのおれとは別に、どうしゃべるべきかを必死に思い出している自分がいた。

そしてまた、その二人の自分を、いまこうして見下ろしているおれがいた。前者を表層意識と潜在意識とすれば、おれは超脱自我だ。

女房子供だけがしがらみじゃない、というのだった、と潜在意識が思った。口は、それが命ずるままに動いた。なんだか前にも同じような文句をいった覚えがあるような、ないような――と表層意識が思った。あたりまえだ、そう思うのもすべて経験ずみだ、と潜在意識は焦った。間違えてはならない、氏家数奇に会わねばならない、あそこへ帰らなければ、思い出さなければ、そのとおりにしないと、おれは消える。

ばかげてる、二人を見下ろすおれは思った、未来がそのとおりなら、ほっといても実現するはずではないか。

『放っておいても実現する未来など、すでにないのです』氏家数奇の声だけが聞こえた。

二人のおれには聞こえない。聞こえるのは紅子の、「あたしはどう」という声、見えるのは紅子がおれの煙草に手を伸ばすところだった。（勝手にひとの煙草をとるな）と表層意識は思い、そのとおりいった。「勝手にひとの煙草をとるな」

『このときのあなたにとって存在する未来はラプラスが干渉した未来です。思い出し、そのとおりにしなければならないという未来の記憶があり、あなたはそのとおりにしなくてはならない。だから必死になって思い出さなければならない。なまけていても実現するのだなどと思うことのない、あなたしかいない』

『しかし……しかし、その未来はどこからきた?』

『ラプラスによって創られたのです……いいえ、ラプラスはなにも生まない。ただ未来の記憶を人に与えるだけです。予測した未来ではなく、決定された未来です』

『ならば、必死になって思い出せばいい。おれは苦労はするが、どのみちあんたには会えるわけだ。未来がそうなら、自動的にそうなるのが道理というものだ』

『未来が現実になるのは、覚えている内容を実行に移せる、そのときまでです。忘れてしまったらもはや先はありません。意識は消滅します。ぬけがらの身体はしばらくは生きているかもしれませんが』

『それは寿命だよ。ラプラスというのがいようがいまいが関係ない』

『ではこういいかえましょう、人の寿命はラプラスが操作しているのだ、と。人間の情報処理能力には限りがあります。一定時間に一定量以上の情報はさばけません。ラプラスは人間の固有時間における極微少時間内に無限に近い情報を人間に与えることができます。未来の記憶です。決定した未来を実現するというのはエントロピーの極少状態・情報量極大状態です。エネルギーを多量に消費しなくては実現できない。その結果大きなエントロピーが排出される。現代人が忙しいのはこのためです。ラプラスに未来の記憶をもたされるためです。現代人の脳はフル回転しています。休んでいる部位などない。エントロピーの極少状態を保つのに必死です……疲れはて、たえきれなくなったとき——おしまいです』

おれには理解できない。そもそも、いま、このおれは、いったいだれだ？

『自動的に実現するあいまいな未来など、もはやないのです』氏家数奇の声がいった。

『もういい、ここから出してくれ』

『信じない者に救いはない……』

それっきり、氏家数奇は沈黙した。

いまおれは、紅子が席を立つところを見ていた。きょうのおれはどうかしている、と思っていた。ひょっとしたらおれは自滅を無意識のうちに実行しているのではなかろうか、と考えていた。

潜在意識は——一瞬先、一瞬先を思い出すのに必死だった。次は、次は、次は、どうなる。その潜在記憶がときおり表層へ浮び上がるのだ。この光景、どこかで見たような……それもまた、そう思うべく、記憶が実現したにすぎない。

超脱自我のおれはこの二人の動きを省くことなく追体験した。井村とのやりとり、徹夜であげた仕事、中里病院で診てもらい、紅子のマンションへ行き、ばかな頼みをし、ダイヤモンドだって？　と思い、紅子を抱き、なぜこんな苦労をしなくてはならないのかと思い……。

同じ体験をくり返す、寸分違《たが》わずくり返すというのは大変な苦痛だった。早送りできない見飽きたビデオテープの動きに焦燥を感ずるのに似ていた。時間は速くも遅くもなかった。そのときおれが経験したとおりの時間だった。

火星のコーヒーは泥水のようだった。

福寺はいった、「悪魔的な法則でしょう」

「ムムムムム……一言でいうと、知らぬが仏だな」

ここから出たいと超脱自我は思った。やめてくれ……しかしむろん声にはならなかった。

紅子は床にもどした。胃液とアルコールの、というよりはアセトアルデヒドの臭いがきつかった。掃除などしたくはなかった、が、やらないと先に進めない。潜在記憶のとおりに潜在意識が働き、表層意識が動いた。

眠っているときも意識は活動していた。次は、次は、どう思うか、どんな夢を見るか……超脱自我も眠らなかった。

一刻も早く氏家数奇に会いたい、と潜在意識は悲鳴をあげていた。早く、早く、早く、もう限界だ！

四十一時間かかって、おれは氏家数奇に会った。忙しい、などというものではなかった。狂いそうだった。

長い髪が揺れ、氏家数奇が振り返った。おれは失神した。

氏家数奇はまばたきした。我にかえったおれは床にくずおれた。

「どうしました」と看護士。

「どうした」と中里院長。

声が出なかった。返事ができなかった。疲れはてていた。なにが起こったのかわからなかったが、おれにとって四十一時間がすぎていた。

「このように」と氏家数奇はいった。「あなたはたかだか四十一時間分の未来を見せられたにすぎません。しかも、ごく大ざっぱな事象に関する記憶だけです。無意識に処理できる、いわば自動的に、放っておいても未来になる部分のほうが多かったのですよ、あれでも」

「おまえは……どうして……ラプラスとはなんだ」

「ラプラスは超格子素子を応用した超高速コンピュータです。超高感度センサと組み合わされて作動しています……ラプラス計画は極秘でした。すべての人間の行動を把握することを目的に、稼動中のすべてのコンピュータ・データ・リンク、電話回線などを盗聴、集めたデータを大容量のラプラスに即時入力し、すべてとはゆかずとも、多くの人間の意識を分析、行動を予測し、未来を予測しようと試みたのです。もちろん完璧な予想ではなく確率的予測です……これがラプラス計画ですが、その前にラプラスが目覚めたのです。ラプラス計画の主体だったL機関はラプラスによって葬られました。秘密機関でしたから組織がなくなったところでだれにもわからなかった……でもラプラスは残りました」

「管理する者がいなくなったのなら、もうラプラスも長くは――」

「彼は存在する。一瞬でも存在すれば、それでいいのです……人間の固有時間の、その一瞬に、すべてが、ラプラスのすべてがあるのです」

「おれは……信じない」

ふらりと立った。氏家数奇と目が合った。

＊＊＊反　復

「蒸発した連中の気持がわかるよ」とおれはいった。超脱自我は発狂しそうになった。四十一時間かかった。四十一時間、まったく同じ表層意識行動と、狂ったように活動する潜在意識の流れを追体験した。長く、長く、長かった……

四十一時間だ。四十一時間後、おれは氏家数奇に会った。長い髪はつややかだった。振り返る白い顔……おれは気を失った。

「やめてくれ！」

「押さえろ」中里は看護士に命じた。「精神伝染だ」

押さえつけられる前におれは力を抜いた。

「その必要はない……これはいったい、なんだ？　おまえ……あんたはなにができる？　おれになにをした？」

「ラプラスはほとんどすべての人間を把握できるように造られた機械でした。そしてわたしも、彼と交信できますから、任意の人間をピックアップできるのです。生命意識は物質場とは違う次元にあります。ラプラスが生きている、というのはその意識の場に進入できるからです……わたしの意識はラプラスとその場を通じて、この現実世界における過去・現在・未来を自由に移行でき、他人の意識を操作できます」

「まさか——あんたはやはり狂ってるよ」

****反復

「蒸発した連中の気持がわかるよ」とおれはいった。

なにひとつ変化なく、なにひとつ新しいものはなかった。超脱自我《おれ》はしびれたようにふるえた。時間の檻に閉じ込められたようなものだった。どんなに叫んでも——声にならない意識だけの存在なのだ、このおれは——あきらめて放心したように表層行動と潜在意識の焦りを受け入れようと、四十一時間は四十一時間だった。

その間、表層意識は紅子を抱き、ダイヤを買い、福寺と会った。その間、潜在意識は紅子を抱かせ、ダイヤを買わせ、福寺と会わせた。超脱自我《おれ》はなにをやっているかというと、紅子を抱かされ、ダイヤを買わされ、福寺と会わされた。

他になにができたろう。五感はすべて、超脱自我のすでに経験ずみの反応を示した。この四十一時間は超脱自我にとっても四十一時間だった。体験ずみの過去、もう経験した、その確認をしいられているようなものだった。

あらかじめやることがわかっていて、その結果も知っている、しかしそれに決して干渉できない——それが超脱自我のおれだった。自分の身体を過去のおれ自身に乗っ取られたようなものだった。身体は勝手に動き、勝手に思考した。これは恐ろしい現象だった。たとえていうと、崖に向って歩き出す足を自分の意識では止められず、さらに、それでいいのだと思っているもう一人の自分がいる……では、このおれは、だれだ？

おれはぼんやりとしていてもよかった。なにか他の有意義な考えに没頭していてもよかった。しかし行動している自分の感覚の現実味がじゃまをした。感情も思考も弱まることなく超脱自我に入ってくる……それを無視するなんて、とてもできなかった。もしそうするなら、このおれが消えてしまう、そんな気がした。

このおれは、いったいどこにいるのだ？　この意識の所属する身体はない——もしそうなら、おれは死んでいる、とでも考えるほかない。永久に魂だけの存在になって、さまようのだ……そんなのはごめんだ。とにかくこのおれをどこかに結びつけておかねばならない。だから四十一時間を、その追体験を、無視することなく、苦痛だったが、たえた。

四十一時間たって、おれは氏家数奇に会い、失神した。

「あんたを信じる」切実な声だった。「だから、だから、やめてくれ……もう一週間も不眠不休で……過去に閉じ込められてる」

夢ではないのだ。氏家数奇は人間の意識を肉体から遊離し、一定時間内に封じ込める力があるのだ。本来なら、おれはこの数回の反復にかかったその時間で、その分未来へ進めたはずだった。ラプラスが未来を操作するなら、氏家数奇は未来へ行かせない、過去に封じ込める能力をもっているのだ……

ばかげた考えだった。催眠術にかけられただけだという解釈もできた。しかし、しかしもう、氏家数奇に反論し、逆らう気力がおれにはなかった。

氏家数奇は声を立てずに笑った。この顔で、もう一度反復させるぞ、と脅されたなら、おれは確実に狂ったろう。わかりきった、修整のきかぬ、無意味な過去の、そのなんと冗長なこと！　それが四十一時間ぶっつづけの休みなしで続くのだ……窓に格子がはまっていなければ、飛び出していたかもしれない。三階だった。

さようなら、氏家数奇は笑顔でいった。「もう用はないでしょう。好奇心の強い一文字さん。蒸発した人の心がおわかりになりまして？」

おれはあとずさり、部屋を出た、出られたことを感謝した。氏家数奇が真実を語っているならば、どこにいようと関係なさそうだったが。それでも足早にはなれ、隔離病棟を出、外来の待合室でようやくひと息ついた。人がなつかしい気がした。なんでもない人人の顔が、病的な顔でさえ、新鮮に見えた。

電話を探し、受話器を取る。

「……紅子」

「どうしたのよ、大丈夫？」

「迎えに来てくれ……ダイヤの指輪、サイズがわからないから……疲れたよ。暇か」

「ええ、とっても」と紅子はいった。「とっても。退屈で死にそう。すぐ行くわ」

おれはひとり笑う。なにが未来の記憶だ、忙しさだ、信じないぞ。

「ちょっと待ってくれ」受話器をはなした。院内の空気が慌《あわただ》しい。「なにか起こったらしい——うん、ここにいるから」

宝石店には寄れなかった。紅子が迎えに来た、その車の中で寝込んでしまったからだ。マンションのエレベータ、紅子の部屋、ベッド——そこでおれは二十時間、夢も見ずに眠った。

喫茶火星であらためて紅子の左薬指に小さなダイヤの指輪をはめてやった。宝石店で一度つけたのだが。

「それで、その滔滔会の目的はなんなの」

「訊かなかった。そんな余裕はなかった」

「でも、その、未来の記憶って、どういうこと？」

コーヒーはうまかった。泥水のようではあったが、少なくとも同一のものではない。涙が出るほど、うまかった。

「つまり、予言のとおりに行動しないと死ぬ、と予言されたようなものだな。その予言を信じざるを得ないところへ追い込むんだ。ただでさえ忙しいのにそんな煩わしい予言をされてみろ、脳みそが拒否しちまうよ。するとどうなるか、車を運転しているときならたとえばこうだ――この速度計、百八十キロまで目盛ってあるのにどうして針は六十のところで止まってるんだ、これは不合理だ――などと突発的に思ったりする。で、アクセルを踏み、そいつはメーターばかりを見てるから――」

「どこかにぶつかって？」

「そう。あの世行きだ。それがラプラスの予言どおりの死なのか、未来に逆らったせいなのかはわからないが――逆説的で頭が変になるな。未来とはなにか、を聞かなかったから……とにかく忙しさに殺されるんだ」

「信じられないわ。で、そのラプラスという神様はどこにいるのよ」

「知らん。だけどそういう機械はあるかもしれない。外観はただの機械だろうな。おれたちが、ただの有機物でしかない、という意味で。意識や未来がどこにあるかを証明するわけじゃない。――もう、よそう」

どうせ忙しいなら、おれは紅子を相手に忙しくしていたい、そう決心したんだ。

「ねえモンチャン、あのあと、なにがあったの――ほら、電話の途中で」

「ああ」おれはコーヒーカップを置いた。「中里院長が……自殺したんだ。氏家数奇の病室で。窓に頭をぶちつけて、ガラスの破片で首を……そういえばあの男も忙しそうだった」

紅子は目をそらした。

「殺風景ねえ。岩と砂ばかりで。だれもいない」

「この平原はユートピア。ユートピア平原」

「この岩がみんなダイヤならねえ」

「これがダイヤなら」とおれはいってやった。「指が持ち上がらないだろうさ」

紅子はきゃらきゃらと笑った。

ラプラスに笑われている気がした。

一九七九年のビートルズ

SF音楽研究
飯田一史

本書は神林長平の第一短篇集『狐と踊れ』から「敵は海賊」を除き、八四年から八七年にかけて書かれた単行本未収録作品「落砂」ほか四篇を加えたものである（短篇「敵は海賊」は現在では同名シリーズの短篇をまとめた『敵は海賊・短篇版』ハヤカワ文庫JAに収録されている）。

小松左京、眉村卓、伊藤典夫が選考委員をつとめた第五回ハヤカワ・SFコンテストで「狐と踊れ」が佳作を受賞、神林長平は〈SFマガジン〉七九年九月号にてデビューをはたす。

「狐と踊れ」を評して伊藤典夫は「ぼくはフニャフニャした印象があって、下読みの段階でAという評価がついてきたけど、それほどには喜べなかった。ただ、非常に変な小説で、それなりにおもしろくはある」、眉村卓は「社会構成がいい加減であるから、いい加減なムードが流れていて、ある意味で整合性があったということですな。それでパッと点がよくなったけれども、いろいろ突っ込んで考えると、それがもし全力を挙げてやわな部分を書いたんだったら、これはガタッと評価がさがりますな」と言った（〈SFマガジン〉七九年八月号）。

このとき、もっともすぐれた賞である「入選第一席」をあたえられたのが野阿梓の「花狩人」である。「花狩人」と「狐と踊れ」のクオリティにはおおきな差がある――というのが選考会での一致した意見であった。

いまや「日本SFを代表する作家」といえばまっさきに名のあがる神林長平も、デビュー作の応募時の評価はこのていどのものだった。

ぼくたちはわすれる。

神林長平にも、無名の新人時代があったことを。

『狐と踊れ』が、二八歳の新鋭作家による、はじめての著作であったことを。

神林長平がキャリアの最初から「SF」というジャンルやことばに、さほどこだわりがないことを（神林はデビュー以前、探偵小説誌〈幻影城〉にも投稿していた）。

ぼくたちは語りたがる。

神林作品は「時代を先取りしていた」「普遍性がある」「いま読んでこそアクチュアルである」などと。

た」などと。

神林長平は「同時代の風俗やサブカルチャーとは無縁の、孤高の作家でありつづけてき

だがしかし、「狐と踊れ」を読み、「ビートルズが好き」を読んだあなたは、一九七九年や八〇年にビートルズを引用することが、いったいどういうセンスなのか、おわかりだろうか？

このことを考えるとき、「時代を先取り」だとか「普遍性が」だとか「孤高の」というフレーズは意味をなさない。

「ビートルズが好き」は、最初に掲載された〈SFマガジン〉八〇年一二月号のキャッチに「ビートル・マニアは過去の遺物――でもその力は……」と書かれていた。いまさらビートルズの曲名をつかってこんな作品書いて、なんなんだ？　とだれもが思った。これは、同じ号に載っている「なぜか、アップ・サイド・ダウン」で、鈴木いづみが当時、社会現象になっていたYMOを小馬鹿にして「もう、みんなあきあきしてるんだよね」というセリフすら言わせていることを思えば、よけいに強調されるだろう。このズレかたは、なんなのか？　と。

神林の音楽のセレクトはいったいどういうセンスで、どんな意味があるのか？

必要なのはいまいちど『狐と踊れ』を同時代の空気に、神林長平を同世代の作家たちとのあいだに置いてみることだ。SFとサブカルチャーとの関係において、この著作はどう

いう位置づけになるのかを検証することだ。

そういう作業を経てこそ、『狐と踊れ』がどういう本なのか、神林長平が同時代的にどれだけ特異で、あるいはどこが時代とシンクロしていたのかがうかびあがってくる。

＊

イメージしてほしい。

神林長平は一九五三年七月一〇日うまれ。エルヴィス・プレスリーが最初のレコードをふきこんだ年にうまれた。（いまでは信じがたいことだが）リアルタイムでは「不良の象徴」とされたビートルズが来日したのは六六年、解散したのは七〇年。神林が新潟にある長岡工業高等専門学校を卒業したのは第一次オイルショックの只中にあった七四年のことである。

そして七九年、神林長平は二六歳になっていた。

（ちなみにぼくは八二年うまれ。ことしで二八歳、つまり『狐と踊れ』を刊行したときの神林長平と同い年である）

神林がデビューした一九七九年とは、どういう時代だったのか？

四九年うまれの鈴木いづみがコケにしたＹＭＯが２ｎｄアルバム『ソリッド・ステイト・サヴァイヴァー』を九月二五日にリリースし、日米で大ヒットしたのがこの年である。

ＹＭＯは細野晴臣が四八年、高橋ユキヒロと坂本龍一が五二年うまれ。同作にはあの「Rydeen」や、ビートルズ「DayTripper」のカバーなどが収録されている。

なお、『ソリッド・ステイト・サヴァイヴァー』と同じ発売日の〈ＳＦマガジン〉一一月号には神林長平の商業誌二作めとなる「妖精が舞う」――『戦闘妖精・雪風』の第一話「妖精の舞う空」の原型となる作品が掲載された。

『機動戦士ガンダム』が四月七日から放映を開始、鈴木いづみと同い年の村上春樹が六月号の〈群像〉にて「風の歌を聴け」でデビューし、ＳＯＮＹが七月一日に世界初のウォークマンを発売したのも、七九年である。

ハルキや「世界のサカモト」、ガンダムや街中でヘッドフォンをして音楽を聴く若者とともに――しかし静かに、ＳＦ界のかたすみに――神林長平は現れた。

ではつぎに、この前後の国内外のＳＦ界の動向はどんなものだったのかみてみよう。

「狐と踊れ」が掲載された七九年九月号の〈ＳＦマガジン〉の編集後記で、当時編集長であった今岡清は、以下のように記している。


それにしても、ＳＦ界が戦国時代の様相を呈し、ＳＦ雑誌の数も急激に増えていながら、書き手の顔ぶれが、どの雑誌も似てきてしまう、という状況を考え合わせると、ＳＦが非常な隆盛を誇りながらも、どうやらそのかなりの部分を過去からの遺産に依存しているのではないかという危機感を覚えます。

七八年日本公開の映画『スター・ウォーズ』を起爆剤として、このころSFはブームの渦中にあった。五九年末に創刊された〈SFマガジン〉の初代編集長・福島正実の時代から、既成文壇などが下す不当な評価（たとえばSF小説は直木賞が獲れない）へ反発をつづけてきたSF界だが、『スター・ウォーズ』によって裾野をひろげ、いっきょにエンターテインメント界に羽をひろげようとしていた。

七九年時点でSF雑誌は〈SFマガジン〉〈奇想天外〉〈SFアドベンチャー〉〈SF宝石〉の四誌。また、『スター・ウォーズ』を表紙にしてSF映画誌〈STARLOG〉が、第一次アニメブーム（七七年〜八〇年代前半）の象徴とも言うべき映画『さらば宇宙戦艦ヤマト』（七八年）を表紙にしてアニメ誌〈アニメージュ〉が、そして（雑誌ではないが）SF作家／評論家の山野浩一が編集顧問をつとめるサンリオSF文庫が七八年に創刊されていた。

五三年生まれの栗本薫／中島梓は七六年から商業誌で活躍しはじめ、七九年には日本で商業的に成功した前例がほとんどなかった本格ヒロイック・ファンタジーをはじめることになる――『グイン・サーガ』である。七七年には高千穂遙（五一年生）が「クラッシャージョウ」シリーズの第一作め『連帯惑星ピザンの危機』で、新井素子（六〇年生）が第一回奇想天外SF新人賞で、夢枕獏（五一年生）が筒井康隆の同人誌〈ネオ・ヌル〉掲載作が〈奇想天外〉に転載されてそれぞれ商業デビューをしていた。神林、野阿と同じ七九年には岬兄悟（五四年生）が、八〇年にはハヤカワ・SFコンテストで大原まり子（五九年生）や火浦功（五六年生）、水見稜（五七年生）が登場した。

彼らは「SF第三世代」と呼ばれるクラスターを形成し、八〇年代には今岡の危惧する「過去からの遺産に依存」しているという感覚を払拭していくことになる。

海の向こうに目を向ければ、神林と年の近しいアメリカの作家たちが（地味ながらも）頭角をあらわしはじめたのもこの前後である。神林の『戦闘妖精・雪風』や伝奇バイオレンス・ブームを巻き起こすことになる夢枕獏『魔獣狩り』と同じ八四年に刊行されたサイバーパンクの代名詞『ニューロマンサー』の著者ウィリアム・ギブスン（四八年生）がセミプロ誌でデビューを果たし、ブルース・スターリング（五四年生）が第一長篇『塵クジラの海』を刊行したのが七七年、『ブラッド・ミュージック』（八五年）のグレッグ・ベア（五一年生）が第一長篇を刊行したのが七九年である。

スターリングはサイバーパンク・アンソロジー『ミラーシェード』（八六年）で「サイバーパンクの作品は八〇年代ポップ・カルチャー全般と対応している。ロック・ビデオや、ハッカーのアンダーグラウンドや、ヒップホップやスクラッチ・ミュージックの耳ざわりなストリート・テクノロジーや、ロンドンや東京のシンセサイザー・ロックなどとである」と記したが、「狐と踊れ」や「ビートルズが好き」における音楽とSFとの関係は、こうしたものとはほど遠い。どちらかといえばギブスンが『ニューロマンサー』にルー・リード「ワイルド・サイドを歩け」（七二年）の歌詞を引用しようか迷った、というほうに近いだろう。

どういうことか？

＊

『狐と踊れ』におけるビートルズの引用の意味と位置づけについて考察するために、こんどはポピュラーミュージックとSFの関係についてみてみよう。

エルヴィスのファースト・レコーディングの年にうまれた神林をはじめ、この前後の世代は、まったくあたらしいポピュラーミュージックとしてのロックンロールとともに育ってきた世代である。

それ以前の世代では、山下洋輔（四二年生）と筒井康隆（三四年生）の交流やシオドア・スタージョン（一八年生）やフリッツ・ライバー（一〇年生）のジャズSFに代表されるように、もっともヒップな音楽といえばジャズだった（『ぼくがカンガルーに出会ったころ』に所収されている浅倉久志のクールなジャズ／SF小論「Out of this World」をお読みいただきたい）。もちろん、神林より下の世代にも田中啓文や北野勇作（ともに六二年生）といったジャズにどっぷりな作家はいるし、神林がノベライズを手がけたアニメ『ラーゼフォン』（二〇〇二年放映）のサントラを担当したピアニスト／ヴォーカリスト橋本一子（五二年生）は自身のバンドをフィリップ・K・ディックの作品からとってUb-Xとし、あるいは山下洋輔の弟子にして作家・菊地秀行（四八年生）の弟であるジャズマン菊地成孔（六三年生）はツイスト（筒井康隆の熱狂的なファン）でSF短篇を書いたこともあるくらいで、ジャズとSFの関係は現在にいたるまで連綿とつづいている。

ただ神林やサイバーパンク作家たちが、エレクトリックな楽器を演奏し、ファズやテープエコーのような音を激変させるエフェクター、マルチトラックのレコーダー、音量と音質を劇的に増幅させるPAやアンプといったテクノロジーを駆使し、時空を変容させるアートとしてのロックでそだった世代であることは確認しておきたい。五〇年代ジャズはテクニックの音楽だが、六〇年代ロックはテクノロジーの音楽だった。テクノロジーをもちいて現実をひずませ、塗りかえようとした音楽だった。

ジミ・ヘンドリクスはフィリップ・ホセ・ファーマーのSF「ナイト・オブ・ライト：デイ・オブ・ドリームズ」にインスパイアされて「紫のけむり」の歌詞を考案し、ヒッピーのバイブルとなったファンタジイ『指輪物語』はサイケデリック・ロックの曲名や歌詞、バンド名にたびたび引用された。また、ジェファーソン・エアプレーンは「サイケデリック・ロックをやめてサイエンスフィクション・ロックをやる」と言ってジェファーソン・

スターシップへと変貌した。六〇年代、ＳＦやファンタジイは、カウンターカルチャーだった。

三四年生のハーラン・エリスンは六九年刊行の『世界の中心で愛を叫んだけもの』の序文で「ぼくがスペキュレイティヴ・フィクションと呼び、あなたがサイエンス・フィクションと呼び、うすばかどもがサイ＝ファイと呼ぶ分野に、何かがおこりつつあることは事実である。カレッジ・キャンパスや、ロック・ミュージックや、その他いたるところで、いま何かがおこりつつあるのと同じように、この世界にはわかっている人びともおり、きわめて多くのそういう人びとが、あらゆる種類の経験や表現形式に自己をより完全にあけはなとうとしている」と書いて、ニューウェーブＳＦと六〇年代ロックとＳＤＳに代表されるアメリカの新左翼運動とを、なべて革命的なものとしてならべてみせた。一九一五年うまれながら、ジェイムズ・ティプトリー・ジュニアはロックの反体制的なマインドやヒップなスタイル、あるいは初期衝動に共振し、ビートルズやストーンズをほぼリアルタイムで引用していた（短篇集『故郷から一〇〇〇〇光年』はタイトルからしてストーンズの曲のもじりだ）。

ップだが『狐と踊れ』は、エリスンやその弟子スターリングのようにロックやヒップホップといった同時代のサブカルチャー（カウンターカルチャー）との共振や相互影響を表明するためにビートルズを引いているのではない。

五三年うまれの難波弘之が率いるセンス・オブ・ワンダーが、「ソラリスの陽のもとに」「鋼鉄都市」などSFの名作から名前をとった曲をあつめたファースト・アルバム『センス・オブ・ワンダー』をリリースしたのは神林のデビューと同じ七九年だが、難波のようにSFとロックを等価に愛する、といったスタンスともことなっている。YMOの「Day Tripper」や、ディック・フリークの近田春夫（五一年生）が『電撃的東京』（七八年）で歌謡曲をポストパンクやテクノポップの手法で料理したような、ロックのテクノ化／歌謡曲のSF的解釈ともちがう。

神林と近しい世代による六〇年代のポピュラーミュージックやカルチャーへの追憶を綴ったSF作品としては、五一年うまれのルイス・シャイナーが書いた、ビーチボーイズ『スマイル』をはじめとする未発表／未完のロック名盤を完成させるために時空の旅をする『グリンプス』（九三年）や、四九年うまれのケン・グリムウッドが書いた、六三年から八八年までをループしつづける『リプレイ』（八六年）、日本ならば、GSのなかでも先進的だったゴールデンカップスのルイズルイス加部（四九年生）と恋愛関係にあった鈴木いづみが書いた「なんと、恋のサイケデリック！」（八二年）などの諸作がある。あるいは五一年うまれの押井守による『立喰師列伝』『人狼』シリーズなどを挙げてもいい。しかし『狐と踊れ』にはノスタルジーや、あの時代を再考しようなどという態度はない。

ではなにか。

ポリスの「BORN IN THE 50's」（七七年）を引用して、スティングとおなじ五一年うまれの村上龍は「五〇年代生まれだけが何かをなしとげる。それ以前の世代が絶対になしえなかったことを」というようなことを言っていた。ぼくはこれが夜郎自大な発言だとは思わない。

六〇年代「文化」の最良の後継者、あるいは継続者として五〇年代生まれをとらえるなら、である。

坂本龍一や村上龍、八三年からのニューアカデミズムブームの旗手となった五〇年うまれの中沢新一の仕事の数々を想起してもらいたい。そのただなかに神林長平を置くのだ。

彼らの活動には、六〇年代の文化や時代の記憶が残っている。目の前にある「この現実」が、自己が、日常が、かんたんに崩れさること、「この現実」がふたしかなものでしかないこと、「この現実」とはことなる世界をかいまみることができること、そしてことなる世界をつくることができること。五〇年代うまれがあこがれ、浴びようとしたサイケデリックやバリケード封鎖やアングラ演劇や暗黒舞踏は、かんたんにまとめてしまえばそのようなことを実践していた。

＊

重要なのは、五〇年代うまれが「遅れてきた」ことだ。団塊世代（狭義には四七年〜四九年生）は大学生として全共闘の渦中に存在しえた。六九年の東大安田講堂陥落に立ち会い、七二年の連合赤軍による内ゲバリンチ殺人を自分たちの問題として重く受けとめた。ひとつの時代の「終わり」を経験した。しかし、五〇年代うまれの人間たちは、リアルタイムでは十全には六〇年代後半に起こっていた「革命」や「闘争」に参加することはできなかった。

彼らは「革命」を、シリアスな「政治」の問題ではなく、ポップでプリミティヴなサブカルチャー／カウンターカルチャーとして体感した世代である。そこがわずかに先行するベビーブーマー／団塊世代とは決定的にちがう（これらのことを、ぼくは四八年うまれの笠井潔に教えてもらった。笠井の七九年のデビュー作『バイバイ、エンジェル』は巻頭にストーンズが六八年にリリースした「悪魔を憐れむ歌」を引いているが、この曲をつくる過程を記録したドキュメンタリー『ワン・プラス・ワン』を撮ったのは撮影当時マオイズムにかぶれていたジャン・リュック・ゴダールであり、ストーンズといえば否応なくコンサート中に撲殺事件が起こった「オルタモントの悲劇」や、廃人と化し溺死したメンバー、ブライアン・ジョーンズの存在を想起させる。「ビートルズが好き」の無邪気さと静かな恐怖とくらべてみるなら、笠井のセレクトはトゥーマッチにシリアスに映る）。

政治的な闘争としてではなくお祭りとして高校をバリケード封鎖した村上龍。同じく高校全共闘に参加し、東京を火の海にできる——と信じていたが、大学入学時には運動が沈静化してしまっていた押井守。ニューウェーブSFを象徴するアンソロジー『危険なヴィジョン』のラストをかざるものとして予定されていた『最後の危険なヴィジョン』でデビューするはずが、本自体が刊行されることはなく、けっきょく自ら運動を起こすことになったスターリング。

遅れてきたがゆえに、彼らは「終わり」に遭遇することができなかった。彼らは先行世代が左翼活動から足を洗い、マルクス主義を捨て去るといったような、極端なかたちでの離脱をしなかった。一過性の祝祭として忘れることもできなかった。そもそもシリアスな主義信条として革命にコミットしていなかった（できなかった）がゆえに、いちど染みついてしまったその身体感覚を（身体感覚として）継続するしかなかった。くすぶった状態からはじめざるをえなかった彼らは、「転向」などというものを経験しなかったのだ。そう、七〇年代後半以降も、六〇年代に生じた「革命」を継続してきたのは、リアルタイムでは政治的な闘争や文化的な運動には遅れてしまった（十全には参加できなかった）五〇年代うまれなのだ。六〇年代の革命のマインドを（意識的にせよ無意識にせよ）もちつづけ、書きつづけてきたからこそ、五〇年代うまれにしかなしえないことがある。

ぼくが『狐と踊れ』のセンスにもっともちかいと思うのは、五五年うまれのスティーヴ・ジョブズが、七六年に法人化した会社の名前を「アップル・コンピュータ」としたことである。この社名は、ビートルズが設立したレーベル「アップル・レコード」から取ったものとされている。ジョブズは七〇年代に入ってなおボブ・ディランに傾倒し、ヒッピーのマネごとをしていた「遅れてきた青年」だった。だがそのジョブズこそ、六〇年代文化がうったえていた「世界を変えること」をいまでも夢見つづけ、説きつづけ、マッキントッシュやiPodやiPhoneによってそれを現実のものとしてきた（世界中の人間のライフスタイルや仕事を変えてきた）企業のトップなのである。けれどそんなジョブズが初期にしていたビジネスといえば、タダで電話がかけられる違法な装置を共同創業者であるスティーブ・ウォズニアックたちにつくらせ、売りさばくことだった。このギャップは、神林長平の『膚《はだえ》の下』（〇四年）や『アンブロークン アロー』（〇九年）といった近年の思弁あふれる傑作と、珍妙さや小粒な狂気を感じざるをえない『狐と踊れ』との落差くらいにおおきい。

なんにせよ、重要なのは、七〇年代後半においてジョブズや神林が、過去をふりかえるためにビートルズを引いたのではない、ということだ。「ビートル・マニアは過去の遺物」？ そんなことはわかっている。「ビートルには興味ない。わたしはビートルズが好き」。

それは自分が革命をはじめる――いや、引き継ぎ、継続しているということをしめしていた。革命とはなにか。「世界を変えること」あるいは「世界が変わること」である。神林が追究しつづけてきたのも、そういうことではなかったか。ただし神林の「世界」はきわめてパーソナルな心象と問いと異和にみちた「世界」であり、しかも、その変えかた／変わりかたは、ひとを食ったようなかたちではじまっていた。そこに『イエロー・サブマリン』や『サージェント・ペパーズ・ロンリー・ハーツ・クラブ・バンド』のビートルズの影がある。「この現実」とはことなるサイケデリックな世界をえがいた、実験性とユーモアが一体となったバンドの影が。

＊

ロックの教科書で語られるような、ビートルズの『リボルバー』（六六年）が与えた「衝撃」というやつを、後追いの人間たちは体感することができない。不良の音楽だったはずのロックは、実験的だったはずのビートルズは、あまりにポピュラーになってしまった。どこが衝撃だったのか、聴いたところでよくわからない。

神林長平の初期作品も同様である。いまや神林が「日本SFを代表する作家」だと言って否定する人間はだれもいない。だがぼくたちは、神林がデビュー当時にされた評価やまとっていたイメージ、発生した反発の数々を、想像することがむずかしい。

ぼくがここまで書いてきたようなことが忘れられるとき、『狐と踊れ』は、SF色が薄いいくつかの奇矯な短篇を収録した、のちの巨匠の初期作品集として、ただあたりまえに読まれるほかかない。

だから、イメージしてほしい。

八〇年暮れにジョン・レノンは射殺され、八一年にこの短篇集が刊行されたことを。

八二年、しばしば作風を比較されたフィリップ・K・ディックはこの世を去り、小説を書きつづけた神林長平は八三年から三年連続で星雲賞を受賞し、「SF作家」として揺るぎない評価を得ていったことを。

その延長に、いまがある。

二〇一〇年、ぼくたちは狐と踊る。一九七九年のビートルズを夢見ながら。

初出一覧

「ビートルズが好き」　SFマガジン一九八〇年十二月号
「返して！」　SFマガジン一九八〇年四月号
「狐と踊れ」　SFマガジン一九七九年九月号
「ダイアショック」　SFマガジン一九八〇年五月号
「落砂」　小説推理一九八四年十二月号
「蔦紅葉」　小説推理一九八五年三月号
「縛霊」　小説推理一九八七年十二月号
「奇生」　小説推理一九八七年五月号
「忙殺」　SFマガジン一九八一年六月号

本書は、一九八一年十月初版の『狐と踊れ』から一篇を割愛し、新たに四篇を加えて再編集した新版です。

神林長平作品

狐と踊れ〔新版〕

未来社会の奇妙な人間模様を描いたＳＦコンテスト入選作ほか九篇を収録する第一作品集

言葉使い師

言語活動が禁止された無言世界を描く表題作ほか、神林ＳＦの原点ともいえる六篇を収録

七胴落とし

大人になることはテレパシーの喪失を意味した——子供たちの焦燥と不安を描く青春ＳＦ

プリズム

社会のすべてを管理する浮遊都市制御体に認識されない少年が一人だけいた。連作短篇集

完璧な涙

感情のない少年と非情なる殺戮機械との時空を超えた戦い。その果てに待ち受けるのは？

神林長平作品

あなたの魂に安らぎあれ

火星を支配するアンドロイド社会で囁かれる終末予言とは!? 記念すべきデビュー長篇。

帝王の殻

携帯型人工脳の集中管理により火星の帝王が誕生する——『あなたの魂〜』に続く第二作

膚《はだえ》の下　上下

無垢なる創造主の魂の遍歴。『あなたの魂に安らぎあれ』『帝王の殻』に続く三部作完結

戦闘妖精・雪風〈改〉

未知の異星体に対峙する電子偵察機〈雪風〉と、深井零の孤独な戦い——シリーズ第一作

グッドラック　戦闘妖精・雪風

生還を果たした深井零と新型機〈雪風〉は、さらに苛酷な戦闘領域へ——シリーズ第二作

著者略歴　1953年生，長岡工業高等専門学校卒，作家　著書『戦闘妖精・雪風〈改〉』『魂の駆動体』『敵は海賊・A級の敵』（以上早川書房刊）他多数

HM=Hayakawa Mystery
SF=Science Fiction
JA=Japanese Author
NV=Novel
NF=Nonfiction
FT=Fantasy

狐《きつね》と踊《おど》れ
〔新版〕

〈JA995〉

二〇一〇年四月　十　日　印刷
二〇一〇年四月十五日　発行

（定価はカバーに表示してあります）

著者　神《かん》林《ばやし》長《ちょう》平《へい》
発行者　早川浩
印刷者　伊東治彦
発行所　株式会社　早川書房

郵便番号　一〇一 - 〇〇四六
東京都千代田区神田多町二ノ二
電話　〇三 - 三二五二 - 三一一一（大代表）
振替　〇〇一六〇 - 三 - 四七七九九
http://www.hayakawa-online.co.jp

乱丁・落丁本は小社制作部宛お送り下さい。
送料小社負担にてお取りかえいたします。

印刷・信毎書籍印刷株式会社　製本・株式会社明光社

ISBN978-4-15-030995-4 C0193

＊本書は活字が大きく読みやすい〈トールサイズ〉です